DAS GOLDENE WIEN

MHM · LangenMüller

DANK AN:
Hubert Ch. Ehalt, Lambert Eisenhut,
Günter Geyer, Angelika Hager, Leon Krawetz,
Andreas Mailath-Pokorny, Hugo Portisch,
Andrea Schraml, Helmut Zilk.

Ich danke meiner Frau Angelika, ohne die
dieses Buch nicht entstanden wäre.
Und vor allem meinen Eltern
Luise und Oscar.

GEFÖRDERT VON:
Wiener Städtische Versicherung
Kulturabteilung der Stadt Wien

COVER: Alfred Gerstenbrand: Abschiedsmusik, Heimkehr vom Heurigen. Walther Mihich-Verlag. Wien

MICHAEL HOROWITZ
DAS GOLDENE WIEN

Eine ambivalente Liebeserklärung. Epilog Helmut Zilk

MHM · LangenMüller

DAS GLÜCK IST EIN VOGERL ...

Oh, das goldene Wien! Eine schöne Stadt! Er ist davon überzeugt. Der Irre in Robert Musils „Der Mann ohne Eigenschaften“.

Das goldene Wien, die Stadt im Herzen eines Landes, in dem schon immer die Widersprüche wuchern. In der *Versuchsstation des Weltuntergangs* – wie es Karl Kraus nennt. Von der Versuchsstation Österreich in das Labor des Erfolgs: Im Erscheinungsjahr dieses Buches sind – wie einem kollektiven Befehl gehorchend – europäische, vor allem deutsche Journalisten nach Wien aufgebrochen. Sie haben brav ihren Karl Kraus und Robert Musil gelesen, die Lebenslinien von Freud und Friedell, Schnitzler und Schönberg, Klimt, Kokoschka und Schiele verfolgt. Jetzt wollen sie dem „besseren Deutschland“ auf die Spur kommen. Wollen vor Ort das Geheimnis des „Erfolgsmodells Österreich“ lüften. Und hören aufmerksam zu, wenn heimische Politiker meinen, „wir brauchen nicht mehr zu verbergen, was wir können und was wir sind.“ Um dann auch noch bei Grillparzers König Ottokar Anleihe zu nehmen: „Wir sind schon zufrieden, wenn es heißt: Österreich ist ein gutes Österreich...“

Kaum ein deutsches Medium hat versäumt, in diesem Gedenk-, Gedanken- und Jubiläumsjahr den oft milde belächelten kleinen Nachbarn zum großen journalistischen Thema zu machen. Die Ösis, diese seltsamen, gemütlichen, gefühlsbetonten Nachfahren eines blühenden Weltreiches mit mehr als 50 Millionen Menschen, in dem die Sonne nie unterging. Fast neidisch wird die spielerische Leichtigkeit bewundert, mit der beim Nachbarn alles locker läuft. In den Berichten aus Österreich wird plötzlich aber auch Dynamik, Kreativität und Lebensqualität anerkannt. Dieses Land sei längst kein *lahmer Dampfer* mehr. Auch keine *Insel der Seligen.* Dieses neue Österreich, in dem vor 60 Jahren die rot-weiß-rote Fahne über das Hakenkreuz triumphierte, sei ein eigenartiges Gebilde, in dem man gut leben kann.

Mit dem *goldenen Wien* als Zentrum. Ein Biotop – nein, eher ein Dschungel aus charmantem Überlebenswillen und schlampigem Umgang mit Gefühlen. Eine Stadt, in der man sich gegenseitig attackiert. Eine Stadt, die man liebt – und deshalb manchmal darunter leidet. Eine Stadt, in der man nur mit Talent zum Glücklichsein leben kann.

Eine Stadt, die Menschen nach ihrem Tod als Genies feiert, vorher aber verständnis- und respektlos behandelt. Egon Schiele, Ludwig Wittgenstein, Adolf Loos. Peter Altenberg, Egon Friedell, Arthur Schnitzler. Arnold Schönberg, Franz Schubert und Hugo Wolf. Gustav Mahler wird als Dirigent bewundert – und gleichzeitig als *entarteter* Komponist bekämpft. Ignaz Philipp Semmelweis, den Entdecker des Kindbettfiebers, verhöhnen seine Kollegen und lassen ihn in die Irrenanstalt einweisen. Sigmund Freuds Einsichten in die Triebstruktur menschlichen Verhaltens werden lange Zeit nicht anerkannt, aus aller Welt strömen Patienten in die Berggasse 19, aus Wien kommen wenige.

In der *Stadt der Träume* hat man lange Zeit ein besseres Rezept: die Heurigen-Therapie. Sie ist gemütlicher als die Analyse auf der Couch. Das Wissen, dass man „eh nichts dagegen machen kann“, kommt am besten in der „Fledermaus“ zum Ausdruck: „Glücklich ist, wer vergisst, was doch nicht zu ändern ist.“ Vermutlich hat Johann Strauß deshalb ein üppiges, goldenes Denkmal im Stadtpark – während die bescheidene Büste von Sigmund Freud im Arkadenhof der Universität eher im Verborgenen bleibt.

Das goldene Wienerherz. Über den Charakter der Wiener ist viel geschrieben worden. Über die Fähigkeit, die Dinge zu nehmen, wie sie sind, das Glück als „ein Vogerl, das von einem Baum zum anderen fliegt" zu empfinden und sein Leben so zu führen, dass sich fast alles immer ausgeht. „Der Wiener wird nie untergehen", stellt Karl Kraus fest, „sondern im Gegenteil immer hinaufgehen und sich´s richten."

Vieles wurde geschrieben über hintergründigen Charme und ewige Sentimentalität, die lebhafte Fantasie und die jähen Gefühlswallungen, über die hemmungslose Genusssucht und die tiefe Melancholie des Wieners. Der echte Wiener ist sich seiner Fehler und Schwächen bewusst, lebt sie aber freudig aus. Gerne werden die *Zuag'rasten* für Probleme verantwortlich gemacht, Respekt und Rücksichtnahme vor der Würde des anderen greifen nur zart wie ein Mailüfterl um sich. Souveränität und Selbstsicherheit sind bei der weitverbreiteten Mundl-Mentalität eine Seltenheit. Es findet ständig ein innerer Kampf statt, um die eigene Unsicherheit zu überwinden.

Das goldene Wien. Das Wien von damals. Es ist eine „wundervolle, unerschöpflich zauberhafte Stadt mit dieser rätselhaften, weichen, lichtdurchsogenen Luft" schwärmt Hugo von Hofmannsthal „so viel Größe und so viel Reiz, so viel liebliche Anmut... so konzentrierte, sinnreiche Schönheit, alles das, so wahr, so wirklich, so gegenwärtig und so tiefsinnig, Stoff genug, die komplizierten Seelen einer ganzen Generation damit auszudrücken". In dieser heilen Hofmannsthal-Welt werden Tabus, falscher Schein und verlogene Sexualmoral gelebt. Denn die Realität spielt im *goldenen Wien* gerne Versteckerl.

Das Leben hier unterliegt schon immer ganz speziellen Gesetzen. Das Wien von heute wird jedenfalls in internationalen Studien immer wieder zu einer der pulsierendsten, lebenswertesten Städte der Welt gekürt. Man ist davon überzeugt, dass sich kaum eine andere Metropole in den letzten Jahren derart rasant und positiv verändert hat: Sicherheit und medizinische Versorgung, Infrastruktur, Umweltfaktoren und die dynamische Kunstszene prägen das Erfolgsmodell Wien.

Es scheint, dass diese Stadt jene in Europa ist, die die Chancen der EU-Erweiterung am besten genutzt hat. „Die Lebensqualität wirkt wie ein Magnet auf internationale Führungskräfte“, stellt die „Frankfurter Allgemeine Zeitung“ fest. Und der britische „Economist“ weist in einer Studie Wien überhaupt als die Stadt mit der weltweit höchsten Lebensqualität aus. Mehr als 300 Konzerne haben ihre Osteuropa-Zentralen hier und auch die Vertreter der 18 internationalen Organisationen, darunter OPEC und OSZE, UNO und UNIDO und der Atomenergiebehörde IAEA, fühlen sich im gastfreundlichen Wien wohl. Auf mehr als 1300 Kongressen und Konferenzen lebt das alte Wiener Motto „Der Kongress tanzt“ wieder auf...

Das goldene Wien ist seit Jahrhunderten von Klischees überzogen. Wie von einem Schleier. Der letzte Glanz der Märchenstadt, die Relikte der Monarchie, die prächtigen Ringstraßen-Palais und das üppige Ornament des Jugendstils sind Zeugen einer großen Zeit. Den Besucher scheint eine ewig zauberhafte Stadt zu empfangen, um die lauter Kaffeehäuser gebaut sind. Ein beschwipstes, beschwingtes Biotop mit Backhenderln und Schnitzerln, die über die Teller hängen, eine Stadt der Musik- und Mehlspeisenseligkeit – wo sich die Menschen ständig im Walzerrhythmus wiegen. Wein, Weib und Gesang. Deutschmeister und Wäschermädln, der *Steffl* und die Sängerknaben, Lipizzaner und *der gute, alte Herr aus Schönbrunn*. Eine ganze Stadt aus Zuckerguss.

Wien, die Wiege der Gemütlichkeit. Immer wieder haben Menschen, die diese Stadt geliebt und an ihr gelitten haben, den ungemütlichen Grundstoff des Wiener Charakters erkannt und aufgezeigt. Vom Augustinermönch Abraham a Santa Clara über Johann Nestroy, Ödön von Horváth, Karl Kraus. Bis zu den Schöpfern des „Herrn Karl“, Carl Merz und Helmut Qualtinger, den *Nestbeschmutzern* Thomas Bernhard und Elfriede Jelinek, den Kabarettstars von heute – Alfred Dorfer und Josef Hader.

Dieses Buch will das sonderbare Flair dieser Stadt, den Umgang der Menschen miteinander, die Nähe von Liebe und Verachtung, Anerkennung und Missgunst, Hoffnung und Verzweiflung aufzeigen. Als Beispiel dafür stehen Künstler wie Franz Schubert, Johann Nestroy, Arthur Schnitzler, Karl Kraus, Heimito von Doderer, H. C. Artmann und Helmut Qualtinger. Aber auch einfache Menschen wie meine Eltern, meine Großmutter Deborah, Onkel Mottl und seine Karpfen, Tante Mizzi aus der Puppenklinik, die schwermütige Frau U. mit ihrem ausladenden Busen, unsere Hausmeisterin von der 7-er Stiege.

Dieses Buch ist eine ambivalente Liebeserklärung an meine Heimatstadt. An eine seltsame Stadt. An *das goldene Wien.*

PLATANEN, PELZSTOLAS & EINE POKERPARTIE

Am Alsergrund. In der „Roßau“. Anfang der 50er-Jahre. Hier der Duft von Kampfer und Kölnischwasser, dort der Mief von Kohl und Kohlen.

Nur ein paar hundert Schritte trennen die grauen Zinskasernen der Glasergasse von der prächtigen Porzellangasse und ihren morbid-eleganten Häusern, deren Bewohner großbürgerliche Ordnung mit gesellschaftlichen Konventionen leben. Kleine Skandale würzen das satte, zufriedene Dasein. Ständig eine Prise Arroganz in der Luft. Gespielte Noblesse. Langeweile als latenter Lebensinhalt. Gut situierte Herren im besten Alter. Leicht verwelkte, verwöhnte Frauen mit geziertem Gehabe. Dienstmädchen in gestärkten, nach Lavendel duftenden Kitteln – in ihren Augen der Ausdruck jugendlichen Übermuts.

Auf dämmrigen Terrassen wird im Altweibersommer bei schaler Konversation Tee mit Kandiszucker gereicht. Man plaudert von der letzten Tennispartie, der nächsten Kur in Ischl oder Meran, man pflegt das Kammerspiel von Begehren und Betrügen.

Die Welt der Innenhöfe mit üppigen Platanen und Pergolas, der auf Hochglanz polierten Klaviere, der Soirees bei Kerzenlicht – in Salons mit leicht zerschlissenen Seidentapeten. Wie beiläufig aufgestellte Mantelkrägen, breitkrempige Strohhüte, Spazierstöcke mit Silberknauf, Zigarren, die in Krokofutteralen ruhen, Pelzstolas und Rehlederhandschuhe. Die Welt des Heimito von Doderer.

Ich bin in einer der Zinskasernen der Glasergasse aufgewachsen. Mit Erinnerungen und Gefühlen, die mir bis heute wohl tun. Mit Erlebnissen, die mich bis heute prägen. Denn – wie Doderer weiß – „jeder bekommt seine Kindheit über den Kopf gestülpt wie einen Eimer. Später erst zeigt sich, was darin war. Aber ein ganzes Leben rinnt das an uns herunter, da mag einer die Kleider oder auch Kostüme wechseln, wie er will."

Hierher in den 9. Bezirk, in die Roßau, bin ich als zwei- oder dreijähriger Bub mit meinen Eltern aus Döbling gezogen. Aus einer Souterrainwohnung. Ecke Weimarer Straße-Peter Jordan

Straße. Immer wieder erzählt mein Vater stolz die Geschichte der wichtigsten Pokerpartie seines Lebens. Ein sehr dicker, ungarischer Hausbesitzer und Kaffee-Importeur fühlt sich bei der letzten, alles entscheidenden Partie im Morgengrauen sehr sicher. Mit einem Damen-Poker. Mein Vater hat vier Könige. Und gewinnt mit einem Poker das Wohnrecht für unsere kleine Kellerwohnung.

An die Zeit im Cottage sind mir nur Bruchstücke in Erinnerung geblieben. Ein roter Ball mit weißen Punkten zu Weihnachten. Lange Ausfahrten im Kinderwagen mit den eleganten Weißwandreifen in den nahen Türkenschanzpark. Enten und Schwäne im Teich. Eichkatzerln, die von einem Baumwipfel zum anderen springen. Manchmal ein 1 Schilling-Bensdorp-Schokoladeriegel. Immer der dicke, heiße Schal, die kratzende Haube und viele Schichten von Pullovern.

Übersiedlung in die Glasergasse. Eine Demarkationslinie der Gerüche. Quer durch die Roßau. In unserem Haus, auf Nummer 17, duftet es nicht nach Kampfer und Kölnischwasser. Vielleicht riecht es am Sonntag süßlich nach Maiglöckerl-Parfum, mit dem sich die Lehrerwitwe vom ersten Stock das Kostüm für den Kirchgang besprüht hat. In der Glasergasse 17 riecht es *portierisch*, hätte Doderer attestiert.

Zimmer/Küche/Kabinett. Klo am Gang. Die Wohnungen schmücken Gummibäume und Nierentische. Aufheiterung kommt aus dem Kofferradio – wenn Caterina Valente umbekümmert „Spaghetti, Ravioli, Chianti und molto Amore sind für mich das Schönste auf der Welt" trällert. Die DC-Fix–Plastiktapete in der Küche mit dem schwungvoll-unbekümmert gezeichneten Arrangement der untergehenden Capri-Sonne, von Sandstrand und Segelbooten, soll die Stimmung zusätzlich heben. Die graugesichtigen Männer, die zeitig am

Morgen das Haus verlassen, nachdem sie sich seit kurzer Zeit elektrisch rasiert haben. „Rasiere dich unblutig, und du hast mehr Freude am Frühstück", muntert die Werbung für Trockenrasur auf.

AUTOFAHRER UNTERWEGS

Manche Männer träumen schon vom ersten Auto. Vom Lloyd, dessen 400-ccm-Zweizylinder-Zweitaktmotor 75 km/h erreicht, vom VW-Käfer, dessen 30 PS 110 km/h oder vom Fiat 1100, dessen 36 PS bis zu 116 km/h Höchstgeschwindigkeit schaffen. Am 8. April 1957 startet eine eigene Sendung für Autofahrer und jene, die davon träumen, auch ein eigenes Auto zu besitzen. Eine attraktive Moderatorin, Louise Martini, leitet launig durch die gemeinsame Rundfunk-Stunde. Schade, dass die Sendung nur im Radio ausgestrahlt wird. Martini, gerade durch die „unmusikalische Kabarettrevue Blattl vor´m Mund" neben Gerhard Bronner, Georg Kreisler und Helmut Qualtinger bekannt geworden, führt die Zuhörer von einem Höhepunkt zum anderen: von entspannender Schlagermusik über den genauen Wetter- und Straßenzustandsbericht für die noch wenigen „Autofahrer unterwegs" bis zum absoluten Höhepunkt der Livesendung: das Läuten der Mittagsglocken aus einem Fremdenverkehrsort – heute vielleicht aus Heiligenblut am Großglockner.

Der mächtige Großglockner. Die hochalpine Straße, die mitten durch das Bergmassiv der stolzesten Firngipfel Österreichs in die Eisregion der Dreitausender führt. Das wichtigste Ziel unserer Österreich-Rundfahrt. Im Renault 4 CV. Schon auf der Frühjahrsmesse 1951 wird der französische Kleinwagen, von dem weltweit bereits mehr als eine halbe Million verkauft sind, präsentiert. Vier Jahre lang schwärmt mein Vater von seinem ersten Auto. Die Werbung überzeugt ihn: „4 PS lassen die Kurven zu Geraden werden. Die unglaubliche Straßenlage ist eine dauernde Quelle des Staunens. Auch bei großer Geschwindigkeit klebt er in den schärfsten Kurven auf der Straße. Sie fühlen sich immer sicher – ohne Rücksicht auf den Straßenzustand. Denn der 4CV erwarb sich seinen Ruhm in den Bergen." Im Spätsommer 1955 ist es dann so weit: Meine Mutter und ich beobachten vom Fenster aus, wie ein zweifärbiger, hell-dunkelblau lackierter Renault 4CV von der Rossauerlände einbiegt und vor unserem Haus Glasergasse 17 stehen bleibt.

Das Schicksalsjahr 1955: Staatsvertrag, Wiedergewinnung der Lufthoheit, Abzug des letzten Besatzungssoldaten. Burgtheater und Staatsoper werden wieder bespielt, ein 6:1-Sieg gegen den Fußball-Erzrivalen Ungarn – noch dazu auswärts – wird zum Tagesgespräch, im „Heimatkino" in der Porzellangasse gibt Romy Schneider die „Sisi", Willi Boskowsky dirigiert zum ersten Mal das Neujahrskonzert und die Lipizzaner kehren in die Stallungen der Hofburg zurück. Aus einem Meidlinger Behelfsstudio wird die erste Fernsehsendung ausgestrahlt. Und meine Mutter formt Berge von Fleischlaberln. Proviant für die ersten Tage unserer Reise. Kurti, meine geliebte Schildkröte, wird bei der grantigen Nachbarin in Pflege gegeben, die Straßenkarte zum tausendsten Mal begutachtet und im winzigen Kofferraum verstaut mein Vater, was man für eine einwöchige Österreich-Rundfahrt benötigt.

Kaum Pannen, knapp vor Baden ein Gewitter wie ein Weltuntergang, die Streitereien meiner Eltern im engen, heißen Auto halten sich in Grenzen. Und die charmante Louise Martini – unsere spätere Nachbarin auf der 7-er Stiege im Gemeindebau in der Daringergasse – informiert uns täglich über das Wetter und den Straßenzustand.

Die Laberln halten bis Leoben. Am vierten Tag folgt unsere Königsetappe: Villach-Heiligenblut-Großglockner. Nach sechs, sieben Stunden in unserem 4-PS-Gefährt haben wir – mit Pausen bei jeder zweiten, dritten Spitzkehre – das mächtige Gebirgsmassiv bezwungen. Vorbei an Bärenschlucht und Hexenküche ist endlich die Franz-Josefs-Höhe, der Gipfelpunkt auf der „Straße in den Himmel", erreicht. Selten habe ich meinen Vater so stolz erlebt, wie in jenem Moment, als er die Großglockner-Hochalpenstraße-Trophäe – das Abziehbild – auf der Windschutzscheibe anbringt. Nach dem Mittagessen auf der Edelweißhütte geht es weiter bis an den Rand des Wasserfallwinkel-Keeses. Die „Prächtigkeit der Ausblicke auf die gegenüberliegenden Bergriesen haben einen ganz besonderen Reiz" – weiß der „Reiseführer für ÖAMTC-Kraftfahrer". Einen fünf, sechs Jahre alten Buben wie mich lässt diese „Prächtigkeit" allerdings ziemlich kalt. Erschöpft schauen wir rüber. Auf den Sonnblick (3013 Meter) und Wasserradkopf (3032 Meter), die Adlersruhe (3456 Meter) und den mächtigsten von allen, den stolzen, erhabenen Großglockner (3798 Meter).

Vielen genügt ein Urlaub in Österreich – mit „der Prächtigkeit der Ausblicke auf die gegenüberliegenden Bergriesen" – nicht mehr. Sie träumen vom ersten Urlaub an der Adria. Mit Zelt und Schlafsack. Und vielleicht dem neuesten Hit am Campingmarkt, einer Weekendvilla mit 25 PS. Das Hotelzimmer auf Rädern lässt keine Wünsche offen. Ein paar Handgriffe genügen, um aus dem Kleinwagen-Anhänger ein wohnliches Heim zu machen. Auf dem Spirituskocher oder Propangasherd mit Backröhre „gelingen Mutti köstliche Gerichte". Wir sind weit weg von zu Hause – ohne die wohlgeordnete Normalität des Alltags mental zu verlassen. Wir wagen die Reise in fremde, exotische Länder leichter, wenn „Inzersdorfer"-Dosen mit Ravioli,

Bohnensuppe und Szegedinergulasch mitgereist sind. Und durch Schwimmflossen und Schnorcheln wie vom Tiefseetaucher Hans Hass wird der Urlaub am Meer noch schöner.

GENIE, REBELL & UNGLÜCKLICH LIEBENDER

In der Erinnerung an meine Kindheit existieren keine Kochbücher. Das Rezept für die Lieblingsspeise ihres Sohnes, die mit Gurkerln und Karotten gefüllten Rindsrouladen, hat meine Mutter im Kopf. Statt Kochbüchern liegen überall in der Küche Bücher über Franz Schubert verstreut. Im Teakholz-Wandverbau, in den die moderne Musikanlage integriert ist, dominieren Schubert-Schallplatten: Fast an jedem Nachmittag wechseln sich in unserer Zimmer/Küche/Kabinett-Wohnung Dietrich Fischer-Dieskau und Hermann Prey ab. Heute steht wieder einmal der Schubert-Liederzyklus „Winterreise" auf dem Programm.

Mit geschlossenen Augen sitzt meine Mutter am Diwan und summt leise mit. Endlich wirkt sie glücklich. Trotz der schwermütigen, oft tieftraurigen Schubertlieder, in denen „Tränen, so glühend heiß" fließen. Aber es wird ja auch von Hoffnung und Illusionen gesungen: „Ich träumte von bunten Blumen; So wie sie wohl blühten im Mai; Ich träumte von grünen Wiesen; Von lustigem Vogelgeschrei."

Franz Schubert, der melancholische, wohl wienerischste aller Komponisten. Schubert, das bescheidene Genie, der leise Rebell, der unglücklich Liebende. Er wird am Alsergrund, im Liechtenthal, im „Haus zum roten Krebs", geboren. Ein schlichtes, bürgerliches Vorstadthaus, im Innenhof üppige Stauden, hinten im Garten Ahornbäume, oben eine hübsch verglaste Veranda mit Blick auf die beiden Türme der benachbarten „12-Apostel-Kirche“.

In der Enge des Schulhauses, wo die Mutter ein Kind nach dem anderen – insgesamt vierzehn, von denen nur vier am Leben bleiben – zur Welt bringt, zeichnet sich früh der unlösbare Konflikt zwischen Vater und Sohn ab: Musik gilt für den biederen Schulmeister bloß als Beiwerk, Komponieren nicht als Beruf. Ausgewählt von Kaisers Gnaden, entkommt Schubert als Sängerknabe der k. k. Hofkapelle im Konvikt der Autorität des Vaters. Seine erste Komposition entsteht, ein Stück „für Klavier zu vier Händen“. Franz findet Freunde, bei denen er wohnen wird und sich zeitweise geborgen fühlt.

Nur die Liebe bleibt unerfüllt: „Ich träumte von Lieb´ um Liebe“; „Von einer schönen Maid“; „Von Herzen und von Küssen“; „Von Wonne und Seligkeit.“ Die Nachbarstochter Therese Grob weist ihn ab, von der verehrten Komtesse Karoline von Esterhazy trennt ihn der Stand. Ein Leben in kleinen Zimmern beginnt, selten hat Franzl eines für sich allein.

Im Wien dieser Zeit drängen sich die Menschen an der Peripherie in dunklen, kargen Wohnungen, Handwerker haben in den Höfen ihre Werkstätten, Taglöhner hausen neben Beamten, Lehrer neben Dienstboten. Die Enge treibt sie hinaus. Die Straßen stinken. Bei Nacht gibt es kein Licht. Wirtshäuser werden zum Wohnzimmer.

Lange Zeit bleibt Schubert erfolglos. Freunde müssen ihn finanziell unterstützen. Doch die existenziellen Nöte sind von den Seelischen überlagert. Gelassene Heiterkeit und jugendlich-kindlicher Übermut schwinden bald. Einsamkeit und Melancholie, Verunsicherung und Verzweiflung, das langsame Absterben der Fähigkeit, lieben zu können, prägen die dunklen

Seiten seiner Seele. Der immer deutlicher werdende Verlust an der Realität wird zum tragischen Motor seines Lebens, die Flucht aus der Stadt, in der die untreue Geliebte wohnt, zu einem Versuch traurigen Tatsachen zu entfliehen. „Niemals sind wir ungeschützter gegen das Leid", analysiert Sigmund Freud, „... als wenn wir lieben, niemals hilfloser unglücklich, als wenn wir das geliebte Objekt oder seine Liebe verloren haben."

Franz Schubert liebt – anders als sein Vorbild Ludwig van Beethoven und seine adeligen Freunde – das Zusammensein im Kreise einfacher Menschen. Er fühlt sich wohl in den engen, dunklen Gassen der Vorstadt, die Melodie der Peripherie bestimmt sein Leben. Er liebt Kartenpartien und *Würstelbälle*, die Schar der fidelen Freunderln sind Familienersatz, das Wirtshaus seine Heimat. In der „Schnecke", der „Schwarzen Katze" und der „Ungarischen Krone" zecht man bis in den frühen Morgen. Bei Schubertiaden – geselligen Abenden, die seiner Musik gewidmet sind – wird getanzt, getrunken und *schnabuliert.*

Einsamkeit und Melancholie schwinden für einige Stunden. Franz Grillparzer ist manchmal da, auch der Maler Leopold Kupelwieser, immer die Saufkumpane – Schober, Schwind, Spaun und der vielleicht einzige wahre Freund, der Sänger Johann Michael Vogl. Sie helfen Schubert abends die „Tränen, so glühend heiß" zu vergessen, die Tristesse des langen Tages zurückzudrängen. Die Scheinwelt schöner Klänge, heiterer Leichtigkeit und unbesorgter Geselligkeit ist vom tiefen Leid Schuberts überlagert.

Starke Naturverbundenheit, unbestimmtes Sehnen, ewige Rastlosigkeit – Leben und Musik Franz Schuberts sind von verzweifelter Unruhe geprägt. Ein Wanderer, ein unsteter Gast auf dieser Erde. Sein Werk ist derart umfangreich, dass manche seiner Zeitgenossen meinen, er arbeite in Trance. „Beim Komponieren kam mir Schubert wie ein Somnambule vor", schreibt sein Freund Anselm Hüttenbrenner, „... dabei schnalzte er öfters mit der Zunge."

Schubert ist von schwächlicher Konstitution und kleinem Wuchs – kaum mehr als eineinhalb Meter groß und daher untauglich für den Wehrdienst. Untersetzter Körperbau, Bierbauch, krauses Haar, schwulstige Lippen, knollige Nase. Das einzig Reizvolle – der verträumte, fast verschleierte Blick – verbirgt sich hinter dicken Brillen. Das Äußere wird vernachlässigt, die Hoffnung, doch noch Liebe zu finden, ist geschwunden. Der scheue Schubert hüllte sich in schützende Schwaden von Tabak und kleidete sich ohne jede Sorgfalt. In den letzten Jahren seines Lebens, als er nur mehr als *Schwammerl* verspottet wird, scheint er sich aufgegeben zu haben.

Der Komponist ist konzentrierter Morgenarbeiter und getriebener Nachtschwärmer. Als sein Ruhm wächst, als die Schubertiaden letzter Schrei der musikalischen, vergnügungssüchtigen Gesellschaft werden, ist Franz Schubert für kurze Zeit begehrter, bewunderter Mittelpunkt der Wiener Salons. Bis er im Alter von 26 Jahren von einer unheilbaren Krankheit befallen wird.

Am 31. Oktober 1828 laden Freunde Franz Schubert ins Gasthaus „Zum Roten Kreuz" ein. Es gibt Fisch aus der Donau, Wein aus der Wachau. Man prostet einander zu. Schubert isst, als er plötzlich die Gabel beiseite legen. „Ich will nicht mehr", sagt er mehr zu sich selbst. „Es ekelt mich. Der Fisch schmeckt wie vergiftet."

Nach mehreren Tagen des Kränkelns begibt sich Franz Schubert am 11. November ins Bett und steht nie mehr auf. Am nächsten

Tag schreibt Schubert an Schober: „Ich bin krank. Ich habe schon elf Tage nichts mehr gegessen und nichts getrunken und wandle matt und schwankend vom Sessel zum Bett und zurück ... wenn ich auch was genieße, so muss ich es gleich wieder von mir geben.“ Vier Tage später stellt der Arzt eine „Abart von Typhus“ fest, der „vermutlich durch Verunreinigung des Trinkwassers“ hervorgerufen ist.

Der todkranke Schubert singt mit dünner Stimme Lieder – Bruchstücke aus den Zyklen „Winterreise“ und „Schöne Müllerin“. Von „allmächt´gem Liebestraum“ und „gefrorenen Tränen“. Ängste und Nöte, Triebe und Träume eines traurigen Lebens werden am Todeslager sublimiert.

Trotz einer gewissen Todessehnsucht hält er sich genau an die Vorschriften des Arztes Dr. Rinna: Damit er nicht vergisst, die Medikamente zur richtigen Zeit einzunehmen, lässt er eine Sanduhr laufen. Er will weiterleben – doch er ahnt das nahe Ende. Der Tod ist auf dem Weg zu ihm, der Tod, der dem jungen Mädchen im Lied so tröstliche Worte ins Ohr flüstert: „Gib deine Hand, du schön und zart Gebild! Bin Freund und komme nicht zu strafen. Sei guten Muths! Ich bin nicht wild, sollst sanft in meinen Armen schlafen!“

Am 18. November fällt Schubert ins Delirium. Freund Eduard von Bauernfeld berichtet, er habe ihn angefleht, man solle ihn doch nicht „in diesem Winkel unter der Erde lassen ...“ Als man ihm versichert, er läge in seinem eigenen Zimmer, soll er gerufen haben: „Nein, das ist nicht wahr – hier liegt Beethoven nicht!“ Am nächsten Tag, um drei Uhr nachmittags, stirbt Franz Schubert. Man spricht von Bauchtyphus als Todesursache – jeder weiß jedoch, dass der ewige Nachtschwärmer Schubert geschlechtskrank ist. Eines der Tabus, das im Wien des 19. Jahrhunderts nicht ausgesprochen wird.

Bei der Totenmesse in der Pfarrkirche „Zum Heiligen Josef" in Margarethen liegt der Verstorbene in der damals üblichen Einsiedlertracht auf der Bahre, einen Lorbeerkranz um die Stirn. Nach der Messe wird der Leichnam zum Währinger Friedhof überführt: Ferdinand will den Wunsch des Bruders erfüllen, in der Nähe Ludwig van Beethovens begraben zu sein. So finden Beethoven und Schubert, nicht weit voneinander entfernt, eine Ruhestätte, die nicht ihre Letzte sein soll: Die Stadt Wien bestattet beide später am Zentralfriedhof, wo sie nun noch näher nebeneinander ruhen.

Franz Schubert hat gelegentlich erklärt: „... mir kommt´s manchmal so vor, als gehöre ich nicht in diese Welt." Damit mag es zusammenhängen, dass auch die Welt, seine Welt, mit ihm nicht das Richtige anzufangen weiß. Man fordert das Gefällige von ihm, die meisten wichtigen Werke bleiben unveröffentlicht, solange er lebt. Franz Schubert bleibt zu seinen Lebzeiten ein Liederkomponist, dessen monumentales Gesamtwerk nicht erkannt wird. Die, die seine Bedeutung erahnen, können sich mit ihrer Fürsprache nicht durchsetzen.
In einem Brief an den Maler Leopold Kupelwieser schreibt Schubert: „... jede Nacht, wenn ich schlafen geh`", hoff` ich, nicht mehr zu erwachen."

BAMBI, BLUTWURST & BÜSTENFORMER

In der Glasergasse. In den Gedanken meiner Mutter lebt Franz Schubert immer weiter. In jener kleinen Welt der Zinskasernen. Die Frauen den ganzen Tag über in der *Kombinege*, „Büsten- und Hüftformer aus Perlon mit Zweizug-Gummi" werden nur sonntags angelegt – damit wird jede Hausfrau zur Schönheitskönigin der Vorstadt.

Für den Alltagstratsch an der Bassena reicht allerdings das bequeme, reich gemusterte Hauskleid: Beim Fleischhauer könne man nicht mehr anschreiben, seit der Junge übernommen habe, die Woll- und Wirkwarenhändlerin vom Julius-Tandler-Platz ist am Wochenende nach einem Schlaganfall bei den „Barmherzigen Schwestern“ gestorben, „Presto“ und „Radion“ gibt es im Konsum jetzt als Doppelpack-Angebot – ja, und die Tochter der Lehrerswitwe aus dem Nebenhaus habe man in der Waschküche mit dem Tapezierergesellen erwischt... in unserer Waschküche... Der arbeitslose, nicht unfesche Tapezierer, der seit Monaten im *Huber-Feinripp-Unterleiberl* von seinem Fenster im dritten Stock das Treiben in unserer Gasse beobachtet. Grauer Vorstadtalltag mit einem Hauch schwüler, lustgeschwängerter Welt der Dirne Josefine Mutzenbacher.

Die Wiener Fanny Hill soll um 1900 in Ottakring gelebt haben. Schon als junges Mädchen erlebt Josefine mit einem Bettgeher, der untertags im einzigen Zimmer der fünfköpfigen Familie Mutzenbacher schläft, erste sexuelle Erfahrungen. Bald beginnt die *geile Pepi*, ihre erotischen Erlebnisse in einem Tagebuch aufzuschreiben. Lüsterne Abenteuer mit den Nachbarskindern, den beiden Brüdern, dem Sohn des Hausherrn, dem Beichtvater und dem Bierversilberer – dem unersättlichen Herrn Horak. Josefines Vater vermittelt Pepi an den Zuhälter Rudolf, nachdem er selbst über seine Tochter hergefallen ist. Josefine landet am Strich. Als *Grabennymphe* zwischen Graben, Stephansplatz und Kärntnerstraße: „Ich war nun käuflich, war ein Ding für jedermann ... wenn man bedenkt, daß das Jahr 365 Tage hat, und wenn man nur, gering gerechnet, den Tag mit drei Männern einschätzt, so macht das an elfhundert Männer im Jahr, macht in drei Jahrzehnten wohl dreiunddreißigtausend Männer. Das ist eine Armee. Und man wird es weder anraten noch wünschen, dass ich von jedem dieser dreiunddreißigtausend Schweife, die mich im Laufe der Zeit bewedelt haben, einzeln Rechenschaft ablege... Die Männer tun alle dasselbe. Sie liegen oben, wir liegen unten. Sie stoßen und wir werden gestoßen. Das ist der ganze Unterschied."

Die pornografische Lebensgeschichte der Josefine Mutzenbacher soll vom Romancier und Theaterkritiker Felix Salten im Auftrag eines ungarischen Fabrikanten geschrieben worden sein. Salten bestreitet bis zu seinem Tode 1945 nie die Urheberschaft an der Biografie des freudvollen Flitscherls aus Wien. Mit Berichten der „körperlichen Landschaft, die in anderen Büchern ausgespart sind". Mit Ironie, Sozialkritik, Freude an Ausgelassenheit und Obszönität. Ohne Reue, ohne Sentimentalität, ohne schlechtes Gewissen: „Ich bin frühzeitig zur Hure geworden, ich habe alles erlebt, was ein Weib, im Bett, auf Tischen, Stühlen, Bänken, an kahle Mauerecken gelehnt, im Grase liegend, im Winkel dunkler Haustore, in chambres separées, im Eisenbahnzug, in der Kaserne, im Bordell und im Gefängnis überhaupt nur erleben kann, aber ich bereue nichts von alldem... Aus Armut und Elend, wie ich entstammt bin, habe ich alles meinem Körper zu verdanken. Ohne diesen gierigen, zu jeder Sinneslust frühzeitig entzündeten, in jedem Laster von Kindheit auf geübten Körper wäre ich verkommen wie meine Gespielinnen, die im Findelhaus starben oder als abgerackerte, stumpfsinnige Proletarierfrauen zugrunde gingen".

Felix Salten, der Mutzenbacher-Biograf, wird als Siegmund Salzmann 1869 in Budapest geboren. Als Nachfahre einer langen Reihe von Rabbinern. Die Schulden des Vaters zwingen den jungen Sigi bald, für die Familie zu sorgen. Früh muss er das Gymnasium verlassen, arbeitet als Keiler bei der „Phönix"-Versicherung und schreibt nachts nebenbei unter dem Pseudonym Felix Salten für mehrere Zeitschriften Kurzgeschichten. Bald übernimmt er als Nachfolger Theodor Herzls die Position des Feuilletonchefs bei der „Wiener

Allgemeinen Zeitung". Populär wird Felix Salten durch Tierromane, in denen er seine Helden wie Menschen agieren und sprechen lässt.

Wie jener vom Rehkitz *Bambi*, dem ersten Buch, das mir meine Mutter vorliest. Im „Heimatkino" in der Porzellangasse, dem späteren „Schauspielhaus", treffe ich Bambi wieder. Als Walt Disney-Zeichentrick-Figur. Am Weg zu ihrer Canasta-Partie am Samstag im „Café Koralle" bringt mich meine Großmutter – heute in dunkelblauem Kostüm, mit dreireihiger Perlenschnur, schwarzer Krokotasche und eleganten Pumps – in die Nachmittagsvorstellung. Erste Reihe. 5 Schilling 50.

Zuhause haben wir Kinder unsere treuen Spielkameraden: *Bambi*, das kleine, hochbeinige Reh mit den schwarzen Knopfaugen, *Mecki,* den pfiffigen Igel mit seiner Stoppelglatze und *Dumbo*, den fliegenden Elefanten mit den viel zu großen Ohren.

Im Keller unseres Hauses in der Glasergasse das Gewölbe des Kohlentandlers, jetzt – 50 Jahre später – ein „Kung-Fu-Center". Vor dem Haus parkt der Kohle-Koks-Dreiradler mit offener Ladefläche. Um sechs Uhr früh das Geknatter der ersten Lieferung. Eierkohle und Briketts werden von zwei Männern mit rußverschmierten Gesichtern, in deren Augen man die Geschichte ihres patscherten Lebens erkennt, auf den „Kohle-Express" geschleudert. Manchmal treffen sie an der Kreuzung zur Porzellangasse die sauberen Kollegen in ihren hellen Overalls, die weiße Stangen liefern – Eis für den Eisschrank. Richtige Kühlschränke gibt es auch in der Welt des Heimito von Doderer erst ein paar Jahre später.

Gegenüber unseres Hauses das Geschäft der Frau B. Scharfer Salmiak- und Terpentin-Gestank der Drogerie in der ganzen

Gasse. Frau B. mit einem Anflug von Oberlippenbart, blass und gelangweilt im blauen Arbeitsmantel am Eingang gelehnt, gerne ein *Zigaretterl* rauchend. „Smart Export". Aus dem Inneren des Fachgeschäftes dringt der billig-verführerische Duft von „Chat Noir-Eau d´ Cologne de Paris". Ein bisschen weite Welt in unserer Gasse.

Daneben der Fleischhauer mit den Brat-, Blut- und Leberwürsten „aus eigener Schlachtung", die in der Auslage wie Girlanden runterbaumeln. Bis knapp über den Sauschädeln mit den Petersilie-Büscheln im Maul. Gegenüber das Wimo-Milchgeschäft, daneben die erste Roman-Tauschzentrale am Alsergrund. Ein Universum aus geheimen Sehnsüchten und geborgten Lebensinhalten. Der Herr des Tauschhandels – ein dünnes Manderl mit olivgrünem Schnürlsamthut hinter vergilbten Bücherstapeln von Schicksalen. „Bastei-Heimat-Romane", „Kelters Arzt-Romane" und die fast immer vergriffenen „Schloß-Romane" mit vielversprechenden Titeln wie „Das Geheimnis der Jungbäuerin"; „Dr. Solbach am Scheideweg"; „Er wollte das Ja-Wort der Jungfrau"; „Tränen der Liebe: Bianca und der Graf von Imlau."

Am Boden für uns Buben Berge von abgegriffenen, Kaugummiverpickten „Micky Maus"-, „Fix & Foxi"-, „Akim"- und „Sigurd"-Heftln. 50 Groschen pro Stück. Und hinten im Eck ein besonderer Stoß: „Hobby - das Magazin der Technik" bringt die Zukunft in die Roßau. Die Zeitschrift prophezeit Mitte der 50er-Jahre, dass es bald „fliegende Marsfahrzeuge und Autos ohne Räder, die auf Turboluftpolstern fahren, Luftmopeds und Düsenski" geben wird. Auch für die Verkehrsprobleme der nächsten Jahrzehnte hat „Hobby" die Lösung: „Man wird bald Straßen unter der Erde bauen, ein unterirdisches Autobahn-Netz von mehreren hunderten Kilometern Länge sowie zehntausenden Parkplätzen."

Gleich neben dem Tauschzentrum der „Elektrofachhandel“ des Herrn U. Seine Frau, sehr dick, sehr schwermütig, sehr lieb. Sie sitzt auf ihrem Holzschemel, den gewaltigen, ausladenden Busen auf der hochklappbaren Budel abgelegt, atmet schwer und schaut traurig. Weder der sonnengelb leuchtende, unter den Achseln verklebte Angora-Pullover, den sie jeden Tag trägt, noch die frisch lackierten, blutroten Fingernägel bringen Fröhlichkeit in das Leben der Frau U.

Ich mag Frau U. Einmal pro Woche besorge ich ihr einen Karton der geliebten „Manja“-Nougat-Stangerln aus dem Süßwaren-En Gros-Geschäft in der Marc-Aurel-Straße, bringe ihr jeden Tag zwei Fru-Fru von der grantigen „Wimo“-Milchfrau und hör mir all die Geschichten von der *Bagage* – der Kundschaft – an.

Jeden Sonntag Nachmittag begleite ich meinen Vater in die nahe „Clusius-Sauna“. Sofort umfängt den Besucher eine kraftvolle Geruchsmischung aus Chlorophyll, Kernseife und Schweiß. Drinnen in der engen Saunakabine ganz oben dicke, „Ahhhhh, herrlich“ brüllende Männer, die sich gegenseitig mit Birkenästen den Rücken peitschen. Das „Traubisoda“-Thermometer neben der Tür zeigt nie weniger als 110 Grad. Zwei, drei alte Juden, die sich auf der untersten Bank leise Geschichten erzählen und die beiden Badewascheln im Lendenschurz an ihrem Tisch vor dem Eingang zur Saunakabine. Sie ergötzen sich jeden Sonntag an den gleichen Judenwitzen.

LOCKRUFE DER NAZIS

Franz Schuberts Lieder und die Romane des Heimito von Doderer. Davon schwärmt meine Mutter. Noch wenige Tage vor ihrem Tod soll ich ihr aus der „Strudlhofstiege“ vorlesen. Die großbürgerliche Atmosphäre in der Porzellangasse – nur ein paar hundert Schritte von unserer ärmlichen Zinskaserne in der Glasergasse entfernt – führt sie zurück in eine glücklichere Zeit.

Heimito von Doderer. Der große Romancier Wiens. Das Engagement für den Nationalsozialismus ist der dunkelste Punkt seines Lebens. Seit dem Geschichtsstudium ist Doderer von der Blüte des mittelalterlichen deutschen Reiches fasziniert. 1933 tritt er als illegales Mitglied der NSDAP bei. Der Schriftsteller projiziert Ideale des „Heiligen römischen Reiches deutscher Nation" auf die Ziele Hitlers und folgt somit für einige Jahre den Lockrufen der Nazis. Der erfolglose Schreiber hofft, dass für „Schriftsteller meiner Art nun ein Morgenrot angebrochen sei". Opportunismus, der Glaube an die Existenz eines „Reichsgefühls", aber auch persönliche Enttäuschung treiben Doderer zunächst in die Bewunderung der Nazi-Machthaber. Im Burgtheater wird 1937 Csokors „Dritter November 1918" uraufgeführt. Demonstrativ wird die Textstelle „Wenn dieses Österreich einmal aufhört zu sein – dann kommt in die Welt niemals Friede" akklamiert.

Ab diesem Jahr ist bei Doderer ein Wandel erkennbar, er lässt sich nicht mehr als NSDAP-Mitglied führen – der Austritt aus der Partei war nicht möglich. 1938 stimmen bei einer Volksabstimmung über den „Anschluss" 99,73% der Bevölkerung für die „Vereinigung Österreichs mit dem Deutschen Reich". Und Hermann Göring meint in der Nordwestbahnhalle unter frenetischem Applaus, dass eine Stadt, in der 300 000 Juden leben, keine deutsche Stadt mehr ist und erklärt, dass Wien binnen vier Jahren *judenrein* sein müsse. Bei Doderer ist zu diesem Zeitpunkt die blinde Begeisterung der ersten Stunde bereits verweht. Manchmal ist in seinem Werk sogar eine selbstkritische, distanzierte Haltung erkennbar: „Die parteigerechte und in diesem Sinne optimistisch verfaßte

Literatur in den totalen Staaten ist geistesmechanisch der Pornographie durchaus analog.“

Eine gewisse Form von Antisemitismus ist bei Doderer aber auch noch Jahre nach dem Ende der Nazi-Barbarei erkennbar: Im 1950 erschienenen Roman „Die erleuchteten Fenster oder die Menschwerdung des Amtsrates Julius Zihal“ lässt der Schriftsteller den kleinbürgerlichen Bürokraten, dessen inniger Umgang mit Akten und Verordnungen sein Leben erfüllt, den Begriff Literatur definieren: „Literatur ist für mich das, was ein Jud´ vom anderen abschreibt.“ Nicht Doderer selbst entschließt sich zu antisemitischen Bemerkungen – nein, er lässt voller Raffinement seinem Romanhelden den Vortritt.

DÄMONEN, DISZIPLIN & DICKE DAMEN

Der erste Wiener Kulturstadtrat nach Ende des Zweiten Weltkrieges Viktor Matejka kennt Heimito von Doderer seit 1921, seit einer Vorlesung des Universitätsprofessors Oswald Redlich über die „Geschichte des Mittelalters“. Der erste Eindruck Doderers auf Matejka ist der von einem peinlich korrekt gekleideten Herrn mit strammer Haltung und militärischen Manieren – ein „selbstbewusster Repräsentant der Weltkriegsgeneration“. 20, 30 Jahre später schafft es Doderer in Diskussionen mit seinem Freund Matejka, der mehrere Jahre im Konzentrationslager verbringen musste, nie, mit klaren Worten sich zu seinem frühen Engagement für die Nationalsozialisten zu bekennen. Jedes Mal gelingt es ihm, das unangenehme Thema in einem „strudlhofstiegenteigigen Palaver zu vernebeln.“ Als dem bereits 60-jährigen Romancier die erste staatliche Ehrung zuteil wird, spricht er in seiner Dankesrede von „Jugendschuld und von langen, dunklen Gassen, in denen kein Fenster sich öffnete und kein Ohr war, ihn zu hören.“

Hans Weigel und Viktor Matejka erzählen mir Jahre später von Doderers Bemerkungen über „die Juden“ im Sinne des Ausspruches von Karl Lueger – „Wer a Jud´ is´, bestimm´ i ...“. Eine sanfte, perfide Abart von Judenhass. Salonfähiger Alltags-Antisemitismus – der auch in manchen Cottage-Villen, auf der Hohen Warte, in Hietzing oder Pötzleinsdorf kultiviert wird. Da wird zum Aperitif vom Gastgeber schon gerne einmal einem pikanten Herrenwitz wie „Ein Ehemann überrascht seine Frau mit dem Hausfreund in einer eindeutigen Situation und meint zu diesem „Ich muss – aber du?“ der Satz nachgejagt: „wirklich ärgerlich, diese Deutschnationalen – jetzt versauen´s uns unser´n ganzen schönen Antisemitismus.“

Das seltsame Leben des Individualisten Doderer ist jedenfalls seit seiner Jugend von Enttäuschungen und Rückschlägen bestimmt, die Anerkennung als großer deutschsprachiger Schriftsteller kommt sehr spät. Seine Sprachbeherrschung und virtuose Erzähltechnik wird erstmals 1956 registriert: Das 1345 Seiten-Opus „Die Dämonen“ erscheint. Der Durchbruch. Für Kritiker Hans Weigel eine „Sternstunde der österreichischen Literatur“. In einer Titelgeschichte stellt „Der Spiegel“ über den bis dahin kaum beachteten, als schrullig und exzentrisch abqualifizierten Wiener fest: „Auf der Suche nach einem Thronfolger für die verwaisten Thronsessel der deutschen Literatur – Thomas Mann starb 1955, Gottfried Benn und Bertolt Brecht 1956 – wendet sich der Blick deutlich nach Wien. Der taxierende Blick gilt Heimito von Doderer.“ Das deutsche Feuilleton preist großartige Erzählkunst, in Doderers Sprache „gewinnt der Schlamm des Trieblebens eine kristallene Durchsichtigkeit“, „Die Dämonen“ wird mit Werken von Tolstoi, Dante und Dostojewski gleichgesetzt.

Immer wieder kommen in den Romanen Doderers neue soziologische Genres ins Spiel: Adelige und Arbeiter, Verbrecher und

Diplomaten, Kleinbürger und sehr dicke Frauen – Witwen, Heiratssüchtige und Huren. Der Romancier versteht es auch meisterhaft, Stimmungsbilder nachzuzeichnen. Düstere Kaffeehäuser und deprimierend graue Straßenzüge, grüngoldene Wiesen und von Sonnenstäben durchzogene Wohnungen. Ein Wiener Sommermorgen wird beschrieben: „Die Luft schien mir mild und schäumig, wie frische Seifenflocken, große, geschlossene Blocks von Kühle enthaltend. Die mächtige blaue Fahne des Himmels schlug noch keinerlei Hitze herab auf den Asphalt..."

Mit lustvoller Akribie beschreibt Doderer im Roman „Die Dämonen" auch die *dicken Damen.* Der Schriftsteller Kajetan von Schlaggenberg, eine der eigenwilligsten Romanfiguren, gelangt mittels Inseraten zu korpulenten Frauen für seine „Dicke Damen-Theorie". Im Annoncentext werden Frauen „von außergew. starker, korpulenter, üppiger und überaus mächtiger breiter Statur" aufgefordert, sich für diese von Schlaggenberg „Chronique Scandaleuse" genannte Aktion zu melden. Aktionsfelder sind zwei Cafés, eines am Donaukanal, das andere in Wien I.
Fast 80 Zusammenkünfte finden statt. Dem „Dämonen"-Leser wird an mehreren Beispielen anschaulich demonstriert, wie schwierig es ist, dem „Dicke Damen"-Idealtypus zu entsprechen. Eine Auswahl:

Rosi A.: Guter Typus, rotblond, mittelgroß, ohne Imposanz. Intellektuell unternormal. Fett. Dumm. Trefflicher „Reithosentyp", zu leicht. 77:99:110:45 (Anmerkung: Die Ziffern bedeuten Gewicht, Brustumfang, Hüftumfang, Alter)

Hanna W.: Nicht bildungslos. Bester bisheriger Treffer, aber unmöglich zu handhaben. Hypertrophisch dicke Fesseln. 110:135:135(!):53 (gemessen und nach Wiegekarte)

Mela R.: Typus fast erfüllt, auch in Gewicht und Maßen. Leider zu derb und degagiert im Ton, keine DD-mäßige Würde und Prüderie. Geschiedene Frau. Der Mann ist ihr in Südfrankreich vor fünf Jahren durchgegangen, mit einer Marokkanerin. Wäre perfekt (taxativ 82:115:120:48!)

Auch der Privatmann Doderer sucht durch regelmäßige Zeitungsannoncen im „Kurier“ die Bekanntschaft voluminöser Damen. Er gestaltet Ende der Fünfzigerjahre gemeinsam mit seiner Vertrauten und zwischenzeitlichen Geliebten Dorothea Zeemann die „Kurier“-Literaturbeilage, daher erscheinen die Anzeigen kostenfrei. Wer das Mindestgewicht von 100 Kilogramm auf die Waage bringt, wird nachmittags in das Atelier in der Buchfeldgasse, das der Romancier gemeinsam mit Freund Albert Paris Gütersloh bewohnt, gebeten. Weiters wird gebeten, die Kleidung abzulegen und ein weißes *Büßerhemdchen* überzustreifen. Am Boden kniend gilt es dann, einen lateinischen Text vorzulesen.

Dann beurteilt Doderer, gestärkt von Mocca und Pfeife – manchmal vom Kommilitonen Gütersloh unterstützt, beide Herren wie immer „per Sie“ und in bodenlange, alte Wehrmachtsmäntel gehüllt – die willfährigen Wallküren nach einem gestrengen Notensystem. Die Siegerin in diesem perversen Spiel darf abends an Doderers Stammtisch in seinem Lieblingswirtshaus, der Josefstädter „Stadt Paris“, teilnehmen.

Dem Freund Helmut Qualtinger erzählt Heimito von Doderer einige Jahre vor seinem Tod, auf welche Weise er sterben wolle: „Eigentlich möcht´ ich enden mit viel schwarzem Kaffee und Frauen vor mir. Etliche natürlich, mit dicken Ärschen. Und jedes Mal kann ich mir dann eine holen und dazu wieder einen anregenden Mocca trinken.“

Im Erscheinungsjahr des Romans „Die Dämonen" – ich habe gerade den ersten Volksschultag in der D´Orsay-Gasse in meinem dunkelblauen Anzügerl mit zu kurzer Hose hinter mich gebracht – übersiedelt Doderer wieder einmal. Zum letzten Mal. Auf den Alsergrund. In die Währingerstraße, in unmittelbare Nähe der Strudlhofstiege.

DAS GEWAGTE ABENTEUER DER TUGEND

Die Atmosphäre am Alsergrund bildet auch den Nährboden seines Romans „Die Strudlhofstiege", diesen Stadtteil hält der Schriftsteller für „den geistigsten von Wien". Die Heimat der naturwissenschaftlichen Universitätsinstitute, Arthur Schnitzler arbeitet hier vorerst als ärztlicher Assistent seines Vaters in der Poliklinik, Franz Schubert wird am Alsergrund geboren, Bruckner und Beethoven leben hier, Wolfgang Amadeus Mozart komponiert im rosenüberwucherten Salettl des Hauses „Zu den drei Sternen" in der Währingerstraße 26. Auch das Leben der Schriftsteller Bahr, Lenau und Hebbel ist untrennbar mit dem Viertel rund um die Strudlhofstiege verbunden und Sigmund Freud ordiniert in unmittelbarer Nähe in der Berggasse.

Hier am Alsergrund bewohnt Doderer in den letzten zehn Lebensjahren seine schlicht und spartanisch eingerichtete Zweizimmer-Junggesellenbude, die Fenster zum Innenhof. Kaum anders als während der Jahre in Armut, lebt der jetzt international anerkannte „große Sohn des Alsergrundes". Betreut von „Poldi". Einer treuen, alten Bedienerin, die seit mehreren Jahrzehnten streng und gewissenhaft den Haushalt führt. „Poldi", der Herr Rittmeister, wie sie von Doderer genannt wird, hat das Überleben des Schriftstellers in schwierigen Nachkriegszeiten nicht nur mit aufmunternden

Worten, sondern auch mit Lebensmitteln vom Bauernhof ihrer Eltern im Wienerwald ermöglicht.

Die „Geruchssymphonie“ bestimmt nicht nur die Romane, sondern auch die Wohnung des Dichters. Naphtalingeruch der Mottenkugeln und zerstäubtes Lavendelwasser – mit besonderer Sorgfalt werden Guckloch und Briefschlitz der Eingangstür besprüht – beflügeln Doderer. Für den „Herrn Rittmeister“ gilt es, jede Infiltration „bösartiger und fast dämonisch obstinater Ausdünstungen“ von außen zu verhindern.

Zeitig am Morgen beginnt der Schriftsteller zu arbeiten. In der Badewanne. Frau Poldi bringt das große Reißbrett an die Wanne, auf dem er mittels eines Vierfarbenstiftes mit mathematischer Präzision Aufbau und Handlungsablauf des jeweiligen Romans in Kompositions-Skizzen festhält.

Danach wird im Arbeitszimmer täglich mehrere Stunden in völliger Isolation geschrieben. In zierlicher Handschrift kritzelt Doderer in ein gebundenes, schmales Buch. Korrekturen werden im danebenliegenden Journal vermerkt und später übertragen. Immer wiederkehrende, kurze Unterbrechungen durch *Pulverer* - starken, türkischen Kaffee mit sieben Stück Zucker und einer Prise Salz.

Zwischendurch, um auszulüften, den scharfen Geruch starker Obstdestillate und den abgestandenen Rauch der reichlich konsumierten Pfeifen und Austria 2-Zigaretten zurücklassend, den Mantel rasch über- und der breitkrempige Hut tief ins Gesicht gezogen, ein kurzer Spaziergang an den Donaukanal. Oder in eines seiner Stammcafés. Ins „Brioni“ am Julius-Tandler-Platz oder ins „Hummel“ auf der Josefstädterstraße. Oder man stärkt sich mit einem kleinen Vormittags-Gulasch oder -Beuscherl von zwei, drei *Pfiff* Stadtbräu begleitet, im „Wirtshaus zur Flucht nach Ägypten".

Abends wird der disziplinierte Dichter gesellig. Er trifft Helmut Qualtinger und seine Partie im „Falstaff" gegenüber der Volksoper, „überprüft das Hawelka", oder besucht seinen Stammwirten aus der Zeit, in der er in der Josefstädter Buchfeldgasse gewohnt hat: Franz Blauensteiner, das lebende Klischee von einem Wiener Wirten – den gemütlich dickliche Besitzer des Gasthauses „Zur Stadt Paris".

„Am Liebsten hat er Hausmannskost gegessen, Stelze, G´selchtes und Schweinsbraten", erinnert sich der Wirt des Doderer-Stammbeisls, „... er ist mir sofort aufgefallen, als er das erste Mal zu mir ins Lokal gekommen ist, besonders gut gekleidet, extrem höflich. Er hat sich gleich bei mir als Romanschriftsteller vorgestellt. Bald bildete sich um ihn ein Stammtisch. Mit dem Prof. Hugo Winkler – er entwickelte aus afrikanischen Kräutern ein Haarwuchsmittel, hatte aber nach fünf Jahren noch immer eine Vollglatze – lieferte sich unser prominenter Stammgast dialektische, hochgeistige Schlachten. Herr von Doderer schrieb auch bei mir im Lokal. Nachmittags im dunklen Nebenzimmer, wenn nur die Postler und Müllmänner auf ein schnelles Achterl kommen. Als er bei den Dämonen einmal nicht weiterwusste, sprang er auf, ging nach Hause und holte seinen Rosenkranz. Er hing ihn an die Wand, fixierte ihn lange – und konnte plötzlich wieder schreiben. Ich glaube, wenn er überhaupt nicht mehr weiterkonnte, half ihm der Alkohol. Bei mir trank er wenig. Er war ein Herr und wollte nicht zeigen, dass er heimlich trinkt, wahrscheinlich deshalb auch sein Verständnis für Alkoholiker."

Das letzte Jahrzehnt in Doderers Leben ist von einer heimtükkischen Krankheit beherrscht. Bereits zwei Jahre vor seinem Tod merken enge Freunde die Veränderung: Die Abstände zwischen den depressiven Phasen werden kürzer, Appetitlosigkeit, ständige Müdigkeit, eingefallene, fahle Wangen, die immer brüchiger werdende Stimme des Kettenrauchers kündigen die todbringende Krankheit an. An den Tagebucheintragungen der letzten Jahre erkennt man die Resignation des Romanciers, das Bewusstsein des auf ihn unaufhaltsam zukommenden Endes: „Der Tod steht am Rande unseres Lebens und blickt in dieses hinein. Er umrandet unsere Existenz."

Am 23. Dezember 1966 stirbt Heimito von Doderer an Krebs. Er wird am Grinzinger Friedhof in unmittelbarer Nähe von Raoul Aslan und Gustav Mahler beerdigt. Im Todesjahr folgt ein letzter, persönlicher Rückblick des Schriftstellers: „Schließlich hebt man den Deckel wie von einem Topf: und sieht in sein eigenes Leben, und hat den ganzen Speisezettel um die Nase ... in diesem Augenblick hat man merkwürdigerweise nicht nur bereits gespeist, sondern auch schon – gefressen."

Am Liebsten hätte Heimito von Doderer – wie in seinem Tagebuch „Tangenten" nachzulesen – viel Geld gehabt, um in „einer Folge schwerster sexueller Excesse, sinnloser Saufereien und dementsprechender Gewalthändel endlich und endgültig unterzugehen." Statt dessen habe er das „ ... weitaus gewagtere Abenteuer der Tugend gewählt."

DER SCHÖNE KARL

Antisemitismus wird in Wien auch gerne bei sozialistischen und christlich sozialen Politikern – als Wahlzuckerl im Wettkampf um Stimmen aller sozialer Schichten – instrumentalisiert. Wie beim *schönen Karl*, dem charismatischen Bürgermeister Karl Lueger. Der Trafikanten-Sohn mit feschem Vollbart, der jedem Fiaker zur Ehre gereichen würde, stets mit einer Virginia im

Mundwinkel und dem Markenzeichen der Christlich-Sozialen, einer weißen Nelke, im Knopfloch, ist der adorierte Liebling der Amtsräte und Anstreicher, Hausherrn und Seidenfabrikanten, Milchfrauen und Wäschermädln.

Lueger, strahlend-jovialer Mittelpunkt beim Pratercorso, im Varieté und in den Vorstadt-Wirtshäusern, wird von Adolf Hitler in „Mein Kampf" als der „gewaltigste deutsche Bürgermeister aller Zeiten" gepriesen. Der brillante Demagoge beraubt mit seinen antisemitischen Wahlreden die Deutschnationalen um ihre Stimmen – auch wenn er bei einem Schalerl Gold im Wiener Gemeinderat dem jüdischen Abgeordneten Sigmund Mayer anvertraut: „Ich bin kein Feind unserer Wiener Juden; sie sind gar nicht so schlimm, und wir können sie gar nicht entbehren. Meine Wiener haben fortwährend Lust, sich auszuruhen, die Juden sind die einzigen, die immer Lust haben, tätig zu sein."

Schließlich sei ja auch sein Stellvertreter Porzer Halbjude. Über das Privatleben des ewigen Junggesellen weiß man wenig. Außer, dass Lueger auch bei amourösen Abenteuern kein „Feind unserer Wiener Juden" ist. Seine erste heimliche Liebe, die fünf Jahre dauern soll, ist Jüdin: Caroline Valerie Loewy, die unter dem Künstlernamen *Valerie Grey* in ihrem eigenen kleinen Theater in der Canovagasse auftritt. Die attraktive, mütterliche Freundin erteilt Lueger Rhetorikunterricht. Bald mehr. Immer öfter bittet der Sprachschüler die Schauspielerin in seine Dienstwohnung im Rathaus oder in die Privatgemächer in der Marokkanergasse.

Aber kaum ist der *Herrgott von Wien* draußen in der Vorstadt – bei seinen lieben Wählerinnen und Wählern – ist alles anders. Zum Ärger und Schaden seines Zeitgenossen und der Führerfigur des Antisemitismus im Wien des 19. Jahrhunderts,

Georg Ritter von Schönerer. Ein wuchtig stolzer Großgrundbesitzer aus dem Waldviertel. Ein deutschnationaler Reichsratsabgeordneter und rabiater Feind der fremdartigen Elemente, der unzivilisierten Zuwanderer, der geldgierigen Juden, die die *Chuzpe* – die Frechheit – besitzen, aus den hintersten Winkeln der Monarchie nach Wien zu streben.

Die Stadt wächst in der zweiten Hälfte des 19. Jahrhunderts unberechenbar rasant. Eine gewaltige industrielle Expansion lockt Menschen aus allen Gebieten des Reiches in die Hauptstadt. Im Jahre 1850 werden in Wien nach Eingemeindung der Vorstädte zwischen Ring und Linienwall weniger als eine halbe Million, bis zur Jahrhundertwende bereits dreimal soviel und nach dem Ende der Monarchie mehr als zwei Millionen Einwohner registriert.

Die soziale Situation der Arbeit Suchenden, der von vielen unerwünschten Neuankömmlingen, ist trist. Die Versorgung mit Gas, Strom, Wasser und vor allem Lebensmitteln ist in der rasch wachsenden Großstadt eines der dringendsten Probleme – und von der Stadtverwaltung kaum zu beherrschen. Die romantischen Laternenanzünder mit ihren langen Stangen und der blütenweißen Berufsbekleidung sind inzwischen aus dem Stadtbild verschwunden. Die verantwortlichen Politiker sind bemüht, das (Über)Leben im Moloch der Monarchie zu regeln. Ab 1832 werden Gasrohre verlegt, drei Jahre später der erste Wiener Gasometer gebaut.

Die katastrophale Wohnsituation bleibt bis zum Ende des Ersten Weltkrieges bestehen. Nur in einer Stadt ist die Situation noch schlimmer. In einer anderen, nach außen glänzenden Metropole des Habsburger-Reiches – in Budapest. Hier werden im Jahre 1905 mehr als 40 Personen aufgegriffen, die in Bäumen einer öffentlichen Parkfläche hausen.

Die dunklen, feuchten Bassena-Wohnungen der Wiener Gründerzeit-Zinskasernen lösen oft Tuberkulose aus, die auch die Wiener Krankheit genannt wird. Die durchschnittliche Wohnungsmiete beträgt 30 Kronen, der Wochenlohn einer Arbeiters 20 bis 50 Kronen. Die Betten werden nie kalt. Viele junge Mädchen werden in die Prostitution getrieben, um dadurch einen ständigen Schlafplatz zu erhalten. Die meisten Familien sind gezwungen, auf Zimmer/Küche/Kabinett Bettgeher – Nachtarbeiter, die untertags schlafen – aufzunehmen. In manchen Fällen werden im Kabinett sogar zwei Bettgeher pro Schlafstätte untergebracht, einer hat Tag-, der andere Nachtschicht.

Im Jahre 1910 leben laut Statistik durchschnittlich 4,4 Personen in einer Wohnung und sind 36% aller einräumigen Wohnungen mit mehr als fünf Personen belegt. Zehntausende Menschen sind gezwungen, in Notunterkünften dahinzuvegetieren. In Kellergewölben, die in Eisenbahndämme gegraben sind, auf Booten und in Schlupfwinkeln unter Brücken.

Zehn Jahre später erreicht die Inflation mit 573% Geldentwertung einen dramatischen Höhepunkt. Es kursieren Banknoten im Wert von 200 Milliarden Kronen. Doch kaufen kann man sich um die vielen Scheine nur wenig: Ein Kilo Schweinefleisch kostet 1000 Kronen. Wegen der nicht mehr überschaubaren Teuerungen von einem Tag zum anderen kommt es zu Plünderungen. Spekulanten und Hamsterer beherrschen das Wiener Straßenbild. Jeder will, jeder muss überleben. Ein charakteristischer Gassenhauer drückt die Stimmung dieser Hungerjahre aus:

„Unrasiert und ohne Groschen
Stell i mi beim Greißler an
Hau ihm ane in die Goschen,
schnapp an Laab und renn davon.“

PERLENKETTEN, PERSERTEPPICHE & EINE SAU

Drastische Lebensmittel-Beschränkungen machen die Bevölkerung wütend. Der Zorn der Masse eskaliert. Anlässlich einer fleischlosen Woche wird von den Behörden statt Fleisch „einmalig ein Achtel Kilo Haferreis pro Person zugeteilt." Als das Gerücht aufkommt, dass es noch Fleisch gebe, sammeln sich ab vier Uhr früh mehr als 10.000 Menschen vor den Toren der Großmarkthalle, die schließlich gestürmt wird. Die Notvorräte der Stadt – 2700 Kilogramm gefrorenes Rindfleisch, 800 Kilogramm Würste und 280 Kilogramm Schweinsfüße und -Köpfe sind innerhalb weniger Minuten gehamstert. „Die Massen liefen in die Kühlanlagen", heißt es im damaligen Polizeiprotokoll, „sprengten mehrere Kühlkammern und plünderten die eingelegten Fleisch- und Fettvorräte."

Auch das Bürgertum versucht, im täglichen Kampf gegen den Hunger irgendwie zu überleben. Mit prall gefülltem Rucksack und Bündel voller Geld fährt man am Sonntag hinaus aufs Land. Bei den Bauern werden Perlenketten gegen Eier, Perserteppiche gegen Butter und Taschenuhren gegen Bauchfleisch eingetauscht. Und sogar so mancher Bösendorfer-Flügel aus einem Cottage-Haushalt landet als Tauschobjekt für eine gut gefütterte Sau im Tullnerfeld.

In „Die Welt von Gestern" beschreibt Stefan Zweig die Situation: „Erst waren die Bauern glücklich über das viele Papiergeld, das ihnen für ihre Eier und ihre Butter ins Haus regnete. Sobald sie aber mit ihren vollgestopften Brieftaschen in die Stadt kamen, um dort Waren zu kaufen, entdeckten sie, dass die Sense, der Hammer, der Kessel, den sie kaufen wollten, unterdessen um das Zwanzigfache im Preis gestiegen war."

Im Wien der Zwischenkriegszeit herrscht Hunger und Not – oft auch pure Verzweiflung. Und die Sorge, ob man die nächsten Wochen überleben werde. Die medizinische Versorgung ist mangelhaft, die Kindersterblichkeit und Selbstmordrate extrem hoch, die durchschnittliche Lebenserwartung um etwa 20 Jahre niedriger als am Ende des zwanzigsten Jahrhunderts.

In der Scheinwelt von Operetten-Verfilmungen versucht man dem Elend des Alltags zu entfliehen. Süße, schwärmerische, duftende Melodien verdrängen kurzfristig die Sorgen. Dreigroschen-Romane im Ärzte- und Aristokraten-Ambiente lassen die Tristesse der Realität vergessen.

Man will leben. Träume haben dürfen. Und sucht, wie es Felix Salten formuliert, „seine Entspannung im Taumel". Für Kino und Kabarett gibt es plötzlich Konkurrenz: einen fröhlichen Import aus dem angelsächsischen Raum – die Revue. „Multipliziert man eine nackte Frau mit 50," analysiert ein Kritiker, „so ist die Haupthandlung bereits da." In der bunten Glitzerwelt der Revue-Programme wie „Wien lacht wieder" von Karl Farkas und Fritz Grünbaum tanzen Girls um die Wette, zwitschern Soubretten „Es schimmert und flimmert und glimmert und wimmert" – und als kulturelle Feigenblätter unterhalten dazwischen Kabarettisten mit pointierten Dialogen. Unbeschwerte Revuen als ein Kessel Buntes. Humor, Musik, Tanz und gute Laune am laufenden Band.

Am 1. Oktober 1924 beginnt die RAVAG mit regelmäßigen Radiosendungen: „Plötzlich begann die Luft zu erklingen! Mit einfachsten, ja lächerlichen selbst gebauten Apparaten konnte man Töne und Stimmungen einfangen. Diese Übertragung von elektromagnetischen Wellen, die im Kopfhörer zum Tönen gebracht werden konnten, war ein Wunder." Die Kabarettisten reagieren auf dieses „Wunder". Mit Revuen wie „Alles per

Radio", mit Schlagern über die vielgehörten Wetterberichte, „... dem nördlichen Tief ein dreifaches Hoch!" und beschwingten Melodien wie „Die schöne Adrienne hat eine Hochantenne" – komponiert und gesungen von Hermann Leopoldi.

Viele Frauen verabschieden sich vom engen Korsett des traditionellen, weiblichen Rollenbildes. Man betreibt Sport, legt sich einen flotten Bubikopf zu und tauscht die Modeseiten mit den praktischen Schnittbögen zum Selberschneidern aus: „Als Herbstkleidchen für unsere Backfische wird ein schlichtes Jumperkleid mit angesetztem Faltenrock" empfohlen. Die „moderne lange Jacke arbeitet man passend zum Kleid" und erhält dadurch ein „hübsches Complet für die kommenden, kühlen Tage."

Die Männer finden im Wirtshaus oder beim Fußball Zerstreuung. Vielleicht leistet man sich heute in der Pause beim Stehplatz-Buffet sogar ein Schmalzbrot und ein Seidel Wiener Stadtbräu. Oder ein Stamperl Rum. Gegen die Kälte. Bei den Heimspielen von Rapid, Slovan und Wacker, oder beim Ländermatch. Auf der Simmeringer Had – wo zu dieser Zeit Obdachlose in selbst gebauten, wackligen Baracken, aus denen ein Ofenrohr ragt, oder in Erdlöchern hausen – wird heute gejubelt. Österreich schlägt vor mehr als 40.000 begeisterten Zuschauern den Erzrivalen Ungarn mit 4:1 Toren. Leider gelingt dem Bomber der Nation, Josef Uridil, diesmal kein Tor. Jener Rapid-Stürmer, der noch kurz zuvor im Meisterschaftsspiel gegen den WAC sieben Tore schießt. Zweimal pro Woche tritt Uridil abends nach dem Fußball-Training in einem Schwank der Roland-Bühne auf. Während der Pause wirbt er für Likör, Limonade und Lutschbonbons. Hermann Leopoldi würdigt das geschäftstüchtige Fußball-Idol im „Foot-Ball-Walk" mit „Heute spielt der Uridil!"

STUNDENHOTELS UND SCHULZAHNKLINIKEN

Im Wien der Zwanziger Jahre wird die Wohnungssituation immer dramatischer. Ein revolutionäres Wohnbaukonzept soll die verheerenden Zustände lindern. Im Herbst 1923 beschließt der Gemeinderat das erste Wohnbauprogramm der Stadt. In den nächsten fünf Jahren sollen 25.000 Wohnungen gebaut werden. Bis zum Beginn der Dreißiger Jahre werden insgesamt mehr als 64.000 Wohnungen geschaffen, bei denen auf sanitäre und soziale Bedürfnisse der ärmsten Bevölkerungsschichten besonders Rücksicht genommen wird.

In den Nachbarländern staunt man. „Man kann den Eindruck bekommen", schreibt die Neue Zürcher Zeitung, „Wien habe die reichste Stadtverwaltung Europas, während die Stadt sich seit einiger Zeit vergeblich bemüht, vom Ausland ein Darlehen zu erhalten ..." Zeitungen in ganz Europa berichten auch von sozialen Einrichtungen der Stadt Wien wie Tröpferlbäder – billige, öffentliche Badeanstalten –, Bibliotheken, Milchtrinkhallen und Schulzahnkliniken. Und sogar Eheberatungsstellen. Kommunalpolitische Maßnahmen, die sich „... nicht einmal New York leisten kann".

Die sozialdemokratische Stadtverwaltung – das *Rote Wien* – führt revolutionäre Reformen im Gesundheits-, Sozial- und Schulwesen durch. Das Wohnbaukonzept der *bolschewistischen Zwingburg Wien* findet im bandwurmartigen „Karl-Marx-Hof" in Heiligenstadt mit fast 1.500 Wohnungen seinen Höhepunkt. Anlässlich der Eröffnung erklärt Bürgermeister Seitz: „Wenn wir einst nicht mehr sind, werden die Steine für uns sprechen!" Der mehr als einen Kilometer lange Gemeindebau stellt den Gipfel sozialen, weltanschaulichen Bauens dar. Eine Art Verkündigungsarchitektur. Mit den stolzen, sozialdemokratischen Symbolen, den kleinen roten Fahnen, die am 1. Mai an jedem Küchenfenster flattern. Mit riesigen, pathetischen Flaggenmasten an den Eingängen zum proletarischen Paradies. Und mit heroischen Denkmälern. Aber auch mit bepflanzten Innenhöfen, Kindergärten und Spielplätzen, einer Apotheke und einem eigenen Postamt, Planschbecken, die den Dorfbrunnen ersetzen und gemeinsamen Waschküchen, die ein *Tratscherl* zwischendurch ermöglichen.

Das alles muss finanziert werden. Der Finanzreferent der Stadt Hugo Breitner, der „gehassteste Mann von Wien", führt eine drastische Luxussteuer ein: Alles, was über minimalen Lebensstandard hinausreicht, wird besteuert – für manche bis hin zur Zerstörung der Existenz. Wer ein Auto oder ein Haus besitzt, Dienstpersonal beschäftigt oder Haustiere hat, wer es sich in dieser tristen Zeit leisten kann Bars, Bordelle oder Boxkämpfe zu besuchen, gilt als „Prasser, Schieber und Schlemmer. Die Steuern der Nachtlokale sind so groß," verteidigt sich der *Bolschewik* Breitner, „... damit wir die Schülerausspeisung decken können. Die Betriebskosten der Schulzahnkliniken bezahlen die vier Konditoreien Demel, Gerstner, Sluka und Lehmann. Das städtische Entbindungsheim wurde aus Steuern der Stundenhotels erbaut – und seine Betriebskosten deckt der Jockey-Club." Außerdem werden mit den Erlösen der Breitner-Luxussteuer Kinderausspeisungen und Lehrlingsheime, Freibäder und Parkanlagen errichtet und die Stadtbahn elektrifiziert.

EINE GIGANTISCHE ARMEE PROSTITUIERTER

Der Kontrast könnte nicht größer sein: Sieht man von Vorzeige-Gemeindebauten wie dem „Karl-Marx-Hof" ab, vegetiert das Proletariat in den Randbezirken zusammengepfercht dahin. Während in der Innenstadt ohne materielle Sorgen aber „in einer ungesund stickigen, mit parfümierter Schwüle durchsättigten Luft“ (Stefan Zweig in der Autobiografie „Die Welt von Gestern“) die gehobene Bourgeoisie und der Kleinadel, Ärzte, Offiziere, die Söhne und Töchter reicher Familien, jüdische Intellektuelle und wohlhabende Geschäftsleute dem angenehmen Leben frönen. Die Atmosphäre ist oft getragen von einer „unehrlichen Moral des Verschweigens und Versteckens, die wie ein Alp auf unserer Jugend gelastet hat... überall schuf sich das Gehemmte Abwege, Umwege und Auswege.“ (Stefan Zweig).

Ein moralisches Klima, das von Heuchelei bestimmt wird, bildet den idealen Nährboden für Pornografie und Prostitution. „Nur ganz wenige, besonders reiche junge Leute konnten sich den Luxus leisten, eine Maitresse auszuhalten“, analysiert Stefan Zweig das zügellose Leben im Wien der Zwanziger Jahre, „das heißt, ihr eine Wohnung zu nehmen und für ihren Lebensunterhalt aufzukommen. Ebenso erfüllte sich nur einigen besonders Glücklichen das damalige literarische Liebesideal – das Einzige, das in Romanen geschildert werden durfte –, das Verhältnis mit einer verheirateten Frau. Die anderen halfen sich meist mit Ladenmädchen und Kellnerinnen aus. Denn in jener Zeit ... verfügten nur Mädchen aus allerärmster proletarischer Herkunft über einerseits genug Unbedenklichkeit, andererseits genug Freiheit für solche flüchtigen Beziehungen ohne ernste Heiratsabsichten.“

Tausende von Prostituierten – „eine gigantische Armee“ (Stefan Zweig) – bieten sich in Bars und Bordellen, aber auch in schmalen Seitengassen und unter schmutzigen Stadtbahnbögen an. Geduldet von der Stadtverwaltung des Roten Wien. Als aber erstmals emanzipierte Mädchen als Radfahrerinnen im Straßenbild erscheinen, gibt die Stadt vor, empört zu sein.

Die politischen Gegensätze spitzen sich zu Beginn der Zwanziger Jahre immer dramatischer zu. Es gärt in Wien, in ganz Österreich. Die Auseinandersetzungen mit Worten eskalieren immer öfter zu Kämpfen mit Fäusten und schließlich auch Waffen. Überall – bei Kleinbürgern, aber vor allem auch Arbeits- und Obdachlosen – zeigen populistische Dogmen der radikalen Politiker ihre Wirkung. Im Frühling des Jahres 1921 entscheiden sich bei inoffiziellen, von der Regierung nicht gebilligten Volksabstimmungen in Salzburg 99,3 % und in Tirol 98 % für einen „Anschluss an Deutschland."

In Wien kommt es bei Fackelzügen und Kundgebungen zu ersten Zusammenstößen zwischen jungen Sympathisanten des Nationalsozialismus und Arbeitergruppen. Als 400 Jugendliche, die unter dem Kommando eines aus München importierten Ausbildners eine Felddienstübung abhalten, stört sie eine Arbeitergruppe aus Ottakring. Bei der wilden Schlägerei – der „Schlacht am Exelberg" – werden auf beiden Seiten mehrere Menschen lebensgefährlich verletzt.

Am 1. Juni 1921 tritt der christlich-soziale Bundeskanzler Michael Mayr unter dem Druck des Mobs zurück. Neuer Kanzler wird der parteilose Wiener Polizeipräsident Johann Schober. Jener Johann Schober, der sechs Jahre später beim Brand des „Justizpalastes" als *Arbeitermörder* bezeichnet wird, bleibt aber nur ein knappes Jahr an der politischen Spitze des Landes.

Das erste Opfer politischer Gewalt nach der Konsolidierung der Ersten Republik stirbt in einem Wirtshaus. Beim „Zehetner". In Breitensee. Wie in den meisten Wiener Vorstadtgasthäusern finden hier in den rauchdurchwehten Extrazimmern regelmäßig Stammtische und Vereinsversammlungen statt. Hier treffen sich Esperanto- und Sparvereine, Kleintierzüchter und

Briefmarkensammler, Freunde des Bahnwesens und Modellbaus, des Gewichthebens und Wienerliedes aber auch Singvögel- und Zierpflanzen-Experten.

Am 17. Februar 1923 treffen sich im „Zehetener“-Extrazimmer in der Waidhausenstraße „Kämpfer für die Wiederherstellung der Habsburger-Herrschaft“. Die Versammlung wird von einem bewaffneten 20-Mann-Ordnertrupp, der sich *Ostara* – nach dem germanischen Wort für Frühlingsfest – nennt, bewacht. Nebenan im Schankraum Spieler und Funktionäre des Sportclub Baumgarten. Die meisten sind sozialistische Arbeiter. Unter ihnen Franz Birnecker, Betriebsrat im „Semperit-Gummiwerk“.

Als die Sportler das Wirtshaus verlassen, ist zufällig auch der Vorstadt-Monarchisten-Gipfel zu Ende. Von beiden Gruppen gehen einige zur nahen Haltestelle des 49er. Etwa 15 Ostara-Männer steigen in den ersten Tramwaywagen ein, acht bis zehn der sozialistischen Sportler in den Zweiten. Schon bei der nächsten Haltestelle kommt es zu wüsten Schreiduellen, einer Schlägerei und einem Schusswechsel mit mehreren Schwerverletzten. Franz Birnecker wird von einem Ostara-Mann erschossen.

Die Ostara-Bewegung stützt sich in ihren Aktionen und Ansichten auf die gleichnamigen Hefte, die zeitweise eine Auflage von mehr als 100.000 Exemplaren erreichen. Auf dem Ostara-Cover die Aufforderung: „Sind Sie blond? Sind Sie ein Mann? Dann lesen Sie Ostara – die Bücherei der Blonden und Mannesrechtler!“ Im Innenteil des Heftes erhält der blonde „Arier“ Anweisungen, wie er am besten spezielle Körperteile abmisst, um seinen „nordischen Anteil“ feststellen zu können: „Beim heroischen Menschen überragt die große Zehe an Länge und Stärke alle anderen Zehen.“ Und anhand von Skizzen sind verschiedene Gesäßformen dargestellt. „Beispiel A der niederen, Beispiel B der höheren, reineren Rasse."

Beim Mordprozess betont der Staatsanwalt, dass die öffentliche Sicherheit durch derartige Schutzverbände mehr gefährdet als geschützt werde. Diese illegalen Organisationen befänden sich in einem Wettrüsten, das man als Vorbereitung für den Bürgerkrieg sehen müsse.

Der Tod des Betriebsrates Birnecker lässt Erregung und die bereits aufkeimende Bürgerkriegsatmosphäre anwachsen. Die Sozialdemokraten beschließen zur „Verteidigung gegen Kampforganisationen der politischen Rechten" die Gründung eines Republikanischen Schutzbundes. Neben der christlichsozialen „Heimwehr" gibt es jetzt auch den sozialdemokratischen „Schutzbund".

DER JUSTIZPALAST BRENNT

Die Worte des Staatsanwaltes im Ostara-Prozess finden vier Jahre später, am 15. Juli 1927, ihre Bestätigung. Bei einem blutigen Zusammenstoß zwischen Bevölkerung und Exekutive wird die Republik zum ersten Mal seit ihrer Gründung erschüttert. Der Freispruch dreier „zügellos rachsüchtiger, rechtsradikaler" Mörder im „Schattendorfer Prozess" hatte aufgebrachte Arbeiter zum Angriff auf den Justizpalast bewegt.

Am frühen Morgen dieses 15. Juli finden in den Fabriken der Wiener Vorstädte eilig zusammengerufene Betriebsversammlungen statt, der Leitartikel des Chefredakteurs der „Arbeiter Zeitung", Friedrich Austerlitz, wird von Hand zu Hand gereicht: „Die Wahrheit, die aus dieser Freisprechung, die die ganze Rechtssprechung schändet, so erschütternd und aufreizend hervorgeht, ist die, daß Hakenkreuzler und Frontkämpfer, wenn sie auf Arbeiter schießen... der Freisprechung anscheinend immer gewiß sein können... ein frivoles, ein gefährliches Spiel. Denn wenn die Arbeiter erkennen müßten, ... daß die Justiz zur Komödie herabsinkt, wenn ein den arbeitenden Menschen zugefügtes Unrecht zu sühnen ist, dann wird der Glaube an diese Gerechtigkeit vernichtet und das Vertrauen zu ihr erschüttert."

Die Saat geht auf. Tausende Arbeiter von Wien legen empört über den Freispruch der rechtsradikalen Mörder die Arbeit nieder. Rasch organisiert marschieren sie aus den Randbezirken Richtung Innere Stadt. Um acht Uhr ist die Ringstraße erreicht. Man versucht erfolglos, in die Universität und das Parlamentsgebäude einzudringen. Kurz nach zehn Uhr wird von mehreren Rednern die Parole ausgegeben, den Justizpalast am Schmerlingplatz zu stürmen. Inzwischen sind Tausende Arbeiter aus allen Teilen Wiens eingetroffen. Einzelnen Demonstranten gelingt es, mittels Leitern in das Gebäude einzudringen. Akten werden vernichtet und zertrümmertes Mobiliar auf die Straße hinausgeworfen und verbrannt. Die Feuerwehr wird von der johlenden Menschenmenge am Löschen gehindert. Der Justizpalast brennt.

Sozialdemokratische Politiker, vor allem Bürgermeister Karl Seitz – der vier Monate später das Revolverattentat eines Monarchisten überlebt – versuchen vergeblich die Massen zu beruhigen. Auch berittene Polizei kann die Menschenmenge nicht abschrecken. Polizeipräsident Schober gibt Befehl, in die Menge zu schießen. 89 Tote und 1600 Verletzte auf beiden Seiten.

Schobers Schießbefehl gelangt zu trauriger Berühmtheit. Literaten aus allen gesellschaftlichen Lagern beschäftigen sich mit den blutigen Maßnahmen des Polizeipräsidenten von Wien. Karl Kraus lässt in großer Auflage Plakate drucken und in ganz Wien affichieren, auf denen er den Arbeitermörder auffordert, abzutreten. Heimito von Doderer vermerkt in seinem Tagebuch: „Zweifellos ist dieser Polizeipräsident eine widrige Figur gewesen, das wußt´ ich längst. Ein Herr, der schon immer großdeutsch gedacht hat ..." Und im Roman „Die Dämonen" spricht Doderer von jenem 15. Juli 1927 als dem „Cannae der österreichischen Freiheit". Um jedoch gleichzeitig festzustellen, dass der „Ruaß" Nutznießer dieses blutigen Aufstandes wurde, dessen Feuer man „von der Terrasse der Meierei beim Schloss Cobenzl wie auf einer flachen Hand sehen konnte."

Für den genialen Geschichtenerzähler, kauzigen Kosmopoliten und eigenwilligen Einzelgänger Elias Canetti ist der 15. Juli 1927 „der deutlichste Tag, dessen ich mich entsinne." Mehr als 50 Jahre später sollte Canetti – für die literarische Welt völlig überraschend – den Nobelpreis für Literatur erhalten. Zwei Elementarkräfte, die den Schriftsteller ein Leben lang faszinieren, waren beim Brand des Justizpalastes eine explosive Verbindung eingegangen: Das Feuer und die Masse. „Das eindruckvollste von allen Mitteln der Zerstörung ist das Feuer. Es ist weithin sichtbar und zieht andere an", heißt es in Canettis Hauptwerk „Masse und Macht".

Auch die ständig steigende Zahl der Alkoholiker ist im „fidelen Grab an der Donau" (Alfred Polgar) eine Folge der dramatischen Wohnverhältnisse. Der sozialdemokratische Politiker Otto Bauer analysiert 1928 die Zusammenhänge: „Stellen Sie sich die Geschichte einer Arbeiterfamilie vor. In den ersten Jahren der Ehe war die Wohnung mit kleinen Kindern gefüllt, die nacheinander kamen. Stellen Sie sich eine Wohnung mit Zimmer, Küche, Kabinett vor, die nicht allein, sondern noch von mehreren Bettgehern benützt wird – und dazu noch zwei, drei kleine Kinder! Und sagen Sie mir, ob der Arbeiter, der nach seiner Arbeit erschöpft nach Hause kommt, irgendwann und irgendwie die Möglichkeit hat, je auch nur eine Minute allein zu sein, auch nur eine Minute Ruhe zu haben. Wenn man müde ist, die Kinder schreien und Wäsche gewaschen wird, und noch der Bettgeher da ist, das ist nicht auszuhalten. Da gibt es nur eines: Ins Wirtshaus gehen!"

Beim Wirten am Eck, beim Branntweiner oder in der Stehweinhalle verfliegen nach zwei, drei Achterln reschem Brünnerstraßler die realen Sorgen. Zumindest für kurze Zeit. Die 70-Stunden-Arbeitswoche ist nur durch den meist freien, *blauen Montag* etwas gemildert. Man kann den Kater vom Sonntagabend ausschlafen ...

Kinderarbeit ist selbstverständlich, die Löhne liegen – wie bei Frauen – weit unter denen der Männer. Erst nach elf Arbeitsstunden haben Heranwachsende das Anrecht auf eine Stunde Pause. Nur die Hälfte der Arbeitslosen beziehen noch Unterstützung. Wer zu lange ohne Arbeit bleibt, wird ausgesteuert. In Parks, unter den Stadtbahnbögen und in Straßenbahnremisen, in den Praterauen und an den Böschungen des Donaukanals lungern blasse, spindeldürre Gestalten herum. In kragenlosen Hemden, zerfransten Hosen, umhüllt von zerschlissenen Decken. Manche spielen Karten. Skat oder 66.

Die dramatische Wohnsituation, Schwierigkeiten bei der Lebensmittelversorgung und Arbeitslosigkeit sorgen – geschürt von populistischen Politikern – für Fremdenhass und Antisemitismus. Einer dieser selbst ernannten Volkstribunen, Georg Ritter von Schönerer, ist nicht zimperlich, wenn es gilt, die Hetzjagd auf das „freche, geldgierige Gesindel" fortzuführen. Immer wieder wird er auch handgreiflich, fehlt bei kaum einem Straßenkampf und dringt bereits im Jahr 1888 mit einigen deutschnationalen Parteifreunden in die Redaktionsräume des „Neuen Wiener Tagblatt“ ein, um dort jüdischen Journalisten „eine ordentliche Tracht Prügel zu versetzen“. Eine paradoxe Situation für die Antisemiten Schönerer und Konsorten ist, dass ihre deutschnationale Partei vom Juden Ignaz Kurande gegründet wurde.

ATTENTAT AUF DEN SEELENTRÖSTER

Knapp vier Jahrzehnte später. Der 10. März 1925, gegen 15 Uhr. Das Haus Lange Gasse 5-7 in der Josefstadt. Im Hochparterre. Der Publizist und Magazin-Herausgeber Hugo Bettauer, einer der erfolgreichsten und umstrittensten Autoren der Zwischenkriegszeit, hält an diesem Tag in den Redaktionsräumen seine regelmäßigen Sprechstunden – *Seelenordinationen* – ab. Ein schlanker, junger Mann mit blondem Schnurrbart läutet an der Tür 6 und meldet sich bei einer der jungen Sekretärinnen für *Bettauers Beichtstuhl* an. Der 21-jährige arbeitslose Zahntechniker Otto Rothstock betritt das Büro, sperrt die Tür hinter sich zu, brüllt „So, da hast Du...“

Und diesmal reichen keine Schläge, keine ordentliche Tracht Prügel. Am Höhepunkt einer beispiellosen antisemitischen Hetzkampagne – unter dem Vorwand des Kampfes gegen Pornografie – begeht der rabiate, rechtsradikale Dentist ein Attentat auf den Publizisten. Er zieht eine Pistole und zielt zuerst auf den Arm Bettauers, der sich vergeblich bemüht, die Schreibtischlampe gegen den Attentäter zu schleudern. Die nächsten drei Schüsse strecken das „geile Untier“ nieder. Danach zerreißt Rothstock alles, was ihm in die Hände kommt – Briefe und Bücher, Fotos und Manuskripte. Er lässt den blutüberströmten Bettauer am Boden liegen und wartet gefasst, bis Polizeibeamte den Tatort erreichen. Er ergibt sich widerstandslos. Auf dem Polizeikommissariat Josefstadt wird der Attentäter nach informativem Befragen wegen versuchten Mordes nach § 8 und § 134 St. G. in Haft genommen.

Während das Opfer noch im Allgemeinen Krankenhaus liegt, kommt es im Wiener Gemeinderat zu wüsten, handgreiflichen Auseinandersetzungen. Schließlich beteiligt sich sogar der österreichische Bundeskanzler, Prälat Ignaz Seipel, an der öffentlichen Diskussion. Noch nie zuvor gab es eine solche „Flut von Pornographie" in Wien, eine „Sanierung der Seelen" sei dringend nötig. Hugo Bettauer stirbt am 26. März 1925 an den Folgen der Schüsse in Brust und Arme. Er gilt als eines der ersten Opfer der Nationalsozialisten in Österreich.

Die „Neue Freie Presse", die vom jüdischen Journalisten Moriz Benedikt herausgegeben wird – der als Vasall des Kaisers gilt und von Franz Joseph zum Mitglied des „Herrenhauses auf Lebzeiten" ernannt ist – verteidigt das Attentat. Freilich nicht als einzige Zeitung. Bendikts Blatt, das als äußerst seriös gilt, schürt den Groll der Antisemiten, bezeichnet Bettauers Schriften als „Musterbeispiel jüdischer Zersetzungstätigkeit, während der Täter als Rächer der beleidigten Moral, als Mörder aus tiefverletzter innerer Keuschheit" apostrophiert wird.

Otto Rothstock, den ein prominenter Rechtsanwalt – Walter Riehl, Mitbegründer der NSDAP in Wien – kostenlos verteidigt, wird vom Gericht freigesprochen und in eine psychiatrische Anstalt, nach „Steinhof", eingewiesen. Nach 18 Monaten verlässt der Attentäter diese als „geheilter", freier und wohlhabender Mann. Anwalt Walter Riehl hatte eineinhalb Jahre Zeit, um für ihn Geld zu sammeln.

Hugo Bettauer, der Autor früher Kriminalromane mit plakativ symbolträchtigen Titeln wie „Hemmungslos“, „Faustrecht“, oder „Der Frauenmörder und der Kampf ums Glück“ und den späteren, vielgelesenen Milieu-Romanen wie „Die schönste Frau der Welt – Triumph der Schönheit“, „Das entfesselte Wien“, „Die Stadt ohne Juden“ oder „Die freudlose Gasse“ – in dessen Verfilmung Greta Garbo ihr Leinwanddebüt gibt.

Bettauer schreibt seine Romane wie am Fließband. Allein im Jahr 1922 gibt er fünf Romane heraus. In seinen mehr als zwanzig „Wiener Sittenromanen“ zeichnet Bettauer ein grelles, klischeehaftes Bild vom politischen Leben der Stadt: von sozialen Missständen, von erotischen Etablissements und düsteren Elendsquartieren, der Verzweiflung von Alkoholikern und Arbeitslosen, den Launen der Neureichen und ihren halbseidenen Mädchen auf der Suche nach dem Glück. Geschichten vom Abgrund des Daseins, mit tragischen, oft komischen Verstrickungen. Sozialkritisch und unterhaltsam, engagiert und leicht lesbar. Die Titel der einzelnen Kapitel erzeugen beim Leser Neugierde: „Moderne Mädchen“, „Der reichste Mann der Welt“ oder „Eine kitzliche Affäre“.

1924 gründet Bettauer, der sich als „oberster Sozialarbeiter und Seelentröster Wiens“ sieht, eine eigene Zeitschrift. „Er und Sie – Wochenschrift für Lebenskultur und Erotik“ soll auf populäre Weise Aufklärung vermitteln, bei „Problemen des Lebens“ – auch sexuellen – helfen. Man wolle die „Beziehungen zwischen Mann und Weib aus dem Sumpf einer verlogenen Pseudomoral zur sittlichen, freien Höhe emporheben“. Auf dem Titelblatt der ersten Ausgabe am 14. Februar 1924 erscheint das Manifest „Die erotische Revolution“. Bettauer kämpft in seinen Leitartikeln für den Schutz unehelicher Kinder, meint, verheiratete Frauen sollten ihren Mädchennamen beibehalten und

Prostituierte auch wählen dürfen. Und gleichgeschlechtliche Liebe müsse endlich erlaubt sein.

Weiter hinten im Blatt kurze Kitsch-Novellen wie „Die Drei-Ehe des Graf von Gleichen“, Berichte des Nervenarztes Dr. med. Werner über „Seltsame Liebesfälle“ und ein „frivoler Fortsetzungsroman“. Aber auch brisante Tabuthemen wie Abtreibung, Prostitution, Promiskuität werden thematisiert. Das Wochenblatt wird mehrfach beschlagnahmt – schon nach fünf Ausgaben muss „Er und Sie“ eingestellt werden. Das bald danach gegründete Nachfolgeblatt „Bettauers Wochenschrift – Probleme des Lebens“ erscheint am 15. April 1924 erstmals und wird mit einer Auflage von mehr als 60.000 Exemplaren rasch zu einer der erfolgreichsten Zeitschriften des Landes. Öffentliche Proteste und antisemitische Hetze führt schließlich zum Schussattentat auf den „jüdischen Sittenverderber“.

In die „Die Stadt ohne Juden – Ein Roman von Übermorgen“, seinem populärsten Buch aus dem Jahr 1922, schildert er visionär, wie sich Wien entwickeln würde, wenn alle Juden auswandern müssten. Wie Adolf Hitler registriert Hugo Bettauer die antisemitischen Parolen in der Nationalversammlung vor dem Ersten Weltkrieg mit rasant wachsendem Judenhass. Und erkennt die Brisanz dieses Themas – noch bevor es zur traurigen Realität wird.

Ein Dialog in „Die Stadt ohne Juden“ zwischen einem angesehenen Rechtsanwalt und dem alten Zahlkellner Josef im Café Imperial charakterisiert die Wiener Art von Antisemitismus: „‘Sie, Josef, leer ist es jetzt bei euch, daß man neben dem Ofen friert! Früher hat man mühsam sein Platzerl ergattern können und jetzt, jetzt könnt man bei euch das Traberderby abhalten, weil eh kein Mensch im Weg steht!“ Josef strich die ergrauten Bartkoteletten, machte tieftraurige Augen, wischte mit der

Serviette über den Tisch und sagte sorgenvoll: 'Es geht eh´ ein Ringcafé nach dem anderen ein, ich glaub´, lang wer´n mir´s auch net mehr machen. Wissen S´, Herr Doktor, was die Herren Israeliten – Pardon, die Juden, waren, die sind halt alle gern in die feinen Lokale gegangen, wo was los ist und man was sieht ... ´s ist halt eine andere Zeit jetzt!' 'Das merkt ein Blinder, der taubstumm ist,' brummte der Anwalt... 'Wien versumpert ohne Juden!' Josef fuhr erschreckt zusammen und sah sich ängstlich um. 'Ah was, es hört uns eh´ niemand! Wien versumpert, sag´ ich Ihnen, und wenn ich als alter, graduierter Antisemit das sag´, so ist es wahr, sag´ ich Ihnen! Ich wer´ Ihnen was sagen, Josef. Wenn ich gegessen hab´, muß ich, Sie wissen´s ja am besten, immer mein Sodabikarbonat nehmen, um die elendige Magensäure zu bekämpfen. Wenn ich aber gar keine Magensäure hätt´, so könnt ich überhaupt nichts verdauen und müßt krepieren. Und wissen S´, der Antisemitismus, der war das Soda zur Bekämpfung der Juden, damit sie nicht lästig werden! Jetzt haben wir aber keine Magensäure, das heißt keine Juden, sondern nur Soda und ich glaub´, daran wer´n wir noch zugrund´ geh´n!'"

SCHÖNHEIT DES STRENGEN

Den Antisemitismus, die Borniertheit und die Intoleranz vieler seiner Landsleute aufzuzeigen, ist vor allem auch für Karl Kraus eine lebenslange Verpflichtung: „So viele Hundspeitschen können gar nicht fabriziert werden, als man brauchte, um in Wien Anstand und Menschlichkeit zu erpressen."

Kraus durchschaut auch die verlogene, oft mit Brutalität gepaarte Gemütlichkeit. Kraus attackiert Österreich ein Leben lang – aber liebt seine Heimat. Er verdammt und bekämpft den Zeitgeist, der dem uneingeschränkten Fortschrittsgedanken, dem brutalen Siegeszug der Technik den Vorrang einräumt. Und meint, dass die Technik als Ergebnis des negativen Fortschritts der Seele gegenübersteht, die von dieser zerstört wird. Dennoch bleibt er Realist, ist kein *Maschinenstürmer*. Denn „ ...nur mit dem Auto kommt man zu sich". Aber nicht nur zu sich, sondern vor allem auch in die Nähe der langjährigen Geliebten Sidonie Nádherny. Mit Sidi fährt er in seinem Auto *Püppchen* fünf Wochen lang kreuz und quer durch die Schweiz an die schönsten Orte; und entdeckt einen Platz, dessen Name ihn begeistert und der für ihn von großer Bedeutung wird: Thierfehd am Tödi. Hier schreibt Karl Kraus den Epilog zu seinem Hauptwerk: „Die letzten Tage der Menschheit".

In der Schweiz wird der in seiner Heimat zu Lebzeiten von nur wenigen geschätzte Satiriker auch anerkannt. Die „Neue Zürcher Zeitung" schreibt über Karl Kraus und dessen „Fackel" „... daß in Wien eine Zeitschrift erscheine, die an persönlichem und kulturellem Wert einzig dasteht, weil sie seit einem Dezennium als Ausdruck einer Persönlichkeit im Kampf mit der gesamten Presse liegt."

Doch in Österreich schweigt man Karl Kraus – von einigen Ausnahmen abgesehen – meist tot. Der dreimalige Kandidat der Sorbonne für den Nobelpreis, der Philanthrop, der ein Millionenvermögen an karitative Vereinigungen, vor allem Kinderhilfsvereine, verschenkt, ist dem offiziellen Österreich immer suspekt. Ein Humanist, der sich schuldlosen und leidenden Menschen verbunden und verpflichtet fühlt, gilt im öffentlichen Bewusstsein seiner Heimat als skurriler Eigenbrötler. Als einer, der nur hassen kann.

Inzwischen bekennen sich viele zu Karl Kraus. Man behauptet, von ihm gelernt zu haben. Bundespräsident Heinz Fischer weiß bereits während seiner Zeit als Wissenschaftsminister, dass „die Politik schon aus Gründen der öffentlichen Hygiene nicht auf die zupackende Kritik von Karl Kraus und auf seine strengen Maßstäbe verzichten kann".

Heute wird Kraus in Wien als österreichischer Klassiker – er selbst würde *Klassikaner* sagen – bezeichnet. Jener Karl Kraus, der unerbittlich und konsequent verzopfte Konventionen bekämpft und sich Unrecht Verfolgter annimmt. Jener Karl Kraus, der ein Leben lang gegen Krieg und Korruption, gegen Dummheit und Heuchelei, gegen den „Übermut der Ämter" und engstirnigen Nationalismus kämpft.

„Die demolirte Litteratur", eine Satire auf den Ästhetizismus jener Wiener Literaten, mit denen sich Karl Kraus im „Café Griensteidl" zu treffen pflegt, beginnt mit dem Satz „Wien wird jetzt zur Großstadt demoliert". Anlass dafür ist die Schließung seines Lieblingscafés, des „Griensteidl". Hierin portraitiert Kraus – ohne Namen zu nennen – die literarischen Stammgäste des Cafés: Bahr und Hofmannsthal, Salten und Schnitzler.

Am 20. Januar 1897 ist der endgültig letzte Tag, an dem das „Griensteidl" geöffnet ist. Am folgenden Morgen wird es „demolirt". Alle sind an diesem Tag in ihr Stammcafé gekommen: der wie immer nach neuester Mode gekleidete Hermann Bahr, in dessen Gesicht Arthur Schnitzler sowohl „Geist und Güte" als auch „Rohheit und Schwindelhaftigkeit" erkennt, Schnitzler selbst und Richard Beer-Hofmann. Jener *wienerische Oscar Wilde* trägt jeden Tag eine andere zu Stimmung und Anlass passende Blume im Knopfloch und hat immer dasselbe bildhübsche Mädchen – eine Serviererin in der Konditorei „Kwaplitschka & Söhne" – am Arm. Später soll sie seine Frau werden.

Aber auch Felix Salten, der sich aristokratisch gebende Hugo von Hofmannsthal und der „Charakterkopf, der sehr hübsche Ansätze zu einem Dulderantlitz“ zeigt, Felix Dörmann, sind gekommen. Alle hoffen, dass ihr geliebtes Stammcafé nach einem Jahr wieder eröffnet werde. Doch die Hoffnung bleibt unbegründet. Das „Griensteidl“ existiert von nun an nur mehr als Legende.

1897 ist das Jahr, in dem die Wiener Jungliteraten durch die Demolierung ihres Kaffeehauses „obdachlos“ werden, in dem die Wiener Universität erstmals Frauen als Studenten akzeptiert, in dem Gustav Mahler zum artistischen Direktor der Wiener Hofoper ernannt, Johannes Brahms und die umjubelte Tragödin des Burgtheaters Charlotte Wolter sterben. Das Jahr, in dem das Riesenrad und die erste Straßenbahnlinie, vom Schottentor nach Dornbach, in Betrieb genommen werden. Und am 22. Mai neunzehn Wiener Künstler die „Vereinigung bildender Künstler Österreichs Secession“ gründen. Präsident ist Gustav Klimt.

Schon von Anfang an stehen die „Secessionisten“ mit einer Reihe von Malern und Bildhauern, aber auch Architekten und Kunstgewerblern in enger Verbindung. Koloman Moser, Carl Moll, Alfred Roller, Otto Wagner und Josef Hoffmann arbeiten mit Klimt und seinen Freunden an der revolutionären Neugestaltung der Wiener Kunstszene eng zusammen. Die ersten Jahre des Bestehens der Secession, die *heroischen Jahre* lassen den verkarsteten Kulturbetrieb in Wien den Atem anhalten.

Bereits mit der ersten Ausstellung des Jahres 1898 schaffen die bildenden Künstler um Gustav Klimt den Anschluss an die internationale Kunstszene. Und bald stellen angesehene ausländische Künstler wie Hodler und Rodin ihre Werke in der Wiener Secession aus.

Doch immer deutlicher hört man kritische Stimmen. Schärfster Kritiker der stilistischen Auswüchse der Secessionisten – „dekorativer Überschwang, übertrieben verwendete Ornamente, Verbrämungen und Schnörkel" – ist der Architekt Adolf Loos. Polemisch attackiert er Klimt und seine Gruppe. In seinem Freund Karl Kraus findet Loos einen verlässlichen Mitstreiter. Sowohl bei Loos als auch bei Kraus werden die Gedanken über Ästhetik zu moralischen Urteilen umfunktioniert.

Das Ornament, das Überflüssige, ist also nicht nur das Hässliche, sondern es wird vor allem als schlecht und böse gewertet. Karl Kraus meint: „Adolf Loos und ich – er wörtlich, ich sprachlich – haben nichts weiter getan als gezeigt, dass zwischen einer Urne und einem Nachttopf ein Unterschied ist und dass in diesem Unterschied erst die Kunst Spielraum hat." Der berühmt gewordene Satz von Kraus „Ich rasiere die Bärte, ich fege die Ornamente" gilt als kämpferisches Leitmotiv.

Einen weiteren Verbündeten im Kampf um die wahren Werte des Lebens, für die Schönheit des Strengen, Nützlichen, gegen schwulstigen, von Ornamenten überwucherten Lebens- und Baustil finden Kraus und Loos in Peter Altenberg. Vehement verteidigen sie das Natürliche gegen die Pose, das Echte gegen verschnörkelte Stilisierung: „Der Ästhet verhält sich zur Schönheit wie der Pornograph zur Liebe". Das Leben selbst dürfe nicht – wie die Secessionisten meinen – zum Gesamtkunstwerk stilisiert werden. Denn „dann müßte man nämlich auch den Straßenbahnschaffner dazu bringen, Richard Wagner zu singen, statt sich seines Pfeiferls zu bedienen".

Wien, die Stadt der sprichwörtlichen Gemütlichkeit. Immer wieder wird der ungemütliche Stoff des österreichischen, des Wiener Volkscharakters satirisch beschrieben. Von

Menschen, die ihre Heimat lieben und deshalb so sehr an der ewigen Gemütlichkeit ihrer Mitbürger leiden.

Dem Fremden jedoch, dem Besucher der Stadt an der blauen Donau mit den gemütlichen Kaffeehäusern, der Walzer- und Mehlspeisenseligkeit, präsentiert sich Wien auf den ersten Blick anders. Ein deutscher Historiker zeichnet sein Bild von der Stadt, die sich ständig im Walzerrhythmus wiegt. Er beschreibt die pathologische Wiener Tanzleidenschaft jedoch als Ausdruck einer Flucht vor der erbarmungslosen Wirklichkeit des täglichen Lebens:
„Der Walzer macht die Menschen zappelnd unruhig, unschön, leidenschaftlich... er treibt die bösen Teufel aus den Leibern... bacchantisch wälzen sich die Paare durch die Hindernisse, die wilde Lust ist losgelassen, kein Gott hemmt sie."

SOWEIT DAS AUGE REICHT, ALLES ROT

Am 1. April 1899 bringt der 25jährige Karl Kraus die erste Ausgabe seines Lebenswerkes, „Die Fackel", heraus. Zu dieser Zeit kann der Herausgeber jedoch noch nicht ahnen, dass von seinem vorerst dünnen roten Heftchen insgesamt 922 Nummern mit mehr als 30.000 Seiten Umfang erscheinen werden.

Robert Scheu beschreibt die Reaktion der Wiener auf die erste „Fackel"-Ausgabe: „Eines Tages, soweit das Auge reicht, alles – rot. Einen solchen Tag hat Wien nicht wieder erlebt. War das ein Geraune, ein Geflüster, ein Hautrieseln! Auf den Straßen, auf der Tramway, im Stadtpark, alle Menschen lesend aus einem roten Heft... es war narrenhaft... und dieses Heft mit Pointen so dicht besät, daß man es... behutsam lesen mußte, um keine der glitzernden Perlen zu verlieren."

Dieses rote Heft wird von einem einzigen Mann geschrieben. Karl Kraus hat keine Redaktion, in der er arbeitet, sondern nur einen kleinen Schreibtisch, auf dem immer ein kleines Spinett steht, das eigentlich ein Zigarrenbehälter ist und „ein paar seit hundert Jahren eingeschlossene Altwiener Töne von sich gibt, wenn man draufdrückt".

Innerhalb von zwei Wochen erreicht die „Fackel" eine Auflage von 30.000 Exemplaren. Die „Trockenlegung des Phrasensumpfes" hat Erfolg. Mutig attackiert der junge Einzelgänger den Missbrauch der Sprache und vor allem die sich über die gesamte Monarchie ausbreitende Korruption.

Doch schon nach Erscheinen des vierten Heftes der „Fackel" muss Kraus erfahren, wie gefährlich es ist, statt Pauschalanklagen einen persönlichen Kampf zu führen: In der Nacht vom 10. auf den 11. Mai 1899 wird er in einem Kaffeehaus von einem gerichtlich Entmündigten überfallen und blutig geschlagen. Schon auf der Flucht, meint der Angreifer: „Zum Satiriker und Pamphletisten gehört eine sehr robuste Konstitution, und Herr Kraus wird seine Schreibweise ändern müssen, wenn er Wert darauf legt, das erste Quartal seiner ‚Fackel' zu überleben."

Doch das Ziel, Karl Kraus zum Schweigen zu bringen, gelingt nicht. Er überlebt auch das erste Quartal der „Fackel". Sein Rechenschaftsbericht im Juni 1899 enthält folgende Aufstellung:
Anonyme Schmähbriefe 236
Anonyme Drohbriefe 83
Überfälle 1

Alle die Pamphlete, Glossen und Gedichte aus der Kriegszeit verdichten sich schließlich in seinem Hauptwerk zu einem Bild des Grauens. Zu den „Letzten Tagen der Menschheit." In diesem 750 Seiten starken, für ein *Marstheater* gedachten Drama, wird aber auch die Borniertheit und Engherzigkeit vieler Wiener angeprangert. Kraus spricht von „Larven und Lemuren“ und analysiert die Lächerlichkeit, mit der sich viele Menschen selbst bloßstellen.

IN DER PUPPENKLINIK

Wien. Meidling. Ende der 40er-Jahren. „Da scheiß´ i´ mir lieber ins Taschentüchl.“ Der gerne und oft zitierte Lieblingssatz von Tante Mizzi – wenn es gilt, die Engherzigkeit und Kleinbürgerlichkeit mancher Menschen zu kritisieren. Wenn jemand im „Tanzpalast Harmonie“ am Rosenhügel für den Mann am Klavier kein Bier bestellt, oder im „Laternderl“ in der Meidlinger Hauptstraße, in dem das „Fritz Pelikan Quartett“ zum Tanzdiner aufspielt, beim Trinkgeld spart. Leben und leben lassen – als großzügiger Grundsatz, sonst „scheiß´i mir lieber ins Taschentüchl“. Wie oft muss sich meine Mutter diesen Satz anhören.

Erst am Ende eines ziemlich unglücklichen Lebens erzählt mir meine Mutter, bereits krank und erschöpft, scheu und schüchtern wie immer, Bruchstücke ihrer Biografie. Ihre Familie stamme aus Berlin. Protestantisch strenges Umfeld. Einen Kapitän gab es auch als Vorfahren – der ganze Stolz der biederen, gutbürgerlichen Berliner Mittelstandsfamilie. Nach dem Ende des Krieges, den die Hembachs halbwegs glimpflich überstanden haben, wird versucht, im gediegenen Gründerzeithaus heile Welt zu leben. Oder zumindest bei den Nachbarn vorzutäuschen.

Was meiner Mutter bleibt, sind ein paar schöne Kindheitserinnerungen. An den Großvater, der den

Spazierstock mit dem Silberknauf immer bei sich hat. Und seinen imposanten Walrossbart, wie ihn Wilhelm II., der Deutsche Kaiser und König von Preußen trug. Der Opa schenkt Luischen die erste Puppe. In einem rosa Kleid mit zartem Karo. Die Erinnerung an das Zitroneneis in dem kleinen Pavillon beim Sonnabend-Bootsausflug am Wannsee. Oder an das Schlittschuhlaufen.

Nach dem Tod der Eltern schickt die Großmutter die verängstigte, fünfzehnjährige Luise 1946 mit der Bahn alleine nach Wien. In das Wien der Nachkriegszeit. Zu einer Verwandten. Am Westbahnhof wird das zarte, hübsche Mädchen abgeholt. Von Tante Mizzi und ihren beiden Hunden.

Tante Mizzi ist eine walkürenhafte Erscheinung. Gepflegt. Selbstbewusst. Nicht unattraktiv. Für den mächtigen Gesamteindruck allerdings etwas zu dünne Beine. Stets frisch gelegte Dauerwelle, dunkle Stimme. Sie hat etwas von Maria Andergast – vielleicht auch ein wenig von Lale Andersen. Lebensglück und -inhalt von Tante Mizzi sind Leo und Lilly, ihre beiden treuen Begleiter, die beiden Königspudel. Grau, keifend, unerzogen.

Tante Mizzi ist Unternehmerin. Besitzerin einer „Puppenklinik". Eigentlich einer „Puppenklinik & Reparatur-Anstalt". Ein sonderbarer Kosmos, der an Ödön von Horváths „Geschichten aus dem Wienerwald" erinnert. Eine wunderbare Welt für Kinder, aber auch für jene älteren, gepflegten Damen, denen ihre Puppensammlung letzte Lustgefühle vermittelt. Kruse-und Schildkröt-Puppen mit mundgeblasenen Glasaugen, Holz- oder Papiermaschee-Gliedmaßen und den Perücken, die aus mitgebrachtem Menschenhaar gefertigt werden.

Königin der Puppen im reichhaltigen Sortiment der Meidlinger Puppenklinik, zwischen herumliegenden Augen und Armen,

Köpfen und Körpern ist „Sissy, die gehende Puppe, unzerbrechlich, mit duftigem Kleidchen, Mama-Stimme und Schlafaugen – immer wieder der Wunschtraum aller kleinen Puppenmuttis“. Bei Tante Mizzi werden aber auch andere Spielzeugträume wahr: Vor allem „Frankls mechanische Tiere“ begeistern. Der Bär mit Brummstimme, Trommeln und Tschinellen, hüpfende Hasen, Katzen, Lämmer und Dackel Emil, der Kopf und Füße bewegen kann. Auf Bestellung gibt es „Schenkers Teddybären“, die aus Graz geliefert werden. Von 10 cm (18 Schilling) bis 90 cm (280 Schilling). Und natürlich die beliebten „Korbuly-Matador“-Holzbaukästen. Mit dem mittleren Modell Nr. 2 (10 Schilling 50) lassen sich bereits Lastwagen, Lokomotiven oder sogar ein Kanonenrohr mit Schießvorrichtung herstellen.

Tante Mizzis Puppenklinik befindet sich im Herzen Meidlings, in der Schönbrunner Straße, gleich neben dem Eck-Gasthaus des 17-fachen Internationalen Poldl Resch. Eine Wacker Wien-Fußballlegende aus der Zwischenkriegszeit. 1930 beendet er seine aktive Laufbahn, um sich nur mehr den Gästen in seinem Wirtshaus zu widmen. Musik-Tanz-Gute Laune wird auf dem Plakat, das zum traditionellen Hausball in das Wirtshaus unterhalb des Wackerplatzes einlädt, versprochen.

Bei Schwechater vom Fass, Dürnsteiner Flohax´n, Refosco und Ribiselwein, Schnitzerln, Saumeisen und Schlachtplatten wird gefeiert, bis „der Milchmann mit die Müllikand´ln scheppert“. Eine herbe Wiener Vorstadtmischung, treue Stammgäste vom Grund und aus den benachbarten Bezirken, hat sich wieder einmal eingefunden. Stolze Fußballer in weißen Perlon-Hemden und Pitralon-Rasierwasser-Wolken, zufrieden wirkende Kommerzialräte und ihre charmanten Begleiterinnen in halbseidenen Petticoats, Netz-Nylon-Strümpfen und Stöckelschuhen, brave Handwerker und ein bissl Unterwelt.

Die attraktive, gesellige Tante Mizzi mitten drin. Denn bei einem *Ramasuri* ist sie immer dabei – denn sonst „scheiß i´ mir lieber in´s Taschentüchl". Als Überraschungsgast schaut heute Nacht Heinz Conrads vorbei. Gerade hat er seinen umjubelten Wienerlieder-Auftritt im *Weingartl* des Parkhotel Schönbrunn beendet. Und auch die stets gut gelaunten Musiker Rudi Schippel & Rudi Kurtzmann sind noch spät nachts zum Hausball vom Poldl Resch gekommen. Als „2. Rudis", spielen sie in Sievering beim Heurigen von Anton Karas, wenn der Zitherkünstler aus dem Film „Der dritte Mann" pausiert.

Karl Lowinger, Virtuose auf seiner Artisten-Knopfharmonika, die „Schönbrunner Schrammeln" und ab 2 Uhr früh Schlager aus der Musikbox garantieren ausgelassene Stimmung. Poldl Resch selbst hat den ganzen Stolz des Lokals, den neuen Wurlitzer, mit Schallplatten gefüllt. Reschs Motto „Man muß stets mit der Zeit gehen" hat dem Lokal zuvor auch schon einen Schuhputz-, Zigaretten- und Frischetücher-Automaten beschert. Für einen Schilling gibt´s in der Musikbox drei Nummern – für jeden Geschmack ist etwas dabei: „Junge Leute brauchen Liebe" (Nana Gualdi); „Tom Dooley" (Nielsen Brothers); „Hula-Rock" (Ted Herold) – und natürlich „Wenn Teenager träumen" (Conny Froboess & Peter Kraus):
„Wenn Teenager träumen, es küsst sie ein Mann,
das ist für sie schöner, als der schönste Roman.
Noch schöner als Kino und heiße Musik!
Denn Teenager träumen so gerne vom Glück."

Bei der Mitternachtstombola gibt es eine Autobusreise nach Mariazell, eine halbe Sau und ein Fassl Bier zu gewinnen: Der glückliche Sieger des Hauptpreises ist – wie schon im Vorjahr – der fesche Rauchfangkehrermeister aus der Bischoffgasse. Heute nacht wird jedenfalls gedraht, als gäb´s kein Morgen, heute nacht lässt man in Meidling „den Herrgott einen guten

Mann sein“, heute nacht oder nie... Und manch einer, der als einsamer Solist gekommen ist, wankt in zärtlicher Umarmung in den neuen Tag.

Nach drei, vier Jahren Wien – eigentlich nur der Gegend um Meidling und Michelbeuern – erlaubt Tante Mizzi Luischen, meiner Mutter, einmal pro Monat, am Sonntag Nachmittag, in die Stadt zu fahren. Im nach einem „Constanze“-Schnittmusterbogen selbst geschneiderten Cocktail- und Tanzkleid mit plissierten Einsatzbahnen. Gut, dass Luise vor kurzem die Modeschule Michelbeuern mit Vorzug beendet hat.

MUSIK LIEGT IN DER LUFT

Meine Mutter fährt über die Schönbrunner- und Mariahilferstraße bis zum Ring. Der Schaffner meldet die Station „Parlament“. Im Volksgarten sind wieder Rosenbeete angelegt. Der Flieder blüht frech und prall. Im Nachkriegs-Wien wird Frühling gegeben.

Das Leid, die trostlose Leere sind geschwunden. Lange Zeit schien hinter den zerbombten Fassaden jegliches Leben, jede Hoffnung ausgestorben zu sein. Doch jetzt, drei, vier Jahre nach Kriegsende, atmet die Stadt wieder. Schon fast vergessen sind Not, Beklemmung und ewige Angst. In vielen Gesichtern ist ein Anflug von Zuversicht zu erkennen.

Im Volksgarten liegt Musik in der Luft. Man trifft sich zum Fünf-Uhr-Tee mit dem WTO – dem „Wiener Tanz-Orchester“ – unter Kapellmeister Horst Winter. Schon beim Theseus-Tempel, der so manchem Mut zum ersten Kuss, eigentlich meistens nur einem zarten *Busserl*, gemacht hat, hört man schon die sonore Stimme des Sängers: „Ich liebe die Sonne, den Mond und die Sterne“. Einfühlsam begleitet vom Saxofonisten Hans Koller, Karl Drewo am Klavier und der späteren Jazz-Legende Joe Zawinul. Die neueste Musikrichtung aus Amerika, der Bebop, wird beim Fünf-Uhr-Tee selbstverständlich auch gepflegt, Bigband-Klassiker wie „Salt Peanuts“ oder „One Bass Hit“ befinden sich im reichhaltigen WTO-Repertoire.

Doch immer wieder muss „auf ganz speziellen Publikumswunsch“ Schlagermusik gespielt werden. Lieder zum Träumen, Melodien, die kleine Zärtlichkeiten erlauben, Musik, die zu Herzen geht. Wie „Ein kleiner Bär mit großen Ohren, das ist mein Talisman, ein kleiner Bär mit großen Ohren, der hat´s mir angetan“. Bei diesem Lied lernt die hübsche, rausgeputzte Luise Oscar kennen. Meinen Vater.

Mehr als zehn Jahre älter als meine Mutter, hat er eine Odyssee hinter sich. Ein Emigranten-Schicksal. Jahre der Flucht und der Gefangenschaft. 1938 flüchtet Oscar mit seiner Schwester Josefine und mehreren Freunden über die Schweiz nach Frankreich. In Paris lebt er einige Jahre im Untergrund, bis er 1942 in Marseille bei der Fremdenlegion anheuert. Inzwischen fast die einzige Chance, ohne Ausweispapiere zu überleben. Als „Freiwilliger“ wird der schmächtige Asylant in Marokko eingesetzt – die ständige Flucht vor den Nazis ist vorerst vorüber. Fast zwei Jahre dient er als Mitglied des RMVE – régiment de marche de volontaires étrangers, des „23. Fremdenmarschregiments“. Im Atlas- und Drusengebirge errichtet seine Truppe Straßen, zwischen Tanger und Casablanca verlegen die Legionäre zwölf Stunden täglich Bahngleise. Bei Temperaturen zwischen 35 und 45 Grad Celsius. 1944 desertiert mein Vater von der Fremdenlegion. Er schlägt sich bis Paris durch, wo er bis zum Ende des Krieges im Untergrund überlebt.

Jetzt – fünf Jahre später – sitzt der nach Österreich zurückgekehrte 30-jährige, vom Leben bereits erschöpfte Mann, im Wiener Volksgarten-Tanzcafé. Beim Fünf-Uhr-Tee. An einem der hintersten Tische beim Rosenrondeau erkennt Oscar ein scheues, graziöses Mädl in einem hübschen Cocktailkleid. Vorsichtiger Blickkontakt. Der erste Tanz. Das erste gemeinsame Glas Wein. Der zweite Tanz. Der erste zarte Kuss. Wenige Monate später heiraten meine Eltern.

DER TRAURIGE GLANZ DER GESCHMÄHTEN

Mein Vater kommt ein Jahr nach dem Zusammenbruch des Habsburger-Vielvölkerstaates als Sohn einer Schneiderin und eines ziehenden Händlers, der Socken und Schuhbänder, Leder- und Leinenballen anbietet, zur Welt. Osias, der sich später selbst den Namen Oscar gibt, wird in Stanislau, einem *Städtel* im äußersten Nordosten der eben zusammengebrochenen Donaumonarchie, geboren. Schon nahe der russischen Grenze. „Halbasien" nennt der auch hier geborene Schriftsteller Emil Franzos diese Gegend in Galizien. Eine Region, die den letzten Vorposten europäischer Kultur darstellt. In einem von polnischen Feudalherren beherrschten und ruthenischen Bauern bearbeiteten fruchtbaren Landstrich. Mit einer großen jüdischen Gemeinde, die einerseits ihren Glauben, andererseits ihr Deutschtum hochhält. 40 Jahre zuvor kämpfen die hier ansässigen Juden für die Erhaltung ihrer deutschsprachigen Schulen, die die polnischen Machthaber seit Jahrzehnten schließen wollen. Jüdische Advokaten befassen schließlich sogar das Reichsgericht in Wien, das ihnen in letzter Instanz Recht gibt.

In der Jahrhunderte langen Geschichte der ostjüdischen, galizischen Juden sind Leid, Demütigung und Unterdrückung ein Teil des Daseins. Wie bei Hiob, einer biblischen Figur, die ein scheinbar ungerechter Gott prüft und immer wieder prüft – über die Grenzen des Erträglichen hinaus. Der Roman „Hiob" des Schriftstellers Joseph Roth erscheint schon vor Adolf Hitlers Wahltriumph im September 1930 – als die NSDAP-Mandatszahl im deutschen Reichstag von zwölf auf 107 anwächst. Joseph Roth, der auch hier in Galizien geboren wird, braucht die jüdische Tragödie unter dem Nationalsozialismus nicht zu ahnen, nicht vorauszusehen. Für ihn ist das Schicksal Hiobs ein sich ewig wiederholendes.

In seinem 1924 erschienenen Artikel „Reise durch Galizien" schildert Joseph Roth voller melancholischer Sehnsucht seine Heimat. Die Gegend, die sein Denken und Empfinden prägt. Roth zeigt den Kontrast zwischen karger Landschaft und kulturellem Erleben auf. Galizien lässt Joseph Roth nie los. Auch wenn ihn das Leben zwischen Exil und Heimatlosigkeit, spätere Erlebnisse in Wien und Berlin, Amsterdam und Frankfurt, Ostende und Paris vielleicht noch nachhaltiger beeinflussen: „Auf den Märkten verkauft man primitive, hölzerne Hampelmänner, wie in Europa vor 200 Jahren. Hat hier Europa aufgehört? Nein, es hat nicht aufgehört... In Buchhandlungen sah ich die letzten literarischen Neuerscheinungen Englands und Frankreichs. Ein Kulturwind trägt Samen in die polnische Erde... Galizien liegt in weltverlorener Einsamkeit und ist trotzdem nicht isoliert; es ist verbannt, aber nicht abgeschnitten; es hat mehr Kultur, als seine mangelhafte Kanalisation vermuten lässt; viel Unordnung und noch mehr Seltsamkeit. Viele kennen es aus der Zeit des Krieges, aber da verbarg es sein Angesicht. Es war kein Land. Es war Etappe oder Front. Aber es hatte eine eigene Lust, eigene Lieder, eigene Menschen und einen eigenen Glanz; den traurigen Glanz der Geschmähten."

Joseph Roths Leben ist von Rat- und Rastlosigkeit, ewiger Sehnsucht geprägt. Ein Brief an seinen Freund Benno

Reifenberg aus dem Jahre 1926: „Ich sehne mich nach Paris, ich habe es nicht aufgegeben, niemals, ich bin ein Franzose aus dem Osten, ein Humanist, ein Rationalist mit Religion, ein Katholik mit jüdischem Gehirn, ein wirklicher Revolutionär."

Deborah, meine Großmutter, begibt sich nach dem frühen Tod ihres Mannes auf Wanderschaft und landet mit den beiden Kindern im Wien der Zwischenkriegszeit. In der Leopoldstadt. In unmittelbarer Nähe des Karmelitermarktes. Auf der *Mazzesinsel.* Der Name stammt vom ungesäuerten Brot, das gläubige Juden an Feiertagen essen. In jenem Teil des zweiten Bezirks, den einst Ferdinand II. als Ghetto bestimmt hatte. Hier entlang des Donaukanals, zwischen Praterstraße, Taborstraße und Schiffgasse, im Gewirr schmaler Gassen hinter dem Carltheater, in dem Johann Nestroy bis 1860 Direktor war, bis hinauf zur Leopoldskirche, leben die aus dem Osten zugewanderten Juden. Im *Fetzenviertel,* zwischen den Geschäften und Magazinen der Textilhändler und den finsteren Gewölben der Hausierer. Die Wiener *vom Grund* stören die jüdischen, zumeist orthodoxen Anrainer in ihren langen, schwarzen Kaftans nicht. Man lebt nicht miteinander, aber fast konfliktfrei nebeneinander.

Synagogen und kleinere Bethäuser in unmittelbarer Nähe der „Dianasäle" – im Sommer eine gedeckte Schwimmhalle, im Winter schon immer beliebtes Ball-Etablissement. Bei der Faschingsredoute des Wiener Männergesangsvereines dirigiert hier Johann Strauß 1867 zum ersten Mal den Donauwalzer. Neben Schächtern, die nach strengem Ritual koscheres Fleisch verkaufen, Wirtshäuser und Branntweiner, Nachtcafés und Tanzbars, Stundenhotels und Stripteaselokale. Wie das „Cabaret Renz". Hier wird bis in den frühen Morgen getanzt, gelacht, animiert. Zu Klängen des Saxofonisten Leo Hirnschall

– auch Joséphine Baker tritt hier in üppiger Dior-Robe auf. Französisches Flair in der Novaragasse.

Die in den Slums von St. Louis/Missouri geborene Joséphine Freda MacDonald beginnt ihre Karriere in den zwanziger Jahren mit einem spektakulären Auftritt. Sie singt und tanzt in der „Revue Negre“ des Pariser „Theatre des Champs Elysee“. Nackt – nur um die Hüften wippt ein Bananenröckchen, an den Schultern trägt sie zarte Flitterflügerln. Schon bald folgt der Aufstieg zur ersten schwarzen Künstlerin von Weltruf. Die umjubelte Diva versucht ihre Popularität einzusetzen, sieht sich als Botschafterin der Unterdrückten, will die Welt vom Rassismus befreien und träumt mit Martin Luther King, „daß eines Tages auf den roten Hügeln Georgias die Söhne früherer Sklaven und die Söhne früherer Sklavenbesitzer am Tisch der Brüderlichkeit sitzen können.“

Noch ist die Welt nicht reif für Brüderlichkeit. Während eines Urlaubs 1935 in St. Moritz wird Baker ersucht, stets nur den Dienstboteneingang zu benützen und in New York wird ihr als Dunkelhäutiger mehrmals der Zutritt in Nachtlokale verwehrt.

Während des Zweiten Weltkrieges engagiert sich Joséphine Baker in der Résistance. Als Spionin Charles de Gaulles horcht sie – mit Partyeinladungen überschwemmt – Botschafter in Spanien und Nordafrika aus. Ihren Kollegen Maurice Chevalier beschimpft sie öffentlich als Kollaborateur – weil er im besetzten Paris bleibt und auch vor Nazibonzen auftritt.

Als die Baker – inzwischen mit der höchsten Auszeichnung, die Frankreich zu vergeben hat, zum Ritter der Ehrenlegion geschlagen – im Rahmen einer Europatournee nach dem Krieg erstmals in Wien auftritt, läuten die Glocken der Paulanerkirche. Warnend, als „Buße für schwere Verstöße gegen die Moral – begangen von Joséphine Baker“. Das Parlament überlegt, wie man die „pornographische Vorführung“ verbieten könne. In Deutschland ist knapp zuvor der Auftritt des „Halbaffen“ verboten worden. Schwarz und nackt. Das ist entschieden zu viel. Doch im Cabaret Renz in der Leopoldstadt wird sie mit offenen Armen empfangen.

In der Leopoldstadt hat der Überlebenswille – oft auch am Rande des Abgrunds – Tradition. Getreu dem Wienerlied des im Konzentrationslager Buchenwald umgekommenen Schriftstellers und Kabarettautors Jura Soyfer:
„Geh´n ma halt a bisserl unter,
Erstens kann uns eh nix g´schehen,
Zweitens ist das Untergehen
´s einzige, was der kleine Mann
Heutzutage sich leisten kann.“

Zwischen Riesenrad und den Restrümmern des einstigen Wurstlpraters ist der „Stille Zecher“ das erste Etablissement, das nach Kriegsende wieder zum Tanz bittet. Durch den Abend geleitet von Georg Luksch und seiner Combo, im „Café Alhambra“ in der Praterstraße tritt das Charly-Seebach-Trio auf und im „Nestroy-Tanzpalast“ jazzt Uzzi Förster. Im „Fürstenhof“ – untertags ein Umschlagplatz für windige Impresarios, die Soubretten und Musiker, Artisten und Alleinunterhalter vermitteln – unterhält abends der aufstrebende Schlagersänger Willy Hagara. Im „Bayrischen Hof“ in der Taborstraße gibt man internationale Varieté-Programme, durch den Abend führt der beliebte und schon durch den Rundfunk bestens bekannte Conferencier Ernst Track. Sein allabendliches Finale: „Ihr Applaus begeistert mich, ich bringe noch ein Gedicht.“. Und schließlich swingt im „Tanzpalast Triumph“ das unvergleichliche „Orchester Sorrento“.

Musik, Tanz und gute Laune in der Leopoldstadt. Auf der Mazzesinsel, früher das Zentrum jüdischen Lebens. Joseph Roth über Zuwanderer aus Galizien und ihre neue Heimat in Wien: „Die Ostjuden, die nach Wien kommen, siedeln sich in der Leopoldstadt an... Sie sind dort in der Nähe des Praters und des Nordbahnhofs. Im Prater können Hausierer leben – von Ansichtskarten für die Fremden und vom Mitleid, das den Frohsinn überall zu begleiten pflegt. Am Nordbahnhof sind sie alle angekommen, durch seine Hallen weht noch das Aroma der Heimat, und es ist das offene Tor zum Rückweg. Die Leopoldstadt ist ein freiwilliges Ghetto. Viele Brücken verbinden sie mit den anderen Bezirken der Stadt. Über diese Brücken gehen tagsüber die Händler, die Hausierer, Börsenmakler, Geschäftemacher, also alle unproduktiven Elemente des eingewanderten Ostjudentums. Aber über dieselben Brücken gehen in den Morgenstunden auch die Nachkommen derselben unproduktiven Elemente; die Söhne und Töchter der Händler... Die Söhne und Töchter der Ostjuden sind produktiv. Mögen die Eltern schachern und hausieren. Die Jungen sind die begabtesten Anwälte, Mediziner, Bankbeamten, Journalisten, Schauspieler."

Die Leopoldstadt beherbergt auch mehrere kleine „Jiddische Bühnen". Theatergruppen aus Polen und Ungarn gastieren gerne hier. Und bieten unvergessliche Aufführungen, die sich durch Fantasie, Originalität und Komik auszeichnen. Die jüdischen Schauspieler schrecken trotz gewisser sprachlicher Probleme, spärlichstem Bühnenbild und nur bescheidenen Kostümen nicht vor Shakespeare-Dramen zurück.

In der Biografie „Mein Leben" erinnert sich Oskar Kokoschka an einen dieser unvergleichlichen jiddischen Shakespeare-Theaterabende: „Travestien im Grunde. Hamlet, ich sehe ihn heute noch, und diese hochbusige, große dicke Ophelia mit einer schmelzenden, aus dem Herzen kommenden Stimme... die Musik und Tanzeinlagen, die Solonummern und die Duette waren von einer solchen theatralischen Verve, der jüdische Humor so übertrieben, daß man nicht wußte, ob man lachen oder weinen sollte. Jede Nummer rief einen frenetischen Beifall hervor. Eine chassidische Ekstase, ein Sichvergessen, wie ich es nur bei tanzenden Derwischen später wieder erlebt habe."

CANASTA UND DER KAMPF MIT DEM KARPFEN

Ein kleiner Mann geht durch die Hollandstraße. In seiner Hand schaukelt ein Plastikkübel. Bis zum Rand mit Wasser vollgefüllt. Drinnen – fangfrisch und froh noch Runden ziehend – ein kapitaler Karpfen. Fünf, sechs Kilo schwer. Der Fisch wird von Onkel Mottl nach Hause gebracht. Um sieben Uhr morgens ist er schon an den Donaukanal gegangen. Zu seiner Lieblingsfischfrau. Sie ist Herrin Hunderter Spiegel-Karpfen. Jeden Tag bringt sie die Fische aus dem tiefsten Waldviertel in einem riesigen, wasserbefüllten Holzbottich nach Wien. Jetzt warten sie hier am Ende der Augartenbrücke auf die Karpfen-Kundschaft. Hausfrauen, Köche und Onkel Mottl.

„Ah, der Herr Krawetz... brauch´ ma wieder einmal an Karpfen, hamm´s ihr Küberl eh´ brav mit´b´racht..." Ein Prachtkerl wird ausgesucht, die Kiemen überprüft – und schon landet er im weißen Plastikkübel. Die dicke Fischfrau und Onkel Mottl – heute wieder im viel zu langen Mantel, die Ärmel reichen bis zu den Fingerspitzen hinunter – verstehen sich gut. Sie lachen und tauschen Fischrezepte aus. Für Fischbeuschlsuppe und *gefillte Fisch*. Zwei völlig verschiedene Welten treffen aufeinander – die herbe Fischfrau aus dem Waldviertel und Mottl, der erst vor wenigen Jahren aus Galizien nach Wien gekommen ist. Die Karpfen verbinden sie.

Mottl wohnt in der Nähe vom Karmelitermarkt, in der Schiffamtsgasse. Mit Tante Pepi und Loli, meinem Cousin. Ja, und mit Dora – eigentlich Deborah – meiner geliebten Großmutter.

Mottl und der kapitale Karpfen sind zu Hause eingetroffen. Der Prachtkerl wird sofort in der vollgefüllten Badewanne versenkt. Am frühen Nachmittag beginnt der Kampf zwischen Koch und Karpfen. Mein Onkel schafft es, den glitschigen Gegner zu fangen, in der Küche wird er mit dem Suppenschöpfer erschlagen. Nicht bevor er sich noch einmal befreit hat und mit wilden, ruckartigen Bewegungen fliehen will. Als ob diese Aufregung nicht reichte, ist jetzt auch Dora da. Um ihrem Schwiegersohn zu erklären, dass er alles falsch mache. Für *gefillte Fisch* – eine Spezialität der jiddischen Küche, hufeisenförmig geschnittene Karpfenstücke, die mit faschiertem Fisch gefüllt sind – brauche man jahrelange Erfahrung... Die Innereien des Karpfens gehören zweimal durch den Fleischwolf gedreht – wie oft habe sie ihm das schon gesagt!

Doch wenn wir dann Ende der 50er-Jahre Freitag abends am runden Tisch sitzen – dort wo Tante Pepi mit meinem Cousin und mir schnell noch eine Partie Canasta gespielt hat (vier rote Dreier zählen 800, Schluss machen kann man erst mit einem *reinen* und einem *unreinen* Canasta) – sind alle zufrieden. Auch meine strenge Großmutter.

Der Fisch schmeckt gut. Zweierlei Sulzen, eine mit und eine ohne Zwiebel. Dazu Salat. Gurken, Paradeiser, Radieschen – ganz klein geschnitten und viel Schnittlauch drüber. Vom nahen Karmelitermarkt. Hier wird das Jahr nicht in Monate eingeteilt.

Hier spricht man von der Rhabarber-, Sauerkraut- oder Zwetschken-Zeit. Schon Wochen davor fragt man, wann endlich die ersten *Heurigen* kommen ... Mit Butter und Salz schmecken sie am besten. Erdbeeren werden hier *Ananas* genannt und von Tante Pepi mit einem Rahm-Joghurt-Gatsch vermischt.

Dora, meine Großmutter, ist 1938 mit dem letzten Schiff nach Shanghai emigriert. Bald beginnt sie, dort als Weißnäherin in einer Hemdenfabrik zu arbeiten. Auf dem eingerahmten Werbefoto, das in der Schiffamtsgasse im Vorzimmer hängt, erkennt man hunderte Chinesinnen in einer riesigen Werkshalle an Nähmaschinen. Und ganz hinten, in der letzten Reihe links, eine Exotin. Meine Großmutter.

Die letzten Jahre ihres Lebens sind schmerzvoll – seit sie im Dianabad nach der Schlammpackung-Behandlung gegen die Spondylarthrose vom Paternoster gesprungen ist. Als knapp 80-jährige. Beide Knie müssen genagelt werden. Die Arztvisiten in der Schiffamtsgasse häufen sich. Professor Poigenfürst kommt fast jede Woche. Und wenn sein Kollege Prof. Hitzenberger zur Privat-Visite kommt, ist ein besonderer Tag. *Gefillte Fisch*, die der Herr Professor liebt, sind vorbereitet, der Wodka eingekühlt – denn „Fisch muss schwimmen" – Perlenschnur und -klips angelegt, Lippenstift aufgetragen. Und Omas Lieblingsparfum, Nina Riccis „L´Air du Temps", reichlich versprüht.

Die Anweisungen des Mediziners während des Essens werden ignoriert. Meine Großmutter hat ihre eigene Behandlungsmethode. Wenn die Schmerzen zu stark werden, greift sie in die Nachtkastl-Lade. Zu ihren bunten Freunden. Pillen in allen Farben, die mit einem kräftigen Schluck *Montana-Haustropfen* runtergespült werden.

Erinnerungen an die Schiffamtsgasse. Die erste Ausfahrt mit meinem Fahrrad führt mich hierher. Am Donaukanal entlang, über die Friedensbrücke, bei der Leopoldsgasse biege ich ein. Mein Cousin Loli winkt schon am kleinen Klopfbalkon. Heute wird das Sommerlager in Bad Vöslau besprochen. Am kommenden Sonntag geht's los. Es folgen sechs langweilige Tage im Feriencamp. Am Wochenende kommen uns die Eltern besuchen. Wir wollen weg hier. Unglücklich über alles – die blöden Mädln, das schlechte Essen, die strengen Erzieher – beschließen Loli und ich, dass wir uns im Auto meines Vaters verstecken. Während die Familie noch beim Mittagessen sitzt, kriechen wir in den winzigen Kofferraum des Renault 4CV und ziehen den Deckel von innen zu. Unsere Klopfzeichen werden nach kurzer Zeit gehört, die Aktion hat sich als sinnvoll erwiesen. Wir dürfen nach Wien mitfahren. Vorne im Auto.

Sommer-Sonntage an der Alten Donau. Im „Gänsehäufel". Loli und ich sind zu Gast bei zwei Freundinnen und Canasta-Partnerinnen von Tante Pepi – Ida und Marianne. Sie sind gemeinsam stolze Besitzerinnen einer *Kabane*. In der ersten Reihe, gleich beim Wasser. Schatten spendet die alte Trauerweide. Schon um neun Uhr früh haben wir eine preisgünstige Wiesen-Tageskarte gelöst. Und können die Kabanen-Infrastruktur voll nutzen. Man würde nicht glauben, was in so eine Kabane alles reingeht: fröhlich gemusterte Liegebetten, zusammenklappbare Tische und Sessel, Sonnenschirme und deren Ständer, mehrere Luftmatratzen, Schwimmreifen und -flügerln, der Spirituskocher, Kaffeehäferln und Reindln, Teller und Tischtücher, *Tupper-G´schirrln* und Thermoskannen in allen Größen, Rexgläser mit eingelegten Salzgurken, karierte Decken, Wollsocken und Pullover – „wenn´s frisch wird", ganze Armeen von Gelsenbekämpfungsmitteln und Sonnenschutzcremen, einige

Taschenbücher und die letzten Ausgaben der „Wiener Illustrierten". Ja, und natürlich ein Turm voller Spielkartenpakete. Man wird doch nach dem Essen noch in Ruhe eine Partie Canasta oder Rommee spielen dürfen.

An manchen Sonntagen sind auch Fiffi, die liebste Rommee-Partnerin meiner Tante Pepi und ihr Mann Karli zu Besuch im Kartenparadies Gänsehäufel. Auch die beiden Töchter Ruth und Lydia sind mitgekommen. Fiffi und Karli haben ein Juwelierg´schäfterl in der Wiedner Hauptstraße. Seinem Lamentieren über die Sorgen eines Selbstständigen hört schon lange niemand mehr zu. Den August verbringt Fiffi mit den Mädln in Lignano. Wenn Karli sie dann nach Wochen am Südbahnhof abholt, hat er unter dem leichten Mantel schon den Pyjama an. „Um zu Hause keine Zeit zu verlieren", wenn seine Frau endlich wieder da ist. Fiffis Brüste sind üppig. Derart ausladend, dass sie in den Karten-Cafés „Prückel", „Hohe Brücke" oder „Koralle" immer vor Spielbeginn bequem am Tisch abgelegt werden.

Loli und ich liegen in der Wiese des Gänsehäufels. Ein schwül drückender Spätsommertag. Die dritte „Chabesade" mit Strohröhrl gegen den Durst. Vor sich hat jeder sein Kofferradio. Einen „Philips-Party 59" – mit der Drehscheibe vorne, die den Sender sucht. Ein Volltransistor, mit dem man, wie die Werbung verspricht, ohne Röhren Radio hören kann. Oma Dora hat vergangene Woche jedem ihrer Enkeln einen Party 59 gekauft. Das schönste Geschenk meines Lebens.

Einige Wochen später. Mein erster Theaterbesuch. Mit Loli und Tante Pepi. Theater in der Josefstadt. Pepis erster Mann, Otto Wolf, führt Regie. Nach der Rückkehr aus der Emigration wählt er in Bewunderung von Adolf Loos den Künstlernamen Loos. Peter Loos. Adolf wäre unpassend.

Nestroys „Talisman“ steht am Programm. Noch Tage danach habe ich als knapp Zehnjähriger immer wieder Bilder dieses Nestroyabends im Kopf.

MÄDLERIE & DIE MACHT DER SEXUALITÄT

„Nestroys Dichtung ist das schönste Monument, das je dem Mutterwitz eines Volkes errichtet wurde“, meint Alfred Polgar. Johann Nepomuk Eduard Ambrosius Nestroy. Einer der größten Satiriker Wiens, den man lange Zeit nur als Parodist und Spaßmacher anerkennt. Der Sinn hinter den Späßen, die beißende Satire und Ironie wird vom Publikum nicht erkannt – oder gar nicht erwünscht. Die gute alte Biedermeierzeit – von Nestroys großem Rivalen Raimund verkörpert – ist bequemer. Die Konkurrenz zwischen Johann Nestroy und Ferdinand Raimund amüsiert die Stadt und schafft immer neuen Stoff für Anekdoten, Gerüchte und Geschichten.

Die meisten Kritiker nehmen für den soignierten Ferdinand Raimund Partei. Nur wenige schätzen Nestroy. Einer seiner vehementesten Verteidiger ist Karl Kraus. Für ihn ist Nestroy „der erste deutsche Satiriker, in dem sich die Sprache Gedanken macht über die Dinge“. Kraus kämpft mit pathetischen Pamphleten für den als ewigen Possenreißer degradierten Nestroy, denn dieser habe die „Hinfälligkeit der Menschennatur so sicher vorgemerkt, daß sich auch die Nachwelt von ihm beobachtet fühlen könnte, wenn ihr nicht eine dicke Haut nachgewachsen wäre.“

1912, anlässlich des 50. Todestages Nestroys, liest Kraus Couplets und Monologe des verkannten Satirikers – um am Ende der Veranstaltung die flammende Gedenkrede „Nestroy und die Nachwelt“ zu halten. Insgesamt hat Karl Kraus fast hundert seiner siebenhundert Lesungen Johann Nestroy gewidmet. Die „Reichspost“ berichtet über die Veranstaltung am 2. Mai 1912: „Man kann sich in Wien nicht mehr darauf verlassen, daß der Musikvereinssaal vor Überfüllung sicher ist, wenn er eine von der Großpresse totgeschwiegene Veranstaltung beherbergt“.

Johann Nestroy – ein nachdenklicher Philosoph mit Röntgenblick, ein wienerischer Possenreißer mit sarkastischem Witz, ein Komödiant, der über das Lachen zum Nachdenken anregen will. Sein scharfer Verstand verleiht dem Humor oft dämonische Züge. Er hält den Menschen einen Spiegel vor, zeigt ihre Schwächen auf und „meldet mit lachendem Gesicht, daß es im Leben häßlich eingerichtet ist“. Seine Figuren leben, leiden und lieben in der Vorstadt – ehrliche Handwerker und stolze Hausherren, reizvolle Wäschermädln und saturierte Geschäftsbesitzer – einfache, kleine Leute, die ihre guten, aber zugleich auch schlechten menschlichen Merkmale haben. Mit dämonisch grübelndem Verstand erkennt Nestroy alles Groteske und Lächerliche, was anderen verborgen bleibt.

Ab dem Jahr 1854 ist der Volksdichter, Satiriker, Regisseur und Theaterdirektor Pächter des „Carl-Theaters“. Und meist auch sein eigener Hauptdarsteller. Er steht, von seinen allerletzten Lebensjahren abgesehen, fast ununterbrochen auf der Bühne. Bereits 1831 wird er Mitglied des „Theaters an der Wien“, das unter der Leitung des berühmten und wegen seines ausbeuterischen Charakters berüchtigten Theaterdirektors Carl steht.

Zusammen mit seinem kongenialen Bühnenpartner Wenzel Scholz, der eine lang und mager, der andere kurz und dick, beherrscht Nestroy viele Jahre lang das „Theater an der Wien“.

Der oft – auch auf Kollegen – dämonisch suggestiv wirkende Schauspieler Nestroy schreibt seine Stücke nie aus der Sicht des Schriftstellers, sondern schon für den Darsteller ideal zugerichtet. Jeder Blick, jede Geste, jeder Ton, schon jedes Zucken der Achseln und Augenbrauen ist von kolossaler Komik. Die vom Publikum oft nicht verstanden wird. Während einer massiven Missfallenskundgebung im Zuschauerraum hört ein Mitspieler Nestroy einmal zwischen den Zähnen knirschen: „Kanonen, Kanonen! Zusammenkartätschen, diese Kanaillen da unten! „

Einerseits erlebt in Nestroys Spiel der alte Wiener Hanswurst mit unbeschreiblicher Komik, aber auch plumpen, dummen Späßen, hunderten Masken und Verkleidungen noch einmal Auferstehung. Andererseits schafft er es, die Schattenseiten, alles menschlich Unvollkommene darzustellen. Seine Bosheit geißelt aber nicht nur die Schwächen der kleinen Leute. Bei Nestroy dürfen die Wiener auch über seine Gegner – die Metternichs und deren Bürokraten, die Aristokraten und Spießbürger – lachen. Mit großer Lust und beißender Satire verspottet er in seinen Extempores auch Polizeiminister. Und immer wieder versucht er geschickt, der strengen Zensur ein Schnippchen zu schlagen. Trotzdem ist die Anzahl der über ihn verhängten Geld- und auch Arreststrafen gewaltig. Aus der Haft schreibt Nestroy dann ungebrochen fidel: „Bücher und gefüllte Flaschen sind meine einzige Beschäftigung, ich schlürfe mit Muße den beiderseitigen Inhalt in mich... Bewacht bin ich, als ob ich eine Million Obligationen gefälscht, sieben Jungfrauen von dreizehn Jahren genotzüchtigt hätte.“

In „Unverhofft“ geißelt Nestroy die „fadenscheinige Wiener Gemütlichkeit“, in der Posse „Freiheit im Krähwinkel“ greift er mutig die Revolution von 1848 an. Obwohl das Publikum erkennt, dass mit den dummen, lächerlichen Leuten aus Krähwinkel eigentlich die Wiener gemeint sind, lachen alle begeistert – über sich selbst. Für die Liberalen ist Nestroy ein Reaktionär, für die Konservativen ein Anarchist.

Der privat beinahe pathologisch scheue und schüchterne Mensch lebt sich im Theater, auf der Bühne aus. Nestroy ist ein äußerst sinnlicher Mensch, der sein Leben lang flüchtige amouröse Abenteuer sucht. Während er gleichzeitig nach biederer Bürgerlichkeit und häuslicher Geborgenheit strebt. Pedantisch und präzise bereitet er seine galanten Eskapaden vor. Unter dem Pantoffel der herrischen Lebensgefährtin Marie Weiler stehend, die sein Einkommen gewissenhaft verwaltet, ist Johann Nestroy einerseits als Herzensbrecher, andererseits als *Siemandl* stadtbekannt. Und überall Objekt amüsanter, frivoler Tratschgeschichten.

Seine erste Ehe mit Wilhelmine Nespiesni hält nur vier Jahre. Nestroy lässt sich scheiden, weil ihm von mehreren Seiten vom Verhältnis seiner Frau mit einem Grafen Batthiany berichtet wird. Und er entmündigt die Untreue wegen „Verschwendungssucht“. 1928 geht Nestroy eine Verbindung mit der Sängerin Marie Weiler ein, die er aufgrund der damaligen Ehegesetze nicht heiraten darf. Mehr als 30 Jahre leben sie in wilder Ehe. Die beiden Kinder Karl und Maria Cäcilia werden 1858 durch Kaiser Franz Joseph I. legitimiert.

Erst 140 Jahre nach Marie Weilers Tod wird ihr Name auf dem Grabstein des Lebensgefährten eingetragen. 1890 wird Johann Nestroy auf dem Zentralfriedhof bestattet. Gemeinsam mit Marie. Allerdings mit der Einschränkung, dass auf dem „Grabdenkmale der Name Nestroy alleine erscheint und sohin eine sich auf Marie Weiler beziehende Inschrift ausgeschlossen ist“. 2004 veranlasst der Wiener Kulturstadtrat Mailath-

Pokorny als „Beitrag zum Sichtbarmachen von Frauen innerhalb der Kulturgeschichte" die nachträgliche Eintragung „Marie Weiler 1809-1864" am Ehrengrab Johann Nestroys.

Eine späte Ehre für Marie. „Mächtig drängende Sexualität" ist ein Leben lang treuer, zwanghafter Begleiter ihres Partners. Wo immer es geht, stellt der scheue, unbeholfene Nestroy den Frauen nach, um ein Tete-à-Tete mit amourösem Ausgang einzufädeln: „Die ersten Ergüsse gegenseitiger Neigung sind gewiß die lieblichste Quelle von allen denen, die wir auf unserer langen Reise durch die Wüste des Lebens begegnen." Die sinnlichen Strapazen sind auch meist kostspielig – und müssen schon deshalb vor der gestrengen Gattin geheim gehalten werden. Der komplexbehaftete Nestroy ist ein Getriebener seiner sexuellen Obsessionen. Er sucht nicht Liebe, sondern schnellen Lustgewinn. Immer wieder liegt „die Schlange Leidenschaft" vor ihm, mit dem „bezaubernden, unwiderstehlichen Blick" und zieht ihn „in den Rachen hinein."

Ein Grafologe will aus Nestroys Handschrift deuten, dass in seinem Leben das *reine Lustprinzip* vorherrsche: „Was er erlebte, war nicht mehr Erotik, er erlebte nicht das Weib, sondern nur seine Sexualität. Damit hängt wohl zusammen, dass seine Frauengestalten neben den Männern verblassen."

Die Damen, die der Dichter für seine erotischen Eskapaden auswählt, sind in der Regel nicht schön, oft nicht einmal attraktiv, sie verkörpern bloß einen bestimmten aufreizend erotischen Typ, dem er hörig ist. Nestroy leidet andererseits sein Leben lang darunter, was er der treuen Lebensgefährtin auf Schritt und Tritt antut. Ein Zerrissener zwischen Begierde und Bürgerlichkeit. Stets ist der *Weiberer* Nestroy auch darauf bedacht, die Spuren der Sexualität zu verwischen. Unter anderem auch dadurch, dass er die Objekte seiner ewigen Begierde –

die *Mädlerie* – auf der Bühne oft fast gesichtslos, ohne eigene Persönlichkeit darstellt.

Nestroys emotionelle Beziehung zu seiner ewigen Gefährtin Marie, die immer die Frau seines Lebens bleibt, ist ambivalent. Er liebt und begehrt sie – auf seine Art – während er zugleich ihre Disziplin und Eifersucht fürchtet. „Seine Bindung an diese tief mütterlich empfindende Frau weist infantile Züge auf, die leibliche Mutter verliert er an der Schwelle der Pubertät." Wenn es darauf ankommt, hält Nestroy bedingungslos – auch gegen die Mädlerie – zu Marie, weiß er doch ihre schützenden Eigenschaften zu schätzen. Der haltlose, hemmungslose Hallodri ist sich immer bewusst, welche Schutzfunktion seine Frau für ihn einnimmt. Wäre sie nicht gewesen, würde der passionierte Kartenspieler und Schürzenjäger vermutlich schon früh verkommen sein.

In einem Brief aus dem Jahre 1858, der mit der zweiten großen Krise seiner Lebensgemeinschaft mit Marie Weiler zusammenhängt, heißt es: „...daß ich alles thuen werde, sie zu versöhnen, geschieht aus wahrer und dreyßigjähriges Zusammenseyn gegründeter Anhänglichkeit des Herzens und der innersten Überzeugung, daß man ein frohes Alter nur an der Seite des Wesens hoffen kann, mit welchem man das Leben in allen seinen Wechselfällen durchmacht."

Von den vielen Verhältnissen, die Nestroy im Laufe seines Lebens eingeht, sind drei bekannt geworden; nur, weil in diesen Fällen zufällig schriftliches Beweismaterial erhalten ist. (Nestroy, der penible Spurenverwischer, pflegt nicht nur die Briefe der jeweils Beglückten zu vernichten, sondern auch die eigene Korrespondenz, wenn seine Überredungskunst so groß ist, dass er sie zurückerhält). Es sind dies die „Affären Rusa, Holzapfel und Köfer". Über ein viertes Verhältnis wird erst nach Nestroys Tod gerichtlich verhandelt: Der Vater einer jungen Schauspielerin des „Carl-Theaters" erwirkt im Jahre 1858 einen Vaterschaftsprozess gegen den Theaterdirektor und Kollegen. Erst sechs Jahre später wird Nestroy posthum verurteilt: Er wird beschuldigt, seine Stellung als Leiter der Bühne schändlich missbraucht zu haben.

Der Fall der Karoline Köfer ist charakteristisch für die galante wie geschäftsmäßig geplante Form, in der Nestroy seine Absichten kundtut. Der Werbungsbrief an Karoline vom 12. März 1855 macht dies deutlich:
„Mein Fräulein! Da ich keinen Abend ohne Theaterbesuch verlebe, fügte es sich... dass ich sie in Stadt- und Vorstadt-Theater(n) wiederholt gesehen. Ich glaube kaum, daß ich das Glück hatte von Ihnen bemerkt worden zu seyen; man wird ja gewöhnlich übersehen, wenn man, wiewohl vielleicht mit einigen Ansprüchen auf Eroberungen ausgerüstet, sich an der Seite der Gemahlin, und somit als Ehekrüppel präsentiert... Ich kenne Ihre Lebensverhältnisse nicht, und habe meinem Bedienten, welcher beym Nachhausegehen Ihren Schritten folgen musste, und welcher von einem auf der Treppe stehenden Individuum, wenn auch in etwas unfreundlichem Tone Ihren Namen erfuhr, jede weitere Neugier, welche Ihnen, wenn sie Kunde davon erhalten hätten, verletzend hätte erschein können, aufs Strengste untersagt. Meine Ansicht ist die: junge schöne Damen, mögen in was immer für Lebensverhältnissen seyn, ein im Stillen begünstigter, beglückter und dafür dankbarer, discreter Freund ist nie unbedingt zu verwerfen, und selbst, wenn sie Braut seyn sollten, dürfte Ihnen nach den Flitterwochen ein derart geheimer Freund nicht ohne Nutzen seyn. Wenn Sie in diese meine Ansicht eingehen... dann hoffe ich, daß Sie das, was ich Ihnen alsbald proponieren werde, nicht zurückweisen dürften...

Der Vorschlag, den ich Ihnen nun mache, ist folgender: Ich wähle eine unverdächtige Stunde: halb Zwey Uhr Mittags, ich wähle einen unverdächtigen Ort, die Praterhauptallee. Ich werde früher schon mich unten befinden, und morgen Donnerstag Punkt halb Zwey Uhr langsam vom unteren Ende der Hauptallee, vom Rondeau nehmlich, nach dem oberen Ende derselben, nach dem Praterstern zufahren. Wenn Sie, mein Fräulein, zur selben Zeit halb Zwey Uhr vom Praterstern nach dem Rondeau hinunterfahren, so werden unsere Wagen sich begegnen. Belieben Sie... am geöffneten Wagenfenster rechts, das Schnupftuch zu halten; dieses Schnupftuch wird mir zugleich das mich hochbeglückende Zeichen seyn, daß Sie, im Falle Sie mich Ihrer Gunst würdig finden, in meine oben ausgesprochene Ansicht über geheime Liaisons eingehen..."

Ob es zum amourösen Praterabenteuer kommt, ist nicht überliefert. 150 Jahre sind seither vergangen – mit vielen anderen Wiener *Porzellanfuhren*, diskreten Rendezvous in Fiakern und Kutschen. Eines ist jedenfalls überliefert: Fräulein Karoline Köfer mietet unter ihrem Namen am Laurenzerberg ein winziges Absteigquartier, das von Nestroy finanziert wird. Denn es ist ein „trostloser Zustand, ein Liebhaber ohne Adress´! – Ein junger Spatz, der aus´m Nest fallt, ein Hecht, den s´ in ein´m Körbel tragen, ein Pintsch, der ohne Halsband umlauft, das alles ist noch Gold gegen einen Liebhaber ohne Adresse."

Tante Pepi, der ich meinen ersten Nestroy-Theaterabend verdanke, stirbt an einem schwülen August-Morgen im Allgemeinen Krankenhaus. Lungenkarzinom. Das Begräbnis findet am selben Tag, um zwei Uhr nachmittags, statt. Ich rufe die paar verbliebenen Freundinnen an. Elli ist nicht im Geschäft, zu Hause hebt sie auch nicht ab. Schließlich erreiche ich sie im „Café Koralle". Zu viert wird schon seit dem frühen

Morgen Canasta gespielt. „Tante Pepi wird um zwei Uhr begraben..." Nach kurzem Schweigen die Antwort: „Ich kann nicht, sie hab´n doch dann ka Vierte..." Elli ist eine halbe Stunde vor der Beerdigung am Friedhof.

BUBENTRAUM & STIMMENFANG

1. Dezember 1956. Mein sechster Geburtstag. Ein Bubentraum geht in Erfüllung: meine erste Modelleisenbahn. Eine *Kleinbahn*-Garnitur mit Heißdampf-Zweizylinder-Güterzuglokomotive und beleuchtetem Tender. Dazu mehrere vierachsige Güterwagen, ein Bahnhof, drei Bogenlampen, ein Wasserkran und der Bahnübergang mit Blinkanlage. Meine Modelleisenbahn-Anlage ist auf einer praktischen *Novopan*-Holzspannplatte montiert. Die kleinen Zugsgarnituren verkehren unter meinem Kommando in unserem winzigen Vorzimmer in der Glasergasse.

An der Wand hängt der Abreißkalender mit den beiden Rauchfangkehrern. Der eine mit rosa Schweinderl unterm Arm, der andere hält ein Hufeisen in die Höhe. Daneben die gepolsterte Kleiderablage, an der der graue *Klepper*-Gummi-Mantel meines Vaters hängt. Er ist der Erste in unserer Gasse, der Anfang der Fünfziger-Jahre einen *Lohner*-Roller fährt. Der bodenlange Kautschukmantel bietet bei Regen besten Schutz – die Tropfen perlen sofort ab.

Neben der Tür zur Küche hängt der Wandapparat unseres Vierteltelefons. Die Grundgebühr ist wesentlich günstiger, wenn man mit drei anderen Ferngesprächsteilnehmern einen der noch seltenen Anschlüsse teilt. Die immer wiederkehrende, schüchterne Frage meiner Mutter, ob wir uns ein Telefon leisten können, wird von ihrem Mann mit dem strengen Standardsatz

„Ich muss jederzeit erreichbar sein. Ich bin bei der Zeitung..." beantwortet.

Mein Vater arbeitet als selbstständiger Pressefotograf für alle vier Tageszeitungen, die von den Besatzungsmächten herausgegeben werden. Auch für den „Abend", einer von der KPÖ finanzierten, sich oft unpolitisch gebenden Boulevard-Zeitung. Mit üppigem Sport- und Lokalteil, Wetterbericht, Horoskop und Kochrezepten. Und vielen Fotos von Kindern, herzigen Tieren und hübschen, meist kaum bekleideten Mädchen – dem klassischen Boulevard-Erfolgsrezept. Neben der „Volksstimme", dem Zentralorgan der kommunistischen Partei Österreichs, ist der „Abend" die zweite Wiener Tageszeitung, die versucht, ihre Leser mit von Moskau doktrinierter, politischer Propaganda zu erreichen.

Mein Vater, der unmittelbar nach Kriegsende aus der Emigration zurückgekehrte überzeugte Österreicher, begreift nicht, dass bei den Nationalratswahlen im Oktober 1949 alle Parteien ziemlich offen um die Stimmen der ehemaligen Nationalsozialisten buhlen. „Auch wenn es unter den ÖVP-Regierungsmitgliedern mehr KZ-Opfer gab als unter jenen der SPÖ, " meint Historiker Oliver Rathkolb, „... nach einer ersten Phase der Abwehr begannen beide Großparteien mit der stillen Integration ehemaliger Nationalsozialisten."

Im Juni des Jahres 1945 hatte sich der Vorstand der sozialistischen Partei noch geeinigt, die fast 600.000 österreichischen NSDAP-Mitglieder fünf Jahre lang nicht wählen zu lassen und sie aus allen leitenden Positionen im öffentlichen Leben auszuschließen. Ohne darauf Rücksicht zu nehmen, wie viele Beamte außer Dienst gestellt werden müssten: In Niederösterreich jedenfalls 60 bis 70 Prozent der Lehrer – schätzt der SP-Abgeordnete Hans Brachmann. Außerdem sehen die

SP-Vorstandsmitglieder vor, für die Nazi-Sympathisanten einen eigenen, höheren Einkommensteuersatz einzuführen.

Doch diese weitgreifenden Sühnemaßnahmen stoßen auf herbe Kritik vieler Funktionäre, der provisorische Kanzler Karl Renner legt sofort sein Veto ein und meint über den Parteibeschluss, „Hitler war ein Engel gegen dieses Werk..." Renner meint auch, er „würde sich schämen, wenn so etwas je beschlossen werden würde... denn nicht die Nazis seien am Krieg und seinen Folgen schuld, sondern... wir als Marxisten müssen wissen... dass kapitalistische, imperialistische Spannungen daran schuld sind." Diese Aussagen eines sozialistischen, provisorischen Staatskanzlers – der sich auf Wahlplakaten als „Baumeister der Republik" präsentiert – sind im Vorstandsprotokoll der SPÖ vom 3.September 1945 – und 60 Jahre später von Herbert Lackner im „profil" präzise dokumentiert.

DAS LODERNDE FEUER DER FREIHEIT

Mein Vater wird Ende der 40er Jahre Mitglied der kommunistischen Partei Österreichs. Und bleibt es bis zur blutigen Niederschlagung des Ungarn-Aufstandes, den er als Fotograf miterlebt.

Am frühen Morgen eines Oktobertages des Jahres 1956 läutet das schwarze *Wandtelefon* in unserem Vorzimmer. Mein Vater wiederholt laut und aufgeregt den Auftrag eines Journalisten: „Unruhen in Ungar ... ein Blutbad in Budapes ... tausende Tote... ja, nach Nickelsdorf an die Grenze fahren... Rot-Kreuz-Ambulanzen aus Wien sind schon mit Blutkonserven unterwegs..." An der Staatsgrenze in Nickelsdorf erscheinen die ersten Ungarn mit teils angeschossenen Autos, erzählen verzweifelt vom heldenhaften Aufstand, von Panzern, Schüssen, Toten.

Josef Stalin ist tot, die Menschen im Ostblock versuchen, sich von der kommunistischen Herrschaft zu befreien. Am 7. Juni 1953 eskaliert in Ostberlin die harmlose Demonstration von 150 Bauarbeitern, die gegen die Verlängerung ihrer Arbeitszeiten protestieren. Innerhalb kurzer Zeit sind zehntausende Menschen auf der Straße. Nur mehr sowjetische Panzer können einen Volksaufstand niederhalten: „Ein loderndes Feuer der Freiheit, das die Menschen unwiderstehlich erfasst, und zu tollkühnen Taten hinreißt. Volkspolizisten werden entwaffnet, Steine prasseln gegen das Stahl der Sowjetpanzer, bis der russische Militärkommandant den Ausnahmezustand verhängt und die ersten scharfen Schüsse peitschen. Mit Waffengewalt unterdrücken die Russen den Aufstand, Tausende werden verhaftet, Dutzende standrechtlich erschossen. Nach 48 Stunden ist der Freiheitstraum zu Ende. Die Menschen haben sich voller Furcht verkrochen." Eine ähnlich dramatische Situation, ein Aufstand der Massen gegen die Sowjetunion findet im Sommer 1956 in Posen und Warschau statt.

Jetzt revoltieren die Ungarn. In Budapest stürzen Studenten gemeinsam mit Fabriksarbeitern eine gigantische Stalin-Skulptur vom Sockel. Sowjetische Symbole und Fahnen werden verbrannt, KP-Häuser gestürmt, Parteiembleme von den Wänden gerissen. Die antikommunistischen Demonstrationen verbreiten sich über das ganze Land – und werden bald zum kollektiven Volksaufstand. Die ersten Panzer der Roten Armee rollen durch die Städte, erste Schüsse, erste Tote. Schon während der ersten beiden Tage des Freiheitskampfes gibt es in den Straßen von Budapest hunderte Tote.

Die Flüchtlinge an der Ostgrenze Österreichs berichten von der Demonstration vor der Zentrale der berüchtigten Geheimpolizei. Die Sprechchöre für die Freiheit Ungarns werden sofort erwidert. Handgranaten werden in die Menge geschleudert. MP-Salven setzen ein. Mit diesem Blutbad beginnt die ungarische Tragödie. Wer überlebt, stürmt das Gebäude und rächt sich blutig an den Mördern.

Die verzweifelten Flüchtlinge in Nickelsdorf fragen immer wieder: „Wie wird Wien reagieren, kommen uns die Amerikaner zu Hilfe?“ Der ungarische Freiheitssender strahlt rund um die Uhr verzweifelte Hilferufe an die freie Welt aus. Doch diese ist gerade mit der Krise um den Suezkanal beschäftigt, die Amerikaner stehen vor Präsidentschaftswahlen – und auch Europa ist weit weg... Niemand hilft. Die beharrlichen Radiobotschaften, der „Appell an die westlichen Kulturnationen – SOS – SOS – Die Nation blutet zu Tode – Helft uns – SOS – SOS“, der in Deutsch, Englisch, Französisch und Italienisch gesendet wird, bleibt ungehört. Auch der Aufruf des ungarischen Schriftstellerverbandes an die „intellektuelle Elite der Welt“ bleibt unerwidert.

Der Volksaufstand wird schließlich von den Sowjets barbarisch niedergeschlagen. Am frühen Morgen des 4. November 1956 startet auf Befehl Nikita Chruschtschows die *Operation Wirbelwind.* Die Kämpfe dauern drei Tage. Am 11. November sind die allerletzten Widerstandsnester ausgeschaltet. Mehr als 20.000 Ungarn und 3.000 eigene Soldaten sterben beim Großangriff der sowjetischen Truppen.

Hunderttausende Menschen versuchen zu fliehen. Bei der Debatte, wie viele Flüchtlinge in Österreich aufgenommen werden können, setzt sich Erzbischof Franz König als Vorsitzender eines rasch gegründeten Nationalkomitees gegen viele Widerstände durch: 180.000 – von denen viele bald in andere Länder weiterziehen – werden aufgenommen. Ganz Österreich hilft. Zehntausende stellen ihre Wohnungen als Schlafstätte zur Verfügung. Die „Genfer Flüchtlingskonvention“ ist bei uns erst ein Jahr in Kraft. Die blutige Niederschlagung des Aufstandes im Nachbarland wird zur Bewährungsprobe des gerade selbstständig gewordenen Österreich.

Das Pressefoto meines Vaters von einem Buben, der, seinen Geigenkasten fest unter den Arm geklemmt, schluchzend über die Grenze läuft, wird weltweit abgedruckt. Ein vergilbter, gerahmter Abzug dieses Fotos steht bis zu seinem frühen Tod am Schreibtisch.

VERDRÄNGEN, VERGESSEN, VERZEIHEN

Mein Vater erzählt mir als Heranwachsendem aber nicht nur von der Niederschlagung des Ungarnaufstandes. Manchmal auch von der Zeit des nationalsozialistischen Regimes. Es fällt ihm, einem introvertierten Menschen, der als Vertreter einer traumatisierten Generation nur zu gerne alles vergessen hätte, nicht leicht, mit seinem Sohn über den Holocaust zu sprechen.

Über unvorstellbare Ängste. Schande, Schmach und Schikanen, die seine Familie erleben muss. Über die Fleißaufgaben der Nazischergen. Über grauenhafte Details aus den Konzentrationslagern. Über die hämische Präzision und Gründlichkeit, mit der Millionen Menschen ermordet werden.

Noch am Ende der Naziherrschaft, am Tag vor seinem Ende, am 30. April 1945, schließt Adolf Hitler sein so genanntes Testament mit den Worten ab: „Vor allem verpflichte ich die Führung der Nation und die Gefolgschaft zur peinlichen Einhaltung der Rassengesetze und zum unbarmherzigen Widerstand gegen den Weltvergifter aller Völker, dem internationalen Judentum.“

Nie zuvor hat ein Regime, wie beim Völkermord an den europäischen Juden, beschlossen, eine von ihm willkürlich bestimmte Menschengruppe – einschließlich Alter, Frauen und Kinder – zu ermorden. In eigens zum Zweck der Tötung präzise geschaffenen Einrichtungen. Die Judenvernichtung als Resultat des abgrundtiefen Hasses Hitlers gegen die „gefährlichsten Feinde des Dritten Reiches" bleibt beispiellos.

Oft werden die Opfer gezwungen, sich in Massengräbern auf die Leichen der in den Vernichtungsaktionen bereits Exekutierten zu legen. Viele verwundete Opfer – darunter auch Kinder – werden lebendig begraben. In Konzentrationslagern sind bis zu fünf Gaskammern gleichzeitig in Betrieb. Es kann – je nach Größe der Gaskammer – fast eine halbe Stunde dauern, bis die Opfer, dicht zusammengepresst, langsam ersticken. Jüdische Sklavenarbeiter müssen – unter ständigen Misshandlungen – die Toten voneinander trennen, ihnen die Goldzähne herausbrechen, um sie dann in das Krematorium zu schleppen.

Wenn es schnell gehen soll, kommen *mobile Einsatzkommandos*, „Gaswagen", zum Einsatz. Die Ladefläche der speziell umgebauten Lastwagen ist abgedichtet und in eine fahrbare Gaskammer verwandelt. Die Opfer – 60 bis 70 Menschen zur gleichen Zeit – ersticken durch die eingeleiteten Motorabgase.

Versöhnung, ohne sich zu erinnern, kann es nicht geben. Und das verschämte Schweigen der Überlebenden ist keine Lösung. Manche Opfer haben versucht, zu vergessen. Manche haben versucht, zu verdrängen. Manche haben versucht, zu verzeihen.

Und manche – wie Simon Wiesenthal – engagieren sich ein Leben lang, um nach den untergetauchten Mördern des

NS-Regimes zu fahnden. Noch zu Beginn der Siebzigerjahre denunziert ein österreichischer Spitzenpolitiker Wiesenthals Dokumentationszentrum als „private Femeorganisation" und vergleicht es mit einer „privaten Spitzel- und Staatspolizei".

„Ich habe versucht...", sagt Auschwitz-Häftling und Friedensnobelpreisträger Elie Wiesel, „... die Erinnerung am Leben zu erhalten. Ich habe versucht, die zu bekämpfen, die vergessen wollen. Denn wenn wir vergessen, sind wir schuldig. Dann sind wir Komplizen". Der deutsche Bundespräsident Richard von Weizsäcker zitiert Wiesel in seiner vielbeachteten Rede vom 8. Mai 1985. Mit dem Blick auf jene, die über die Überlebenden schreiben: „Jene, die es nicht erlebt haben, werden nie wissen, wie es war; jene, die es wissen, werden es nie sagen; nicht wirklich, nicht alles."

GEBLÜMTER KIMONO & VIERBLÄTTRIGER KLEE

Ende der 40er-Jahre kommen aus ihrer Heimat vertriebene, rassisch verfolgte Wissenschaftler und Künstler nach Wien zurück. Aber nur manche.

Bei vielen ist die Erinnerung an den Schrecken der *finsteren Zeit* noch zu wach. In ihren Köpfen geistern noch die SS-Schergen herum. Der Jubel am Heldenplatz. Brennende Synagogen und geplünderte, jüdische Geschäfte. Die Erinnerung an *Arisierungen* und *Mitbürger*, die unter dem Beifall des Pöbels Straßen aufwaschen müssen. „Die Kunst des tröstlichen Vergessens" (Manés Sperber) fällt nicht leicht.

Manche der Vertriebenen wie Robert Musil oder Joseph Roth sterben in der Emigration. Manche wie Stefan Zweig wählen den Freitod.

Stefan Zweig. Einer der erfolgreichsten Schriftsteller seines Jahrhunderts – dessen Bücher in Millionenauflage veröffentlicht und in mehr als 50 Sprachen übersetzt sind. Ein ruheloser und unsicherer Mensch, der von seinem Erfolg selbst am meisten überrascht ist. In der Autobiografie „Die Welt von Gestern" stellt Stefan Zweig fest: „... es kam ein Gast in mein Haus und ließ sich dort wohlwollend nieder, ein Gast, den ich nie erwartet hätte – der Erfolg."

Am 23. Februar 1942 setzt er in Petrópolis nahe von Rio de Janeiro „durch die langen Jahre heimatlosen Wanderns erschöpft" seinem Leben ein Ende: „So halte ich es für besser, rechtzeitig und in aufrechter Haltung ein Leben abzuschließen, dem geistige Arbeit immer die lauteste Freude und persönliche Freiheit das höchste Gut dieser Erde gewesen."

Auf dem Schreibtisch ist alles geordnet: Die fertig geschriebenen Briefe sind frankiert, die Bleistifte gespitzt, die entliehenen Bücher für die Rückgabe an die Besitzer entsprechend gekennzeichnet. Es fehlt nur noch, einen schriftlichen Schlussstrich zu ziehen, eine Erklärung für seinen Freitod zu formulieren. Die Überschrift ist portugiesisch – Declaracao – der Rest der letzten Botschaft deutsch: „Ich grüße alle meine Freunde! Mögen sie die Morgenröte noch sehen nach der langen Nacht! Ich, allzu Ungeduldiger, gehe ihnen voraus."

Sobald der Brief unterschrieben und mit dem Datum versehen gut sichtbar auf dem Schreibtisch deponiert ist, sind Stefan Zweig und seine Frau Lotte bereit. In einer wohlformulierten, blumig geschriebenen Aktennotiz der Polizei von Petrópolis ist zu lesen: „Am Nachmittag, irgendwann zwischen Mittag und vier Uhr, nahmen sie eine Überdosis Veronal und legten sich gemeinsam zu diesem letzten Schlaf nieder, Stefan in Hemd, Krawatte und Hosen, Lotte in einem geblümten Kimono, den sie nach dem Bad angezogen hatte. Die Mineralwasserflasche, die sie benutzt hatten, trug das ironische Etikette ´Salutaris`. Auch Plucky, der kleine Terrier, legte sich in ihr Zimmer und wartete geduldig darauf, dass sein Herr aufwachen und ihn auf seinen Abendspaziergang mitnehmen würde. Auf dem Buffet stand eine Vase mit vierblättrigem Klee..."

Der in Brasilien beliebte, populäre Stefan Zweig und seine Frau – „A morte de Zweig e um choque para todo o Brasil" (Der Tod von Zweig ist ein Schock für ganz Brasilien) – der sich eine Beisetzung „in aller Stille" wünscht, werden im Rahmen eines Staatsbegräbnisses beerdigt. In unmittelbarer Nähe des Mausoleums von Kaiser Pedro II. Mehr als viertausend Menschen folgen den Särgen – bei einem *estrangeiro* beispiellos in der Geschichte Brasiliens. Während bei strahlendem Sonnenschein der Trauerkondukt durch die Stadt zieht, werden als Zeichen der Trauer spontan die meisten Geschäfte geschlossen.

ARCHÄOLOGE DER SEELE

Mehr als drei Jahrzehnte dauert der Briefwechsel zwischen Zweig und dem „hochverehrten Herrn Professor Freud". Der schriftliche Kontakt beginnt, als Stefan Zweig 27 Jahre, Sigmund Freud bereits mehr als 50 Jahre alt ist. Der gegenseitige Respekt wird immer größer, jeder schickt dem anderen ein Widmungsexemplar des neuesten Buches.

Als Sigmund Freud im Londoner Exil stirbt, hält Stefan Zweig die Grabrede und erinnert sich später daran: „Und als wir Freunde seinen Sarg in die englische Erde senkten, wußten wir, daß wir das Beste unserer Heimat ihr hingeben."

Das Rätsel der Psyche. Sigmund Freud hat es mit seinen umstrittenen Theorien über Träume, Verdrängungsmechanismen und das Unbewusste in Wien leicht. Hier blühen Tabus. Manieren und Erziehung, der Umgang der Menschen miteinander ist oft durch verkrampfte, unnatürliche Verhaltensweisen eingeschränkt. Selbst Sigmund Freud ist nicht frei von tabuisierender Selbsttäuschung. Der Schriftsteller Arthur Koestler zitiert ein Interview aus dem Jahre 1938, in dem Freud seine Krebserkrankung – von der er seit 15 Jahren befallen ist – nur als „dieses Ding an meiner Lippe“ beschreibt.

Nach Sigmund Freuds Thesen haben Träume mehrfache Bedeutung: Sie sind Äußerungen latenter Hoffnungen oder Ängste, die in Bilder oder Worte umsetzen, was das Unterbewusstsein weiß – aber verbirgt. In „Die Traumdeutung“, nach eigener Aussage sein wichtigstes Werk, versucht Freud eine Selbstanalyse, indem er das Verhältnis zu seinem Vater und dessen Tod, die inneren Bilder in der Erinnerung an seine Kindheit betrachtet. Die Psychoanalyse – für Karl Kraus „jene Geisteskrankheit, für deren Therapie sie sich hält“ – konfrontiert Menschen schmerzhaft mit ihrem sentimentalen Selbstverständnis.

Dieser Umstand macht Sigmund Freud nicht sympathischer. Seine Unbeliebtheit wächst noch, als er in Bezug auf das Sexualleben Heuchelei, Verlogenheit und Tabus aufzeigt. Und nachweist, dass Frustration infolge unterdrückter Sexualbedürfnisse als Schlüssel zum Verständnis von Neurosen – und menschlichem Verhalten überhaupt – zu verstehen sind. Manche haben ihre seelische Unausgeglichenheit erkannt und reagieren spöttisch und bösartig. Ein weiteres Karl-Kraus-Zitat wird dann gerne apostrophiert: „Psychologen sind Durchschauer der Leere und Schwindler der Tiefe.“ Sigmund Freud bezeichnet den Mund als das „orale Geschlechtsorgan“, und meint, die Nase habe „Genitalform". Für viele Menschen verstößt diese Ansicht gegen die guten Sitten. Für manche sind Freuds Ansichten über die Sexualität beunruhigend und erzeugen Schuldgefühle, denn sie spüren, dass der Analytiker Recht hat... Und sogar Karl Kraus gibt zu, dass der Mensch „eigentlich sein ganzes Leben hindurch, von der Geburt bis zur Hinrichtung, daß der Säugling beim Stuhlgang und der Delinquent, dem die Schlinge um den Hals gezogen wird, Sexualempfindungen haben."

Die Offenheit, mit der er am Schauplatz Seele forscht, behindert Freuds Karriere. Nachdem er 1881 als Mediziner promoviert, nimmt er ein Jahr danach die Arbeit im Allgemeinen Krankenhaus auf und wird 1885, ein Jahr vor der Eröffnung seiner Praxis als Psychoanalytiker, zum Dozenten für Neuropathologie ernannt.

Erst 1902 – bereits 46-jährig, erhält Freud die Mitteilung des Erziehungsministers, dass ihm der Professorentitel verliehen wurde. Die skandalöse Verzögerung seiner Ernennung soll auf bürokratischer Schlamperei beruht haben... Sigmund Freud äußert sich dazu: „Es regnet jetzt auch schon Glückwünsche und Blumenspenden, als sei die Rolle der Sexualität plötzlich von Seiner Majestät amtlich anerkannt, die Bedeutung des Traumes vom Ministerrat bestätigt, und die Notwendigkeit einer psychoanalytischen Therapie der Hysterie mit 2/3 Majorität im Parlament durchgedrungen."

Die Psychoanalyse, die *Redekur* – wie sie Freud selbst auch nennt – als Spiegel der dunklen, düsteren Winkel unserer Seele sagt uns nicht nur, wie wir sind, sondern in sehr persönlichen Bereichen auch, warum wir so sind. Dieser Umstand macht auch aus den genialsten Beobachtern und Beschreibern Beobachtete – also Betroffene. Die betroffene Reaktion darauf ist natürlich und zutiefst menschlich. Thesen, mit denen der junge Wissenschaftler seine Umwelt kränkt und schockiert: Der Mensch, die *Krone der Schöpfung*, ist laut Freud oft nur ein Getriebener seiner unterdrückten sexuellen Wünsche. Während er glaubt, „Herr im eigenen Haus zu sein, regieren im Keller seiner Seele animalische Triebe". Als Abhängiger seiner frühkindlichen Erlebnisse hat er Angst – und weiß nicht wovor. Jede Fantasie, jeder Versprecher, jeder Traum – so sinnlos sie auch wirken mögen – ist mit einem seelischen Motiv zu erklären. Der Analytiker kann uns motivieren, innere Kämpfe aufzuzeigen, er bleibt dabei neutral und hilft, das Chaos von Gefühlen und das Dickicht belastender Träume zu ordnen. Und Neurosen werden geheilt, indem sie verdrängte, krank machende Erinnerungen ins Bewusstsein transferieren.

Sigmund Freud schildert, wie die 50 Minuten dauernde *Redekur* im düsteren Ordinationsraum in der Berggasse 19 abläuft: Der Patient liegt, abgewandt vom Analytiker, auf der mit einem Perserteppich überworfenen Couch. „Bitte teilen Sie mir mit, was Sie von sich wissen", fragt Freud am Beginn der ersten Analyse. „Sagen Sie alles, was Ihnen durch den Sinn geht. Benehmen Sie sich so, wie zum Beispiel ein Reisender, der am Fensterplatz eines Eisenbahnwagens sitzt und den im Inneren Untergebrachten beschreibt, wie sich vor seinen Blicken die Aussicht verändert... Gehen Sie nie über etwas hinweg, weil Ihnen diese Mitteilung aus irgendeinem Grund unangenehm ist."

VON DER COUCH INS LABOR

Heute, mehr als hundert Jahre nach der Entwicklung der Psychoanalyse, ist die Traumforschung am Weg von der Couch ins Labor: Neueste Untersuchungen der Hirnforschung geben Freuds Thesen Recht. Gerade die Neurowissenschaftler, die

Sigmund Freud von seinem Podest holen, anerkennen ihn und begründen seine weltweite Renaissance. Seine Ansichten kreisen – wie die der heutigen Hirnforscher – um das jahrtausendealte Körper-Seele-Problem. Wie hängen Gehirn und Psyche zusammen, wie reagiert das Hirn auf traumatische Erlebnisse und wie entstehen Gedanken und Gefühle? Auf der Couch in der Berggasse sind solche Prozesse schwer zu fassen. Bei klinischen Beobachtungen auf Neurologiestation von heute lässt sich hingegen klar beobachten, wie das Gehirn als Organ der Seele subjektives Erleben hervorbringt.

Kaum etwas hat das menschliche Dasein so verändert wie die Befunde aus der Wiener Berggasse 19 – die Lehre vom Unbewussten, jenes rätselhaften Bezirkes unserer Seele, in die wir Angst machende oder unangenehme Ideen verdrängen. Weltweit fahnden heute Neurobiologen, Psychologen, Psychiater und Psychoanalytiker in gemeinsamen Arbeitsgruppen nach Schnittstellen ihrer Erkenntnisse. Und bauen Brücken zu Freuds Thesen. Neurologen verlassen sich nicht mehr nur auf klinische Tests, sondern beziehen die psychische Erlebnisweise der Testperson in ihre Untersuchungen ein. Die Zauberformel dafür wird Neuropsychoanalyse genannt: „Freuds Einblicke in die Natur des Bewusstseins“, meint Neurobiologe Antonio Damasio im deutschen Magazin „Spiegel“, „stehen in Einklang mit der Sichtweite der fortgeschrittensten modernen Neurowissenschaften“. Und Kollege Mark Solms ergänzt: „Freud wollte damals genau das tun, was wir heute tun. Weil er aber weder Computertomograf noch EEG hatte, gab er sein Projekt auf. Indem wir sein Werk korrigieren, revidieren und ergänzen, bringen wir es zu Ende.“

Der erste Forscher, der die Beziehung zwischen Psychoanalyse und Neurowissenschaft untersucht ist Freud selbst. Doch als er mit der Psychoanalyse für schrittweise Anerkennung sorgt, gerät seine Arbeit als Naturforscher in Vergessenheit. Als Stipendiat in Triest untersucht der junge Freud unter dem Mikroskop das Nervensystem der Fische und sucht nach den Hoden des Aals. Damals gilt Sigmund Freud als extrem begabter Neuroanatom.

Ein weiteres Stipendium bringt ihn 1885 nach Paris. An der „Salpetrière“ seziert er Kindergehirne. Und sieht begeistert zu, wie der Neurologe Jean-Martin Charcot vor seinen Augen bei Patienten unter Hypnose hysterische Lähmungen erzeugt – oder löst. „Charcot, der einer der größten Ärzte, ein genial nüchterner Mensch ist...“ schreibt Freud nach Wien, ...reißt meine Ansichten und Absichten einfach um.“ Weil sich im Hirn verstorbener Hysterikerinnen keine organische Ursache für ihr Leiden findet, glauben die meisten Neurologen damals, dass die Patienten ihre Symptome erfunden haben. Prof. Charcot hingegen diagnostiziert die Hysterie als echte Krankheit. Und stellt in Frage, wie und warum körperliche Symptome auf seelischen Ursachen beruhen können.

Den begeisterten Freud – wieder zurück in Wien – lässt das Zusammenspiel von Körper und Seele nicht ruhen. Er vermutet den Schlüssel zu neurotischen Symptomen in frühen traumatischen, oft sexuellen Erlebnissen. Er meint, die Psyche müsse irgendwo im Gehirn versteckt sein. Öffentlich spricht er auch davon, dass das Gehirn aus untereinander verknüpften Neuronen, die Nervennetze bilden, besteht. Und Freud will die Psychologie als Naturwissenschaft etablieren. Im „Entwurf einer Psychologie“ überträgt er seine spektakulären Ansichten von psychischen Vorgängen wie Trieb oder Verdrängung in das wissenschaftliche System der Neuroanatomie.

Doch seine Ideen sind der reduzierten Technik seiner Zeit voraus: Die Beschaffenheit der Seele lässt sich mittels Skalpell und

Mikroskop nicht feststellen. Und weil ihm – wie er ernüchtert registriert – nur „Phantasieren, Übersetzen und Erraten“ bleibt, nennt er seinen „Entwurf“ eine „Art Wahnwitz“ und wendet sich von der Neurobiologie ab. „Vorläufig steht uns nichts Besseres zu Gebote als die psychoanalytische Technik“, meint er enttäuscht, „... und darum sollte man sie trotz ihrer Beschränkungen nicht verachten“.

Mehr als hundert Jahre nach der Entwicklung der Psychoanalyse, Grundlage der modernen Tiefenpsychologie und Psychotherapie, versuchen schließlich – „nach einem Dauerclinch wie bei trotzigen Geschwistern“ („Der Spiegel“) – Psychoanalytiker und Neurowissenschaftler gemeinsam, dem Rätsel Seele auf die Spur zu kommen.

Viele von Freuds Erkenntnissen haben sich in den letzten Jahren bestätigt: Dass Psychotherapie das Gehirn genauso verändern kann wie Medikamente, ist durch Tomografie-Studien bei Depressiven bestätigt. Auch die fundamentale Bedeutung der frühen Kindheit ist durch die Forschung an Säuglingen nachgewiesen. Und schließlich – inzwischen sind auch Neuropsychologen davon überzeugt – bestimmen Triebe tatsächlich unser Leben. Allerdings nicht ganz im Sinne Freuds, im Wechselspiel von Sexualität und Aggression. Sondern die Hirnforscher weisen auf ein „Belohnungs- und Suchtsystem“ hin, das aber erstaunliche Ähnlichkeit mit Freuds Libido hat.

Es bleibt jedenfalls ein Wunder, dass all die komplexen Prozesse in unserem Gehirn reibungslos funktionieren, die Koordination zwischen innerer und äußerer Welt nicht öfter fehlschlägt. Und dass wir alle nicht gestörter sind, als wir es ohnehin sind.

Obwohl im Österreich des dritten Jahrtausends der Anteil der Psychoanalyse bei angewandten psychotherapeutischen

Methoden nur etwas mehr als fünf Prozent beträgt, sind sogar frühere Skeptiker weltweit davon überzeugt, dass Sigmund Freud mit seinen Thesen Recht hat. Der späte Triumph des oft verfemten Arztes vom Alsergrund, dem „das Verdienst gebührt, in die Anarchie des Traums eine Verfassung eingeführt zu haben. In der es allerdings zugeht wie in Österreich" (Karl Kraus).

Jedenfalls ist die *Heurigen-Therapie* in Wien immer schon beliebter als eine anstrengende, aufwühlende Analyse auf der Couch. Der latente „Fledermaus"-Fatalismus mit der „Glücklich ist, wer vergisst, was doch nicht zu ändern ist" – Zeile kann man im goldenen Wien getrost als heimliche Hymne bezeichnen ...

SCHWERMUT & SÜSSE MÄDEL

Ein Kenner seelischer Konflikte, als der er auch immer wieder als Doppelgänger Freuds bezeichnet wird, ist der Schriftsteller und Arzt Arthur Schnitzler. Germanisten späterer Generationen nennen ihn gerne „Sozialdiagnostiker" und sprechen von seinem Werk als „Paradigma der Moderne". Der Tiefenpsychologe Schnitzler ist sich seiner beschränkten Möglichkeiten bewusst: „Wo andere nur imstande sind, eine anscheinend unrettbare Verwirrung seelischer Elemente festzustellen, ist es dem wirklichen Psychologen gegeben, die scheinbar in Verwirrung geratenen Elemente wie durch ein Mikroskop als einzelne zu beobachten." Der Dichter seziert scharfsichtig und süffisant die dekadenten Denkmuster im Wien des Fin de Siècle bis zum Ausbruch des Ersten Weltkrieges.

Er diagnostiziert Gedanken und Gefühle in einer Welt von beklemmenden Tabus und krank machender Heuchelei: Es entstehen psychologisch ausgereifte, literarische Schilderungen der *besseren Gesellschaft* mit ihrer unnachahmlichen Wiener Melange aus Frohsinn und Schwermut, Leichtsinn und Wehmut. Sittenbilder, in denen Libido und Lustentfaltung treibende Kraft des Lebens zu sein scheint.

In seiner Autobiografie „Jugend in Wien" schildert Arthur Schnitzler unbefangen und ungeniert seine eigenen Episoden als jugendlicher Bonvivant. Jeannette, Anni und Toni, Gisela und Olga, Charlotte und Helene – sie alle bilden den Reigen eines ganz speziellen Typus junger Mädchen. Fesch und fröhlich, unbekümmert und unternehmungslustig. Die *süßen Mädel* von Wien.

Schon als Hospitant findet er bei charmanten Gespielinnen während des Nachtdienstes im Allgemeinen Krankenhaus Zerstreuung. Kein Wunder, dass der junge Spitalsarzt Schnitzler „zumeist verschlafen und zu spät" bei der Morgenvisite erscheint – wie der leitende Arzt der chirurgischen Abteilung, der penible Prof. Joseph Weinlechner immer wieder kritisieren muss. Der Grund dafür: „Zwei bis dreimal wöchentlich kam Jeannette des Abends zu mir. Manchmal nachtmahlten wir vorher zusammen in irgendeinem Restaurant – im Römischen Kaiser oder im Riedhof, anfänglich, an schönen Herbstabenden in Pratergärten; die Nacht verbrachte sie in meiner Spitalsstube, ließ sich auch im Schlaf nicht stören, wenn ich auf die Abteilung ging, meinen Dienst zu versehen, und es war mir eine rechte Lust, wenn ich gegen Mittag wiederkehrte, mein süßes Mädel, zu neuer Zärtlichkeit bereit, auf den zerwühlten Polstern wiederzufinden."

Mit Anni und Toni, Gisela und Olga, Charlotte und Helene flaniert der fesche, junge Herr Doktor auch gerne im Wienerwald, abends besucht man Kabaretts und Konzertcafés –

bis eines der *süßen Mädel* schließlich reif fürs Séparée ist, und sich bebend und beschwipst in seine Arme fallen lässt.

Mit dem Wissen des Arztes um die Tragödien des Lebens, das oft Groteske des Daseins, gelingt es dem Dichter zwischenmenschliche Begierden und die daraus resultierenden Konflikte darzustellen. Mit psychologischem Einfühlungsvermögen und Poesie.

Manch einer erkennt sich in Schnitzlers Stücken wieder. Wie bei „Anatol", dem jungen Dichter, der glaubt eine Frau zu lieben, in Wirklichkeit aber nur sich selbst liebt. Oder eine der vielen verwöhnten, aber unbefriedigten Frauen, die sich als *femme fatal* geben. Schon lange verheiratet, attraktiv und untreu. Am späten Nachmittag entfliehen sie geheimnisumwittert und verschleiert dem großbürgerlichen Heim, um mit ihrem oft jüngeren Liebhaber *l'heure bleu* zu genießen. Mit vollem Risiko – und durchaus bereit, den Preis dafür zu bezahlen.

In Schnitzlers Meisterwerk, dem „Reigen", stellen schleichende Vereinsamung und unstillbare Begierde die Triebkräfte menschlichen Zusammenseins dar. In allen gesellschaftlichen Schichten, fern jeglichen Tabus: Prostituierte begegnet Soldaten, Soldat begegnet Dienstmädchen, Dienstmädchen begegnet Lebemann, Lebemann begegnet verheirateter Frau. Ehemann trifft auf süßes Mädel, süßes Mädel trifft auf Dichter, Dichter trifft auf Schauspielerin, Schauspielerin trifft auf Graf – und Graf begegnet Prostituierter.

Das im Jahr 1900 geschriebene Stück erlebt erst mehr als zwanzig Jahre später seine Wiener Premiere. Kritiker sprechen von „Bordellprologen und geilster Pornographie". „Die Reichspost" berichtet vor allem vom Publikum, von „schnaufenden Dickwänsten mit ihrem weiblichen Anhange, der den Namen der deutschen Frau schändet", während das „Neue Wiener Journal" attestiert: „An den Abend geknüpfte Erwartungen fanden lediglich in einigen zum Teil sehr anerkennenswerten Dekolletés im Publikum Ausdruck."

Der Abgeordnete und spätere Bundeskanzler Ignaz Seipel wettert gegen dieses „Schmutzstück eines jüdischen Autors". Vier Tage später stürmen völkische Jugendliche den Theatersaal. Faule Eier und Schwefelwasserbomben werden auf die Bühne geworfen, die „Reichspost" stuft die Störaktion als Akt der Selbsthilfe christlicher junger Männer ein, es kommt zu Straßendemonstrationen gegen die Aufführung des „Reigen". *Pfui Judenpack*-Parolen werden skandiert. Schon bald verbietet die Polizei weitere „Reigen"-Vorstellungen. Ähnlichen Aufruhr gibt es einige Wochen später in Berlin – Schnitzler ist derart enttäuscht, dass er weitere Aufführungen für ewig sperren lässt.

Erst nach Ende des Zweiten Weltkrieges erlebt Arthur Schnitzlers Werk langsam die Achtung und Rehabilitierung, die es verdient. Einfühlsame Meisterstücke über menschliche Episoden, Enttäuschungen und Tragödien: „Anatol", „Das weite Land" oder „Der einsame Weg", „Fräulein Else" oder „Leutnant Gustl" werden weltweit anerkannt, aufgeführt und verfilmt.

Schnitzlers psychologischer Scharfblick, seine literarischen Analysen suchender, verletzter und verzweifelter Seelen beeindrucken auch Sigmund Freud. Am 8. Juni 1906 schreibt er an den Schriftsteller: „Ich habe mich oft verwundert gefragt, woher sie diese oder jene geheime Kenntnis nehmen konnten, die ich mir durch mühselige Erforschung des Objekts erworben habe, und endlich kam ich dazu, den Dichter zu beneiden."

MISSGUNST IM MEKKA DER MEDIZIN

Die verspätete Achtung Sigmund Freuds oder Arthur Schnitzlers in seiner Heimatstadt stellt kein Einzelschicksal dar. Erfolg gilt in Wien oft als suspekt und unbequem – fast lästig.

Viele Mediziner verdanken heute Erfolge ihren Vorfahren, die im Wien des 19. Jahrhunderts bei legendären Kapazitäten wie Albert, Billroth, Krafft-Ebing, Rokitansky, Skoda oder Zuckerkandl studieren. Die Wiener Medizinische Schule ist damals – trotz der beschränkten Mittel – in vielen Bereichen führend. Das Allgemeine Krankenhaus, das zu dieser Zeit fortwährend Hof um Hof wächst und die angeschlossenen Universitätskliniken begründen den Ruf Wiens als das *Mekka der Medizin*. Karl Rokitanskys überragende Aura ist legendär. Er baut die pathologische Anatomie zur bedeutungsvollsten Basis medizinischen Wissens auf. Die Diagnosen des großen Internisten Josef Skoda basieren oft auf intuitiven Erkenntnissen. Eine der spektakulärsten: Skoda betritt den großen Saal seiner Klinik und bleibt vor dem Bett eines Fiebernden, dessen Krankheitsbild seit Wochen nicht erkannt wird, stehen. Nach kurzer Zeit sagt er: „Ich rieche Scharlach“. Der Patient wird sofort in das Infektionsspital transportiert – nach einigen Tagen brechen die klassischen Scharlachreaktionen aus.

Die nächste Medizinergeneration ist besonders forsch unterwegs: Emil Zuckerkandls Untersuchungen über die Anatomie des Kehlkopfes, des Ohrs, der Nase, des Kiefers und der Zähne erschließen völlig neue medizinische Gebiete. Auf Grund seiner Arbeit formiert sich ein Heer von Gesichtsanatomen. Und auf dem Gebiet der Chirurgie passiert Revolutionäres: Theodor Billroth, der als Pionier der Magenresektion gilt, gewinnt Schlacht um Schlacht gegen Geschwüre und Tumore aller Art.

Billroth, der Pastorensohn von der Ostseeinsel Rügen. Vorerst lässt er sich als praktischer Arzt in Berlin nieder. Ohne Erfolg. Während der ersten zwei Monate hat sich kein einziger Patient in seiner Ordination eingefunden. Zwanzig Jahre später ist er – von Kaiser Franz Joseph nach Wien gerufen – einer der führenden Köpfe der Wiener Medizinischen Schule und der bedeutendste Chirurg seiner Zeit. Die Wiener Mentalität, das beschwingte Leben hier, gefällt Billroth vorerst: „Die Menschen sind alle vergnügt und unbekümmert; man arbeitet mäßig und genießt viel."

Der anerkannte Arzt aus dem hohen Norden, dessen Erfolg auch Feinde und Neider aus ihren Verstecken lockt, muss bald die speziellen Verhältnisse im Dschungel Wien erkennen. Seine Widersacher kritisieren ihn massiv: „Im ersten Semester hatte ich rasendes Unglück; die außergewöhnlichsten Dinge häuften sich bei den Operierten..." Einem Freund in Deutschland berichtet er weiter: „Jedes augenblickliche Bedürfnis wird befriedigt und doch keine Zufriedenheit! Es fehlt an großen Zielen. Alles hat seinen Preis – wo doch in Wien sogar die Luft versteuert ist! Mein Gehalt deckt gerade meine Wohnung..." Trotzdem erweist er sich schon bald als großzügiger Gastgeber. Seine Soirees sind stadtbekannt. Wer bei Prof. Theodor Billroth, Tulpengasse 6 in der Josephstadt, geladen ist, gilt etwas in Wien.

Die alltäglichen Lebensumstände sind mühsam. Einem ehemaligen Studienkollegen in Kiel berichtet Billroth: „ Das Leben ist enorm teuer hier. Wenn ich es erst nur dahin gebracht habe, womit meine Kollegen hier immer angefangen haben, nämlich nichts wissenschaftlich zu arbeiten, nur für meine Person zu sorgen, die Amtsgeschäfte und die Klinik notdürftig nebenbei zu erledigen, die Schweinewirtschaft im Krankenhaus gehen zu lassen wie seit hundert Jahren – dann könnte ich hier ganz glücklich sein, dann wäre ich erst ein echter Wiener geworden." Oft fehlt der Weitblick für unbequeme Initiativen. Vor allem auch auf dem Gebiet der Medizin. Kaum eine andere Stadt hat Persönlichkeiten, die sie nach ihrem Tod feiert und vorher derart verständnislos behandelt. Ignaz Philipp Semmelweis wird verhöhnt. Semmelweis, dem die bahnbrechende Entdeckung glückt, dass – heute eine Banalität – unsaubere Hände bei Hebammen und Gynäkologen eine tödliche Infektion, das Kindbettfieber, hervorrufen. Die hohe Säuglingssterbeziffer, die zu dieser Zeit in Wien eine der höchsten ganz Europas ist, erreicht sofort einen drastischen Rückgang. Doch Semmelweis findet keine Anerkennung. Er muss schließlich sogar seine Klinik verlassen. Drei seiner neidischen Fakultätskollegen schaffen es, den „Retter der Mütter" in die Niederösterreichische Landesirrenanstalt einliefern zu lassen. Hier stirbt er auch. Außerstande, mit der Häme, die über ihn und sein Lebenswerk verbreitet wird, fertig zu werden.

SCHRIFTSPIELER & SCHAUSTELLER

„Wohnt hier der Jud´ Friedel?" tönt es am 16. März 1938 gegen zehn Uhr abends am Eingang des Eckhauses Gentzgasse 7. Der Philosoph und Schriftsteller Egon Friedell hört die zügigen Schritte der SA-Stiefel im Stiegenhaus und springt, ohne nachzudenken, aus dem Fenster seiner Wohnung im vierten Stock. Während des Sturzes erleidet er einen Herzinfarkt und ist sofort tot. Walther Schneider berichtet im neun Jahre danach erschienenen „Friedell-Brevier" von einem makabren Detail des Selbstmordes: „Ein Hausbewohner, der zur kritischen Stunde auf dem Heimweg die Straße unter seinem Fenster überquerte, hat berichtet, Egon Friedell habe ihn kurz vor dem Sprung vom vierten Stock aus durch einen

Zuruf aufgefordert, auszuweichen ...“ „Die Totenmaske, die ich von Egon besitze,“ berichtet Helga Malmberg, Gefährtin und Muse von Peter Altenberg, Karl Kraus und Friedell, „trägt ein heiteres, gelöstes Lächeln...“

Einige Tage vor dem Freitod trifft Egon Friedell seinen Freund Carl Zuckmayer auf der Kärntner Straße. Im Buch „Als wär´s ein Stück von mir“ berichtet Zuckmayer von dieser Begegnung: „Er lockte mich in die nahe gelegene und von Künstlern besuchte 'Reiss-Bar' am Neuen Markt, nur für einen Schluck, wie er sagte. An diesem Nachmittag ergab sich, aus einer zunächst heiter und witzig angelaufenen Unterhaltung ein für mich unvergeßlich erschütterndes Gespräch“, erinnert sich Zuckmayer. „Was tust du“, fragte er mich noch mitten aus einer Paraphrase über Reinhardts Theater heraus, „wenn die Nazis kommen?“ „Sie kommen nicht.“ „Und wenn sie doch kommen?“ „Dann“, sagte ich, „wird wohl nichts anderes übrig bleiben, als über die Grenze zu gehen.“ Er schüttelte den Kopf. „Ich gehe nicht,“ sagte er störrisch und verzagt zugleich, „was soll ich in einem anderen Land? Da bin ich doch nur ein Schnorrer und eine lächerliche Figur.“

Egon Friedell – als Philosoph weiß er, wie wenig wichtig gewisse Kleinigkeiten des Lebens zu nehmen sind. Als Schriftsteller und Schauspieler ist er ein Mensch ohne Pathos, ohne Pose. Max Reinhardt schätzt die Ausstrahlung des *Schriftspielers und Schaustellers* und besetzt ihn seit 1913 immer wieder in Theateraufführungen in Berlin und Wien. Friedell ist mit seiner massiven Gestalt, einem ewigen Schmunzeln und trockenem Humor ein jovialer, geistreicher Bonvivant, der immer zum Lachen reizt. Er bejaht und genießt das Leben. Isst und trinkt reichlich. Zur Armee wird Friedell nicht eingezogen, denn er erfährt bei der Stellungskommission „eine körperliche Erscheinung wie Ihre ist bestenfalls einem

Major gestattet – und in dieser Charge können wir Sie nicht gleich anfangen lassen."

Manche spötteln über Friedell, nennen ihn den Mastodon – eine ausgestorbene Elefantenart des Tertiärs. Er gilt als zwar schlagfertiger, aber plumper Spaßmacher. Doch kaum jemand kann wie er geist- und witzreich die Dinge des Lebens glossieren. Mit knappen, präzisen Sätzen. Scharfsinn und Geistesgegenwart erfassen immer blitzartig das Wesentliche. Wenn er eine der vielen, stadtbekannten Anekdoten über Peter Altenberg erzählt, imitiert er ihn niemals boshaft oder verletzend – sondern nur witzig und geistreich. Denn er liebt und verehrt Altenberg, den „Afrikaforscher der Alltäglichkeit".

Die wenigsten wissen, was hinter dem gemütlichen, gewichtigen Spaßmacher Egon Friedell steckt. Ein Philosoph und Privatgelehrter, der erst 1927 von vielen früheren Skeptikern anerkannt wird, als der erste von drei Bänden seiner „Kulturgeschichte der Menschheit" mit ausufernden, kulturhistorischen Beschreibungen der „Krisis der europäischen Seele von der Schwarzen Pest bis zum Weltkrieg" erscheint.

Friedells Privatleben kennt kaum jemand. Finanziell ist er immer abgesichert. Er ist Besitzer eines Zinshauses in Mariahilf und des Währinger Eckhauses, in dem er wohnt. Seinen Haushalt führen parallel – und jeweils eifersüchtig auf die andere – eine alte Tante und das Fossil einer treuen Haushälterin. Beide Damen adorieren den Dichter. Ihre schönste Aufgabe ist es, ihn zu umsorgen. In dieser beschützten, wohligen Atmosphäre studiert Egon Friedell Tage und Nächte hindurch und häuft jenes ungeheure Wissen an, das er als Grundlage für seine dreibändige „Kulturgeschichte" benötigt. Erst Jahre nach seinem tragischen Ende, als sein posthumes

Werk „Kulturgeschichte Ägyptens und des alten Orients" erscheint, erfährt man, dass sich Friedell lange Zeit mit der Entzifferung der Hieroglyphen beschäftigt. In seinem Buch nennt er dieses jahrelange Studium eine „leichte und amüsante Nebenbeschäftigung".

Dem Kabarettisten und Autor unvergleichlich skurriler Gedichte, Peter Hammerschlag, verhelfen 1938 Freunde zur Flucht nach Jugoslawien. Doch ständiges Heimweh und der vergebliche Versuch, ein Visum für die USA zu erhalten, treiben ihn nach Wien zurück. Der Komponist Alexander Steinbrecher versteckt ihn in einem fensterlosen Hinterzimmer seiner Wohnung. Als Hammerschlag eines Abends keine Zigaretten mehr hat, schleicht er sich aus dem Haus in das Wirtshaus an der Ecke. Sofort beim Eingang wird er von einer SA-Streife gestellt und nach Polen deportiert. Er sollte nie mehr zurückkehren. 1942 wird Peter Hammerschlag im Konzentrationslager Auschwitz ermordet.

Manche der verfolgten Schriftsteller wollen nach der Emigration um jeden Preis wieder zurück nach Wien. Auf der Suche nach Erinnerungen an die Familie, Kindheit und Jugend werden sie vorerst mit der Realität der vergangenen Jahre konfrontiert. Berthold Viertel beschreibt die Rückkehr aus dem Exil als Grablegung, Alfred Polgar meint, „ein Emigrant ist ein Mensch, der zwei Fremden hat und keine Heimat".

Polgar kommt bald nach Kriegsende heim nach Wien und erlebt, dass man die Vertriebenen und Vergessenen nicht immer mit offenen Armen empfängt. Nach seinem 75. Geburtstag versendet Alfred Polgar Antwortschreiben auf Glückwünsche mit dem ersten Satz: „Durchaus imstande, jedem Einzelnen zu danken, von dem ich aus Anlass meines Geburtstages Zeichen der Sympathie empfing."

Auch Friedrich Torberg und Hans Weigel sind aus der Emigration zurückgekehrt. Neben den Problemen, Arbeit oder eine Wohnung zu finden, stellt sich auch die essenzielle Frage, welches Kaffeehaus zum Stammlokal werden könnte, wo man die Nacht durchsitzt, um auf die Morgenzeitungen zu warten.

Weigel schlägt das „Hawelka" in der Dorotheergasse vor. „Was", meint Torberg entsetzt, „... das Hawelka? Das hat doch nur bis zwei Uhr früh offen!" Im Gästebuch vermerkt er zehn Jahre später: „In Wahrheit handelt es sich hier um eines der überhaupt letzten Wiener Kaffeehäuser! Bezeugt von einem, der meistens als einer der überhaupt letzten Gäste weggeht." Lange bevor Friedrich Torberg Stammgast des *Hawerl* ist, berichtet er einem Freund in einem Brief aus der Emigration von einer Schreckensvision, die er in der vergangenen Nacht hatte: „Eines Tages werden wir vor den Pforten sämtlicher Kaffeehäuser stehen, die unser Leben ausmachen, und sie werden versperrt sein. Das ist das Ende aller Zeiten."

Das Hawelka. Eine verraucht stickige Wiener Institution. „Ein heiliger Hort der gesprochenen Abenteuerromane, der Gemälde, die aus Wörtern entstehen, der Melangen aus Beobachtung und Erinnerung, Staunen und Lachen, Dichtung und Wahrheit" (H. C. Artmann). Wo – täglich außer dienstags – bis zwei Uhr früh neben Buchteln, Gugelhupf und Nussbeugeln, Debrecziner und Frankfurter, Einspänner und kleinen Schwarzen mit Slibowitz vor allem auch „Zeit serviert wird", wie der Maler Moldovan im Gästebuch des „zeitlosen Hawelka" vermerkt. Kurt Moldovan, den der frühe Tod zumindest zügig ereilt: bei der Hermi, in seinem Stammwirtshaus in der Kumpfgasse, während er punkt zwölf Uhr mittags gerade zu essen beginnt.

DIE EROTIK SPEZIELLER KÖRPERFALTEN

Für viele Künstler und Lebenskünstler ist das Hawelka ein zweites Zuhause. Ein Zuhause mit abgewetzten Plüschpolstern. Ein Wartesaal. Ein Wartesaal zum Ruhm. Für einen der treuesten Hawerl-Stammgäste, H. C. Artmann, ist dieses Kaffeehaus „eine magische Botanisiertrommel, in der man die seltsamste Flora unserer Stadt finden kann“: „... Bezaubernde und Bezauberte, Stotternde und Wohlredner und weiß Gott, was dort alles noch seinen kleinen Braunen trinkt, oder, wann´s geht, einen französischen Cognac... das Wunder aber, das Wunder dieser Botanisiertrommel ist, daß alle diese Contraritäten, sitzen sie einmal an den altmodischen Marmortischchen, sich in arkadischer Eintracht vertragen, nichts mehr und nichts weniger sind als Hawelkagäste, die so ihre Morgen, Nachmittage und Abende dahinbringen.“

Regie in diesem Biotop der Tagträumer und Nachtschwärmer führt das Kaffeesieder-Paar. Hier, wo man so angenehm allein unter Menschen sein kann, wo sich frisch Verliebte zaghaft und zart dem märchenhaften, ersten Rendezvous hingeben, wo lautlose Schach- und streitende Tarockspieler und der müde Herr der Wach- und Schließgesellschaft – der um Mitternacht sein gewohntes Gratishäferl Milchkaffee bekommt – ihr erweitertes Wohnzimmer haben.

Die Biografie des Gastgeber-Ehepaars Josefa und Leopold Hawelka ist mit mehreren Künstlergenerationen dicht verwoben. Am runden Tisch hinten in der rechten Ecke zerkrachen sich während einer heftigen Diskussion über den Einfluss der Politik in künstlerischen Bereichen Hilde Spiel und Friedrich Torberg, hier übt der gnadenlose Kritiker Hans Weigel – von jungen Schauspielerinnen bewundert – schon sehr früh seinen Balanceakt mit den drei Brillen. Hier rezitiert Oskar Werner nach dem dritten, vierten Cognac Weinheber und Rilke und Helmut Qualtinger imitiert nach dem dritten, vierten Viertel Veltliner Annie Rosar oder Willi Forst.

Wolfgang Hutter diskutiert nächtelang über die Erotik spezieller Körperfalten, während die anderen *phantastischen Realisten* wie Fuchs, Hausner und Lehmden ihre Werke um ein paar hundert Schilling verkaufen. Und Fritz Stowasser, der vor kurzem zögerlich seinen Namen auf Hundertwasser geändert hat, bietet großflächige Werke mit fantasievollen Titeln an: „Singender Vogel auf einem Baum in der Stadt“, „Europäer, der sich seinen Schnurrbart hält“ oder „Wenn ich eine Negerfrau hätte, würde ich sie malen“. In einer der schmalen Logen skizziert Architekt Wilhelm Holzbauer sein erstes Haus, Oswald Wiener entwirft die „Systemanalyse Mitteleuropas“.

Samstag Vormittag ist auch immer mein Vater da und meist enttäuscht, weil der anerkannte Kollege Franz Hubmann wieder einmal nicht zurückgegrüßt hat. Oscar sitzt immer an seinem Stammtisch, hinten beim Eingang zur Küche, gleich neben dem Platz für die Schachspieler. Mit seinen Freunden, einer illustren Runde: der rothaarige, dicke Perlengroßhändler aus der Operngasse, der sich jede Woche – immer punkt zwölf – von einer neuen *Katz* zum Ausflug in den Prater abholen lässt. Der Opernfan und ehemalige *sharpshooter* der US-Army. Seit Jahren wohnt er bei einer Rauchfangkehrerswitwe gegenüber dem Kolosseumkino in Untermiete. Jeden Abend besucht er die Staatsoper. Stehplatz. Bis zur Pause – denn er kenne ja sowieso alles auswendig. Und der jüdische Juwelier, der beim verständnisvollen *Herrn Ali* anschreiben lässt, weil man am Schabbes aus religiösen Gründen kein Geld in die Hand nehmen darf. An manchen Samstagen nimmt mich mein Vater mit. Die heiße Schokolade mit Schlagobers schmeckt gut.

Im von dichten Rauchschwaden durchzogenen Getöse durch nichts aus der Ruhe zu bringen – ein wieselflinker, kleiner Herr im Smoking. Der Herr Ober. Der *Herr Ali*. Wie ein Pfeil schießt er – Moccatassen und Nussbeugeln balancierend – durch sein Kaffeehaus. Registriert im Vorbeihuschen die ewig gleichen Bestellungen der Stammgäste und wieselt durch den kaum durchdringbaren Wald von Zeitungslesern weiter: „Wie der zarte Schatten einer vorbeifliegenden Schwalbe, der durch den zitternden Rauch der Austria-3-Zigaretten schwirrt" (Christian Brandstätter).

Anfang der 60er-Jahre wird das Hawelka – wo früher auch Schriftsteller wie Canetti und Csokor, Arthur und Henry Miller zu sehen sind – zum Treffpunkt pathetischer Wichtigtuer und plauderbegabter Parvenüs. Ja, und der neugierigen Kulturtouristen, die *Künstler schauen* kommen. Bald darauf ziehen sich die Künstler zurück und überlassen das Hawelka anderen: jenen, die sie beobachten wollen.

DIE POETISIERUNG DER WELT

Neben dem Hawelka ist das „Café Raimund" Treffpunkt der Künstler, vor allem der Literaten. Hier – gegenüber dem Volkstheater – hält Hans Weigel Hof. Als einmal ein Manuskript von einem deutschen Verlag mit der Adresse *Hans Weigel/Schriftsteller/Wien* zurückgeschickt wird, schreibt ein Postbeamter ergänzend *Café Raimund* auf das Kuvert. Der später gefürchtete Theaterkritiker – der für einen Verriss von einer Burgschauspielerin zwei ordentliche *Watschen* bekommt – ist schon unmittelbar nach Kriegsende aus dem Schweizer Exil zurückgekehrt. Weigel gilt als einer der wesentlichsten Förderer junger Literatur nach 1945. Er animiert aufstrebende Schriftsteller, nicht nur Aphorismen und Kurzgeschichten zu schreiben, sondern auch Romane. Und setzt individuelle Prämien für einen fertig geschriebenen Roman aus – zum Beispiel ein Paar Würstel.

Rund um Weigel schart sich ein Kreis junger Literaten: Christine Busta und Jeannie Ebner, das spätere Autoren-Duo Reinhard Federmann und Milo Dor, Herbert Eisenreich und Andreas Okopenko. Hans Weigel wird bald Herausgeber einer Anthologie-Reihe, der „stimmen der gegenwart", die den jungen Literaten aus dem Café Raimund die Chance einer ersten Veröffentlichung bietet. Die Beiträge werden, bevor sie Herausgeber Hans Weigel liest, vorsortiert. Von Jeannie Ebner. Sie betreut ein Postfach, das im Stammcafé eingerichtet ist und zur Einlaufstelle österreichischer Nachkriegs-Literatur wird. Ebner muss auf Anweisung Weigels in drei Kategorien sortieren: *Kaas/brauchbar/sehr gut*.

Nachts trifft man sich in der Wohnung von Jeannie Ebner in der Praterstraße. Hier, wo unter der Bewachung von Admiral Tegetthoff auf seinem Denkmal abends vollbusige Mädchen in engen Hosen und Stöckelschuhen freudig erregten Freiern durch die Seitenscheiben ihres Zwei-Liter-Opel-Kapitän oder Ford-Taunus-Coupe deuten, in eines der nahen Stundenhotels mitzukommen.

Oben in der Wohnung der Schriftstellerin diskutiert man eng zusammengepfercht bei schriller, amerikanischer Musik aus dem *Stuzzi-Kofferradio* die ganze Nacht lang euphorisch über „die poetisierung der welt". Bald wird lautstark ein zwangloser Verein von Künstlern – Dichtern, Komponisten, Malern und Bildhauern – „ohne Berücksichtigung des Alters" gegründet: „Der Keller". Eine Vereinigung, die jeden „ernstgemeinten vorstoß in künstlerisches neuland fördert und jeden penetranten konventionalismus und jede manieriertheit ablehnt."

„Der Radau der Literaten“, erinnert sich Ebner, „... war noch der geringste“. Über ihrer winzigen Wohnung „schimpften die Zuhälter mit ihren Patschuli-Puppen, nebenan hopste das Bordell und unterhalb lärmte eine Gastwirtschaft, durch deren Rauch man zwischen Zigarettenschmugglern und professionellen Kartenspielern hindurchtappen musste, wenn man in meine Wohnung gelangen wollte“.

PARANOIA DES SURREALISMUS

Zu Beginn der 50er-Jahre sind Lebensmittel nicht mehr rationiert, bereits mehr als 10.000 Gemeindewohnungen errichtet und 150 Schulgebäude wieder hergestellt. Der Bundespräsident wird erstmals vom Volk gewählt, die Kohleförderung erreicht den Höchststand und mit 2.051.050 gibt es die meisten Beschäftigten seit 1918. Überall wird für den Wiederaufbau *in die Hände gespuckt*. Auch das kulturelle Leben der Stadt kommt langsam wieder in Bewegung. Erstmals finden die Wiener Festwochen statt.

Die Künstler versuchen, auf ihre Weise mit dem Leben fertig zu werden. Die Kunstszene findet im Keller statt – im Souterrain von Wien. In einem Wolkenkuckucksheim unter der Erde. Die Avantgarde der Stadt – Bildhauer, Maler und Poeten – lebt unter katastrophalen finanziellen Bedingungen. Man hat wenig zu essen, keine Wohnung, kaum Veröffentlichungsmöglichkeiten. Jeder versucht auf seine Weise die Realität zu überleben und Visionen zu realisieren.

Das künstlerische *savoir vivre* der Bohemiens, der Surrealisten von Paris, dient als Vorbild: links der Seine, in den Cafés „Les Deux Magots“ und „Flore“, in Jazz-Clubs, billigen Bistros und Nachtcafés verkehren die Existenzialisten und versuchen die

Welt zu ändern. Mit neuen Wegen in der Kunst, temperamentvoller Sozialkritik – aber auch der Zärtlichkeit von Liebenden. Revolutionäre aber auch Romantiker. Aragon, Artaud und Breton, Simone de Beauvoir und Jean-Paul Sartre, Juliette Greco und Jacques Prévert. Und der Onkel aus Amerika, der in Paris versucht, mit seiner Sexualität fertig zu werden – Henry Miller.

Die künstlerische Avantgarde Österreichs, vor allem die Bohemiens von Wien, fühlen sich – zwischen Wiederaufbau und Wirtschaftswunder – größtenteils unverstanden. Der amerikanische Journalist James Gordon berichtet in den „Morning News“ aus Wien: „A surealist in Vienna must feel as lonely and misplaced as an eskimo in darkest africa, for in this city, probably more than in any other capital in Europe, art is conventional to a picture postcard degree.”

Unter dem weitmaschigen Begriff „Schmutz und Schund“ gibt es nach Kriegsende Schreib- und Aufführungsverbote, Proteste und Prozesse. Den Begriff entartet hat man gerade erst aus dem Bewusstsein verdrängt, schon formiert sich bei vielen Politikern wieder der Widerstand gegen Modernes, Provokantes – die „Paranoia des Surrealismus“. Es gilt, konventionelle Kunst, „das Gute, das Schöne, das Wahre“ in der Kultur zu retten. Diese gemütliche Melange steht im Gegensatz zur künstlerischen Avantgarde.

Der Maler Gustav Kurt Beck bringt 1947 von einem Italienaufenthalt als *Reisegepäck* die Idee für die Gründung einer unabhängigen, kühnen Künstlervereinigung mit. Viele Freunde sind sofort begeistert. Als österreichische Sektion des in Rom gegründeten internationalen „Art Club“ wird auch in Wien von einer Gruppe junger Maler unter dem renommierten, 70-jährigen Präsidenten, dem malenden Dichter Albert Paris

Gütersloh, der auch in der Öffentlichkeit als Schirmherr der jungen Künstler fungiert, gegründet. Sein Stellvertreter ist Fritz Wotruba.

Schon im April 1947 präsentiert sich der Künstlerverein erstmals in der Öffentlichkeit: In der „Neuen Galerie" in der Grünangergasse findet die erste Ausstellung statt – als Vorschau auf die große Art-Club-Präsentation in der römischen „Galleria Athena". Gezeigt werden Werke von Wander Bertoni, Hans Fronius, Ernst Fuchs, Rudolf Hausner, Wolfgang Hutter, Kurt Moldovan und Carl Unger. Und natürlich auch Bilder des Präsidenten Gütersloh und seines Vizes Wotruba.

Doch das öffentliche Interesse bleibt bescheiden. Die Rede von Albert Paris Gütersloh „Nahe am Gefrierpunkt", anlässlich der Eröffnung der Herbstausstellung, spiegelt die Schwierigkeiten im Kampf um Anerkennung wider: „Die Kälte, in der wir uns befinden, ist nicht nur ein Effekt der allgemeinen Notlage, sondern auch der treffende, und durchaus so gemeinte Ausdruck für jenen Grad des Interesses – nahe am Gefrierpunkt – den die als besonders musisch ausgeschrieene Bevölkerung dieser Stadt und dieses Landes der bildenden Kunst entgegenbringt, beziehungsweise schon immer entgegengebracht hat.

STROHKOFFER & SINGENDE NERVENSÄGE

Bald nach der „Art Club"-Gründung wird ein Kellerlokal in einer schmalen Seitengasse der Kärntnerstraße zum Treffpunkt der Künstler. Drei Tische, drei Nischen, ein paar Hocker, ein Klavier – und Strohmatten vom Seewinkel am Neusiedler See über der dunklen, ungemütlichen Holztäfelung an der Wand. Als Fritz Wotruba zum ersten Mal den Raum betritt, meint er, das Lokal erinnere ihn an einen Strohkoffer – der Name des kaum 50 Quadratmeter großen Künstlertreffpunkts ist geboren. Das Gedränge ist bedrohlich, der erste Kellner, Herr Hubert, ist bereits nach vier Wochen arbeitsunfähig und wird ins Krankenhaus eingeliefert. Diagnose: totaler Nervenzusammenbruch.

Der „Strohkoffer" wird innerhalb weniger Wochen zum Zentrum der Boheme und entwickelt sich zum „Treffpunkt aller Kunstinteressierten im Club". „Kein Konsumzwang und einfache Preise" werden versprochen. Ein wichtiges Kriterium für Künstler, die kaum *etwas zu Fressen haben*. Das winzige Kellerlokal wird aber auch von Besuchern aus Döbling und Hietzing unterwandert. Von Töchtern und Söhnen der Bourgeoisie, der wohlbehüteten, jungen Brigade, denen *es der Papa richtet*. Man will halt auch ein bissl *Bohemien*, etwas *Enfant terrible* spielen.

Schon bald besucht auch Friedrich Torberg, der selbst nie unter dem Verdacht steht, der künstlerischen Avantgarde anzugehören, den Keller. Um am nächsten Tag in seiner Kolumne „Post Scriptum" im „Wiener Kurier" – der noch vom US-Information-Service herausgegeben wird – einen Situationsbericht von der künstlerischen Aufbruchsstimmung im Keller zu bringen: „Im Art Club, dem in vieler Hinsicht (und manchmal weit über seinen Fassungsraum) einladenden Lokal unter der Kärntner Bar, spielt sich Ermutigendes ab: Fühlung und Auseinandersetzung zwischen grundverschiedenen künstlerischen Äußerungsformen, wobei sich pünktlich erweist, daß ein akademischer Malermeister mit den abstrakten Gesellen, die dort sich selbst und die Wände verkleiden, weniger Berührungspunkte hat als einer, der seine Substanz in Worte oder in Noten zu fassen bemüht ist. Es herrscht verheißungsvolles Treiben in diesem unterirdischen Gelaß, Kunst findet zu Kunst, Snob schaut zu (geht aber bald wieder weg), Kritik nimmt Notiz, und daß das alles nun doch existiert, ist für Wiener Begriffe und Bedürfnisse Existentialismus genug."

„Die Manege, in der man die wilden Tiere aus der Nähe betrachten kann“, entwickelt sich zu einem günstigen Nachtexil für die Avantgarde von Wien, die untertags zumeist unter allgemeiner Verhöhnung und Verachtung leidet. Hier finden Ausstellungen, Lesungen, „Plaudereien über moderne amerikanische Malerei“ oder ein Vortrag über „Moderne Bildhauer (Arp, Moore, Wotruba)“ statt. Die Musiker Hans Kann und Fritz Cerha laden zum „Strawinsky-Abend“, der ehemalige Fliegeroffizier und spätere Afrikaforscher Max *Mäki Messer* Lersch, der auch Pächter der „Kärntner Bar“ ist, bringt mit teilweise wirklich erlebten und sonst gut erfundenen Abenteuergeschichten die große, weite Welt in das Künstler-Keller-Lokal. Auch internationale Künstler wie Jean Cocteau, der anlässlich der Aufführung der Oper „Oedipus Rex“ nach Wien gekommen ist, Benjamin Britten und Orson Welles kommen auf eine Kurzvisite ins tiefe Zentrum der Wiener Avantgarde.

Friedensreich Hundertwasser, der „eigentlich sonderbar und ziemlich unnahbar ist und immer seine nackten Füße auf den Tisch legt“ (H.C. Artmann) veranstaltet hier seine erste Ausstellung: „Gegen Mitternacht tauchten sehr viele Leute auf. Da saß ich in der Hoffnung, dass sich jemand für die Bilder interessiert... aber vergeblich. Bei Tag saß ich dann auch dort, aber es kam keiner runter. Ab und zu konnte ich eine Postkarte für drei Schilling verkaufen, dafür hab ich mir dann eine Burenwurst gekauft.“

LANGENLOISER FÜR DIE HERREN KÜNSTLER

Auch H. C. Artmann ist von Anfang an Gast im „Strohkoffer“. Aber nur dann, wenn er einen Schilling hat. Das Trinkgeld für das Mädl in der Garderobe: „Das war das Wichtigste. Sonst hätt´ ich mich geniert. Manchmal hab´ ich Bücher versetzt, um den Garderobe-Schilling zu kriegen. Der Ernst Fuchs war der beste Tänzer von uns allen – er hat den Schulterschwung perfekt beherrscht. Der Maler Mikl – er hat immer die besten Schuhe gehabt. Der hat nie was gegessen, damit er per Autostopp nach Florenz fahren kann, um sich die feinsten Schuhe machen zu lassen. Wir haben ihn immer gepflanzt: Vergiss Florenz. Da gibt´s den kleinen Schuster, den Geheimtipp in der Gudrunstraße, der ist billiger und viel besser. Der Konrad Bayer – er hat den schönsten Blazer g´habt, Marineblau. Der Moldovan in seinem *Harris-Tweed*-Sakko. Der Aratym und der Hutter, die waren auch immer sehr aufs Äußere bedacht. Wir haben alle einen Krawattenkult betrieben. Über Kunst wurde fast nie gesprochen. Eher über Schuhe und Krawatten. Dandygespräche halt... Manchmal ist der Fürst Schwarzenberg runtergekommen. Ich glaub´, er war damals mit der Judith Holzmeister liiert. Er war immer ein bissl zu fesch. Hoch elegant gekleidet. Der Schurrbart war gefärbt. Er hat immer sofort ´Eine Flasche Langenloiser für die Herren Künstler` bestellt. Irgendwie hat er das komisch ausgesprochen, bissl auf Französisch – *Lonschlois*. Hauptsach´, wir haben was zu trinken g´habt. Wir haben ja kein Geld gehabt, um uns was zu kaufen. Ich war nächtelang unten und hab´ nur Wasser getrunken. Wenn dann der Fürst mit dem g´färbtn Bart gekommen is´, hamma alle g´jubelt... Und erotische Frauen waren immer unten. *Bienchen*, Joana, die Traudl Köchert, Johanna Schidlo, sie war eine begnadete Tänzerin. Die Absi, die Weberin Hilde Absolon mit den roten Haaren, Helga Philipp, Kiki Kogelnik. Und die beiden mutigsten Mädels: Carla mit dem riesigen weißen Hut, auf dem mit blauer Schrift C A R L A stand. Und Gina, die Freundin von Konrad Bayer. Die hat immer Stöckelschuhe getragen, an denen Glockerln bimmelten ... In der Früh bin ich dann zu Fuß nach Breitensee gegangen. Mehr als sechs Kilometer Fußmarsch. Für die Tramway hab´ ich ja kein Geld g´habt. Ich war zügig unterwegs. Begleitet von

Milch- und Müllautos. Ungefähr eine Stund´ hab´ ich ´braucht. Manchmal hat mir die Mama zu Haus´ noch eine Suppe aufgewärmt. Nur Mädln hab´ ich nie mitbringen dürfen. Wir haben halt immer auf der Straße g´schmust."

DAS WUNDERKIND AUS ERDBERG

Bei Sessions im „Strohkoffer" spielen die nachmaligen „Austrian Allstars", die Jazzelite des Landes: Hans Koller, Karl Drewo, Hans Salomon, Rudolf Hansen – bis hinauf in die „Kärntner-Bar" sind vor allem die Schlagzeuger F. R. Hartauer und Vickerl Plasil zu hören. Und die beiden *Jazz-Adeligen* Uzzi Förster (Ullrich Ritter von Förster) und Burschi Kink (Martin Ritter von Kink). Zumeist am Klavier Alexander Jenner, Paul Kont oder Joe Zawinul. Bis zum frühen Morgen. Auch die Jazzbrüder Grah und Hans Pressler – alias Fatty George – sind in späteren Zeiten manchmal da. Immer wieder auch der schon international anerkannte Bach-, Beethoven- und Mozart-Virtuose Friedrich Gulda. Er boxt seinen Erdberger Freund aus Kindertagen vom Klavier – Zawinul hat Pause.

Schon im Herbst 1946 gewinnt das Wunderkind Gulda beim berühmten Genfer Klavierwettbewerb, dem „Concours International d´Exécution Musicale", den ersten Preis. Als kaum 17-jähriger, der weit nach Mitternacht als Letzter auftreten muss. Schon wenige Stunden später, zeitig am Morgen wird das Wiener Wunderkind von einem Impresario aus Zürich unter Vertrag genommen. Die ersten Gagen sind für schweizerische Verhältnisse dürftig – für einen Burschen aus Österreich phänomenal.

Es geht Schlag auf Schlag. Auftritte in den wichtigsten Konzertsälen der Welt. Binnen kürzester Zeit ist Friedrich

Gulda der erste „österreichische Weltstar“ der Nachkriegszeit. Weltweit jubeln Kritiker über die „unglaubliche Begabung, die Wucht und Zartheit des jungen Pianisten aus dem Lande Mozarts“. Wieder nach Wien zurückgekehrt, fördert vor allem der Kulturattaché der bulgarischen Botschaft Stojanoff den jungen Mann. Oft durfte (musste?) er auf Einladung der Österreichisch-Sowjetischen Gesellschaft im Kursalon spielen (Was sich in nahrungstechnischer Hinsicht für die Familie Gulda positiv auswirkt).

Schon in dieser Zeit beginnt der frühreife Friedrich zu improvisieren, Musikstücke selbst zu komponieren und bringt sich auch selbst – Tag und nacht übend – Baritonsaxofon bei. Die Freunde motivieren und animieren ihn „Fritzi, spiel´ wild!“ Somit entwickelt sich Friedrich Gulda zum ersten *klassischen* Jazzer Österreichs. 1956 tritt er mit einer eigenen Partie aus Wien beim „Newport Jazzfestival“ auf. Er himmelt die Jazzgiganten an, die Jazzgiganten himmeln ihn an – bei seinen Interpretationen von Bach, Beethoven und Mozart.

Geboren wird Friedrich Gulda im Mai 1930 als Sohn eines *roten* Lehrerehepaars in Wien-Erdberg. Der Vater spielt Cello, die Mutter Klavier. Nicht nur klassisch, sondern besonders gerne auch – bei geselligen Gulda-Einladungen in die kleine Wohnung in der Seidlgasse – gängige Schlagermusik. Selbstverständlich muss der Knabe Klavier lernen. Da sowohl die Eltern als auch ihr Bub und seine zwei Jahre ältere Schwester Hedy gute Sänger sind, wird fest darauf losgesungen. Lieder, Opernarien, Operettenmelodien – einfach alles. Ein berühmtes Stück der Familie Gulda ist das Quartett aus „Rigoletto“. Friedrich (vor dem Stimmbruch) singt die Gilda, Hedy die Maddalena, der Papa den Rigoletto und die Frau Mama den Herzog.

Obwohl es den Guldas nicht gerade rosig geht – der Vater ist aus politischen Gründen zwangspensioniert – wird ein neues Klavier angeschafft: ein gebrauchter „Bösendorfer“-Stutzflügel. Die Karriere Guldas kann beginnen. Am Konservatorium übt Prof. Pazovsky mit dem Wunderkind immer wieder die Musikstücke, die Friedrich zu Hause bei der Mama gelernt hat.

Jahrzehnte später entwickelt sich Gulda zum schillerndsten, vielseitigsten Virtuosen seiner Generation. Eine launische Persönlichkeit, dessen Leben sich bald zu einer ewigen Party mit rotem Ferrari und Mädchenflor in Miniröcken entwickelt. Ein introvertierter Einzelgänger, der es nicht duldet, dass man ihn nur als Klassikinterpreten anerkennt. Ein Pianist, dessen Konzerte sich immer mehr zu wilden Clubbings entwickeln, bei denen Gulda – zwischen sanft angeschlagenem Mozart und schrillen Eigenkompositionen – von DJs und Go-Go-Girls musikalisch und optisch unterstützt wird. Ein zartbesaiteter aber auch kämpferischer Künstler, der Ehrungen und Orden ablehnt, skurrile Privatfehden gegen Musikkritiker führt und schließlich eine Meldung über seinen plötzlichen Tod lanciert – um dann in Salzburg wieder aufzuerstehen. Gulda forever.

Friedrich Gulda, ein Mann der ersten Stunde im „Strohkoffer“. Im Jänner 1953 wird hier wieder eine Hundertwasser-Ausstellung präsentiert. Es sollte die letzte Veranstaltung des „Art Club“ werden. Ende Februar dieses Jahres wird der Mietvertrag aufgelöst, das inzwischen ziemlich abgewrackte Kellerlokal wird geschlossen. In den letzten Monaten kommen immer mehr Menschen, die *Künstler schauen* wollen, die wenigen, die da sind, streiten: „Es rieselt im Gebälk des Art Clubs. Man duelliert sich mit dem Sie-Wort.“

WEISSE BLUMEN DER MORBIDITÄT

Genau über dem „Strohkoffer", dem Kellerlokal der von Adolf Loos entworfenen „American Bar", tritt zur selben Zeit Marcel André in Damenkostümen auf: Die erste Nachkriegs-Travestie-Show Wiens sorgt für fast genau so viel Aufregung wie die *narrischen Künstler* im Keller.

In Gerhard Bronners „Marietta-Bar" mit dem Werbespruch „ein Nachtlokal, in das man mit seiner eigenen Frau gehen kann", tritt die spätere Trauzeugin des noch völlig unbekannten Helmut Qualtinger, die singende Nervensäge Evelyn Künnecke auf. Und der schüchterne Sänger Peter Neumayer feiert hier mit dem Liedchen „Ich habe das Gefühl, daß ich bei Dir bleiben muß ..." erste Erfolge. Auch seine Parodien auf Theo Lingen und Hans Moser, Hans Albers und Heinz Rühmann bescheren Barbesitzer Bronner viele Gäste. Bald darauf nennt sich der Sänger und Parodist Neumayer Peter Alexander.

Das träge literarische Leben und das oft reaktionäre Kunstverständnis im Wien zu Beginn der 50er-Jahre lassen eine „edle, lautere vollbringung – ohne den bazillus der prostitution" wachsen. Als künstlerische Keimzelle der später gegründeten „Wiener Gruppe" wird die *acht punkte-proklamation des poetischen actes* verkündet. Als wesentliche Innovation in der österreichischen Nachkriegsliteratur. H. C. Artmann, der nach mehreren Auslandsreisen hyperaktiv nach Wien zurückkehrt, ist der engagierteste in der Gruppe rund um Gerhard Rühm, Friedrich Achleitner und Konrad Bayer. Das Leben solle „poetisch und voller pose in ihrer reinsten form sein. Voller heiterer demut und heidnischer bescheidenheit". Das Acht-Punkte-Manifest wird von der Öffentlichkeit negiert oder nur milde belächelt:

der poetische act ist dichtung
um der reinen dichtung willen.
er ist reine dichtung und frei von
aller ambition nach anerkennung,
lob oder kritik.

Als Fortsetzung des *poetischen actes* werden auch bald *poetische demonstrationen* veranstaltet. Am Samstag, den 22. August 1953 wird zu einer makabren „soirée aux amants funèbres" aufgerufen. Als *decor* wird für alle Teilnehmer vorgeschrieben: Weiß geschminktes Gesicht, weiße Astern oder Chrysanthemen, schwarze Kleidung mit Schleifen aus schwarzem Flor, Schleier, Räucherwerk, Lampions und schwarzsilberne Candelaber. Die Prozession wird von Lampionträgern und der „melancholie eines efeubekränzten flötenspielers" begleitet. Während aus den Werken von Baudelaire, Poe, Trakl und Ramón Gómez de la Serna deklamiert wird, trägt man die „weißen blumen der morbidität" vor sich.

Die Route der poetischen Prozession ist präzise vorgegeben: Goethedenkmal/Oper/Kärntnerstraße/Stephansplatz/Rotenturmstraße/Espresso Stambul (für kurze Erfrischungen)/ Uraniabrücke/Franzensbrücke/Hauptallee – und schließlich die „Illusionsbahn" im Wurstelprater. Doch so weit gelangt der avantgardistische Zug – den Gerhard Rühm als „dokumentierten protest gegen das konventionelle, anonyme, normative" bezeichnet – nicht. Auf der Etappe zwischen Urania und Kärntnerstraße kommt es mit konventionellen, anonymen, normativen Passanten zu heftigen Tumulten. Die Menschen am Weg von der Arbeit nach Hause wollen sich durch die seltsamen, verrückten Künstler nicht aufhalten lassen. Bloß ein paar Prostituierte finden den Umzug lustig – und schließen sich den Poeten an. Ein mittleres Verkehrschaos entsteht. Die Polizei schreitet energisch ein. Die Kundgebung wird aufgelöst. Man zieht sich erschöpft in den „Strohkoffer“ zurück. Um zu diskutieren, ob die Wiener Bevölkerung jemals offen für die Künstleraktionen sein wird: Man wolle doch nur die Sinne für Ästhetik schärfen, zu Abenteuern und Träumen verführen.

Eine „soirée mit illuminierten vogelkäfigen, ein pompös-macabres fest zu ehren der französischen revolution in jakobinerkleidung“, fiktive Hinrichtungen und schwarze Messen runden die poetischen Aktivitäten ab. Manchmal – wie beim „Fest des heiligen Simeon, quasi una Fantasmagoria“ – am 5. Februar 1954 überstürzen sich die Ereignisse und ufern in einem chaotischen Happening aus. Ein detaillierter Augenzeugenbericht:
„Die schwarze messe kommt nicht recht zustand, die versprochene jungfrau erscheint nicht, die tote taube ist von den ratten gefressen, der satanspriester otto zokan liegt bewußtlos trunken im kohlenkeller, ein übler dilettant muß ihn ersetzen. Aber oswald wiener darf raimund ferra in einem schubkarren durch die unterirdischen gänge fahren und in eine grube schütten, wo wir das opfer mit erde bedecken und mit rum besprengen.“

Die später als „Wiener Gruppe“ in die Literaturgeschichte eingegangene informelle Künstlervereinigung beginnt sich zu dieser Zeit langsam zu formieren. Damals schon mit dabei waren drei später international hoch angesehene Künstler: Konrad Beyer, Verfasser experimenteller Lyrik und Prosa, der 1964 auf Schloss Hagenberg in Niederösterreich den Freitod wählt. Gerhard Rühm, Schöpfer von visuellen Texten, Gedichten, Prosa und Hörspielen. Und Oswald Wiener – der Mann mit dem Schubkarren. Er ist Erzähler und Essayist, Jazzmusiker und Kybernetiker.

„Die Wiener Gruppe“ tritt am 20. Juni 1957 im „intimen theater“ in der Liliengasse zu einer sechsstündigen Marathonlesung an. Und wird erstmals von der Öffentlichkeit beachtet.

Kulturkritiker kündigen eine Veranstaltung dieser „Neuen Wiener Dichtergruppe“ an. Es werden auch „lichtbilder projiziert, um die merkwürdige wirkung des schriftbildes und die beziehung der worte auf einer weißen Fläche zu demonstrieren“. Schon bald eskaliert die Lesung zu einem chaotischen, lautstarken Durcheinander: Achleitner, Artmann, Bayer, Rühm und Wiener, deren alphabetische Namensfolge für diese monsterlesung erstmals verwendet und ab dann immer beibehalten wird, konkurrenzieren sich gegenseitig mit mitgebrachten Tonbändern, Projektionen, Einzel- und Simultanlesungen: „Zum Schluss schrien wir nur mehr uuuhhhuhhhu und grölten...“ Das Publikum wird immer unruhiger, Schlägereien können von befreundeten Studenten aus der Akademie der bildenden Künste gerade noch verhindert werden.

Als Vorstufe zum späteren Aktionismus wird immer wieder versucht zu erforschen, wie „die Sprache die Wirklichkeit abbilden kann und umgekehrt, was die Sprache bewirken kann“. Diese Untersuchung wird untermauert, indem zwei Welten gezeigt werden. Die eine ist zum Beispiel die Bühne des Wiener Porrhauses, auf der 1959 Konrad Bayer und Oswald Wiener philosophische Texte rezitieren – die Welt der Wörter und des Denkens; die andere Welt ist die brachiale Wirklichkeit: Friedrich Achleitner und Gerhard Rühm fahren auf dem Roller durch das Publikum im Mittelgang zur Bühne vor, packen zwei Beile aus und zerhacken das Klavier, auf dem Bayer und Wiener zuvor improvisiert haben. Eine Dame im Publikum steigert sich in einen Weinkrampf, weil sie sich „bisher noch keinen Flügel hatte leisten können“. Oswald Wiener antwortet ihr: „Das freut uns.“

H. C. Artmann löst sich innerlich bald von der Vereinigung. Für ihn gibt es die „Wiener Gruppe“ immer nur in den Köpfen der Germanisten und Journalisten, denn sie brauchen Gruppen, damit sich deren Bedeutung manifestieren kann. Und Artmann lässt sich auch nicht von Konrad Bayer überreden, bei der letzten Aktion der „Wiener Gruppe“ mitzumachen – die Aufführung einer Kinderoper, die von Achleitner, Bayer, Rühm und Wiener in „zwei Nächten hingekotzt“ wurde.

PERIPHERIE DES LEBENS

Im selben Jahr, 1958, wird H. C. Artmann mit einem Schlag bekannt und populär. Und vor allem verdient er plötzlich Geld. Der Dichter, der jahrelang mit ein paar hundert Schilling pro Monat, die er als Übersetzer verdient, auskommen muss, erhält plötzlich „von meinem Verleger am Ersten 4.000 Schilling überwiesen – am 10. hatte ich nur mehr 400, mit denen ich mich bis zum Monatsende durchg´fretten musste...“ Ein schmaler Band mit Gedichten – im Wiener Dialekt geschrieben, ist zum Bestseller, zum Stadtgespräch geworden. Das Buch „med ana schwoazzn dintn. gedichta r aus bradnsee“ ist die literarische Sensation des Jahres. Und ausnahmsweise sind sowohl die *kleinen Leute* als auch Intellektuelle und die meisten Kritiker begeistert. Der Band mit den Vorstadtballaden des Poeten, der bis dahin bestenfalls als surrealistischer Geheimtipp gilt, ist über Nacht zum Wiener Klassiker geworden.

In den unverfälschten Dialektgedichten werden Abgründe der Wiener Vorstadtseele offen gelegt. Die Schärfe, Brillanz und Gnadenlosigkeit in der Beobachtung jener verlorenen Menschen an der Peripherie des Lebens erinnert Kritiker an die sprachliche Kraft des Ödön von Horváth. Artmann lässt die Trostlosigkeit seiner Helden erkennen. Er erzählt vom *ringlschbüübsizza*, dem *kindafazara* und von an *briafdroga sei gschbenzt*. Unterwegs in den verlassenen Gassen, aus deren Fenstern das Radio grölt.

Einige Buchhändler tapezieren die ganze Auslage mit dem Artmann-Buch. Mehrere Auflagen erscheinen, die Druckereien kommen kaum mit der Produktion nach. Und H. C. ist froh, die Menschen über den Dialekt zur Poesie gebracht zu haben: „Die Kinder und die alten Leut´, die wenig gelesen haben, die verstehen diese Sprache am besten."

Überall diskutiert man die seltsame Orthografie mit der verblüffend exotischen, fonetischen Schreibweise – diese völlig neue Kunstform der „gedichta r aus bradnsee". Sie sind draußen an der Peripherie, zwischen Breitensee und Ottakring, an der *Dreiländerecke mit Fünfhaus* entstanden. Damit der Dialektband auch überall verstanden wird, ist im Buch für die exotischsten Breitenseer Wortschöpfungen eine Übersetzung mitgeliefert:

Diadafalbeowocht .... Türtaferl beobachten
Dooling .... daliegen
fadistad .... verdüstert
Kindafazara .... Kinderverzerrer
Magewiaffön .... Maggi-Würfel
Raund .... Rendezvous
Zenträu .... Zentralfriedhof

H. C. Artmann muss lernen, mit dem Ruhm zu leben. Überall spricht man ihn an, in der Straßenbahn, im Stammcafé und im Wirtshaus klopfen ihm alle jovial auf die Schulter. Der schüchterne Schriftsteller erlebt eine neue Facette des Lebens. Der Poet ist zum Dialektdichter mutiert, die „gedichta r aus bradnsee" bleiben bis zu seinem Ende der größte Erfolg.

Ein halbes Jahr vor dem 80. Geburtstag hat er sich verabschiedet. Müde. Müde von Jahren der Euphorie und Einsamkeit, Tatendrang und Traurigkeit. In „Grammatik der Rosen" schreibt er: „ich lege ein wenig ermüdet mein binokel auf die holzbraune fläche meines fensterbrettes und sage euch als freund adieu, wer weiß, ob ihr mich verstehen könnt, aber es wäre schön, ihr tätet es ... adieu!“

Ich hatte das Glück, H. C. viele Jahre zu kennen. Wir arbeiteten an einem Buch, ich besuchte ihn immer wieder in seinem Haus in Salzburg, in der Wiener Wohnung, wir unternahmen gemeinsame Reisen. Manchmal machten wir auch Expeditionen in kleine Bars. Oder spontane Ausflüge in schattige Wirtshausgärten. Und wo immer wir hinkommen, stellt H. C. mich als „mein Freund“ vor. Als ich ihn bitte, zu der Buchpräsentation meines Qualtinger-Buches nach Hamburg mitzukommen, fragt er nur: „Wann müss´ ma in Schwechat sein?“ – „Die Maschine geht morgen früh um 7 Uhr 20“, antworte ich zögernd. „Ich steh’ um sechs vor der Haustür. Bis morgen, ich freu´ mich schon...“ Und H. C. ist da.

Wenige Wochen vor seinem Tod besuche ich ihn zum letzten Mal in seiner Josefstädter Wohnung. Er wirkt, als wüsste er über das nahende Ende Bescheid. Mehrere Stunden lang erzählt er mir – in olivgrünem Pullover und grauer Flanellhose aufrecht in seinem Lederfauteuil sitzend – aus seinem Leben. Immer wieder von heftigen Hustenanfällen unterbrochen – zu viele Jahre hat er „pro Zeile eine Zigarette geraucht“. H. C. Artmann reist im Kopf noch einmal zurück in seine Kindheit. Nach Breitensee. Noch einmal darf ich ihn dabei begleiten.

Schließlich meint er „... und morgen mach´ ma an Ausflug nach Breitensee...“ Am nächsten Tag, einem regnerisch nebeligen Novembertag, wartet H. C. am frühen Nachmittag schon vor der Haustüre auf mich. Ecke Josefstädter Straße-Schönborngasse. Elegant, im erbsengrünen Corduroy-Twill-Trenchcoat. Der unvermeidbare *Tschik* zwischen den Fingern –

„... soll ich vielleicht mit 79 noch zum Rauchen aufhören?" Doch nach der knappen, herzlichen Begrüßung fährt Artmann mit dem Aufzug wieder in die Wohnung hinauf. Er ist schon zu schwach für einen letzten Ausflug nach Breitensee.

AN DER BREITENSEER BASSENA

Im Juni 1921 kommt Hans Carl Artmann in Breitensee – in der Zwischenkriegszeit vor allem bescheidener Lebensraum für Arbeitslose und Handwerker – zur Welt. Am Wiener Stadtrand entstehen nach Ende des Ersten Weltkrieges ohne Rücksicht auf Bauvorschriften wilde Siedlungen – so genannte Brettldörfer. Mit primitiven Hütten aus Holz und Lehm, die Kriegsopfern, heimgekehrten Soldaten und Flüchtlingen als ganzjährige Notunterkunft dienen. Die Gemeinde versucht, die ungesetzlichen Bauten in geregelte Bahnen zu lenken und gründet das „Siedlungsamt", mit dessen fachlicher Leitung der Architekt Adolf Loos beauftragt wird. Er entwickelt zwischen Hermesstraße und Hörndlwald die Kriegsopfersiedlung „Friedensstadt" und auch in Breitensee entstehen unter Aufsicht des kompromisslosen Loos Kleingartenkolonien.

Diese ersten „Schrebergärten" garantieren in sozial unsteten Zeiten „Entspannung der überreizten Nerven". Die ursprünglichen Notunterkünfte entwickeln sich nach einigen Jahren durch die Fantasie ihrer Bewohner zu kleinen Vorstadtparadiesen, zu winzigen Inseln der Seligkeit, zu Biotopen des kleinen Glücks. Mit zwitschernden Vogerln, selbst angesetztem Weichselschnaps, Grammeln und Gartenzwergen. Bereits 1923 gibt es in der Wiener Vorstadt mehr als neun Millionen Quadratmeter solcher Kleingärten. In denen – von zarter Hoffnung erfüllt – die Melodie der Peripherie erklingt.

In diesem Breitenseer Milieu wächst Hans Carl Artmann als Sohn eines Schusters auf. In einem Kabinett im ersten Stock mit Fenster auf die Kienmayergasse: „meine kinderstube war zwar bescheiden ich bin bei erdäpfelsuppe und zwetschkenknödel aufgewachsen allein ich habe immer danach getrachtet ein mensch zu bleiben der nirgends aneckt…" Jahrzehnte später beschreibt Artmann in Gedichten immer wieder die Sehnsucht nach Abenteuern in weit entfernten, exotischen Ländern. Die ersten realen Erlebnisse gibt es für den Buben mit seinem Vater. Vor der Haustür in Breitensee. „beim österreicher oben...", wo sich ein „gefährlicher geheimgang" befindet. Mit einem Loch, „das geht hundert meter in die erde hinunter und wasser ist auch drin. der letzte rest vom breiten see, sagt mein papa…"

1946 stirbt Vater Johann Artmann 49-jährig. Im Ersten Weltkrieg granatverschüttet, hatte er erfrorene Hände. Trotzdem stellt der Schuster Artmann „sogar Skischuhe", wie sein Sohn später stolz schreibt, her. Seine Frau Marie glaubt schon während der Schwangerschaft zu wissen, dass „mein Kind ein Dichter wird." Und der spätere Poet H. C. meint, dass er vieles von ihr habe, „… alle Wehwehchen, alles Witzige, das Treuherzige, auch das Nicht-Warten-Können, die Angst, dass etwas passiert, und das Poetische." Die engen Beziehungen zur Mutter und auch zur Großmutter prägen ihn.

Trotz der Schwierigkeiten mit der Welt der Erwachsenen – zwischen Breitenseer Bassenatratsch und tristem, aber stets sauberem Alltag – erinnert sich H.C. an das „Matterhorn aus Häferln und Tellern", das sich immer auf dem „Kuchltisch presto-omo-sil-glänzend türmte." Mama Marie kocht sehr gut. „Linsen mit Knödeln, und am Sonntag Schweinsbraten … das hat sein müssen. Wie der Gugelhupf zum Geburtstag." Oder es gibt Erdäpfelgulasch. Das „einzige original spezial-erdäpfelgulasch der Familie Artmann. Es besteht aus drei grundelemen-

ten, zwei gewürzen und reinem wasser." Artmann berechnet die „nötigen mengen für zwei mittlere Esser:
1 kg speckige erdäpfel
30 dkg zwiebeln
10 dkg würfelig geschnittenen bauchfilz
1 gehäuften eßlöffel paprika (edelsüß und scharf zu gleichen teilen gemischt)
1 gehäuften teelöffel salz
heißes wasser.
Man stelle nun zu beginn keinerlei yogaübungen an, allerdings sei man tadellos rasiert, der schnurrbart sei dem anlaß entsprechend gepflegt, man gehe noch einige minuten in den garten, betrachte das rosenrondell, erbaue sich kurz an den narzissen und schwertlilien, mache eine besinnliche runde um den teich, entwerfe tief durchatmend ein kleines gedicht. Darauf begebe man sich heiter lächelnd in die tadellos aufgeräumte küche, binde eine saubere weiße schürze vor, reinige nochmals fingernägel und hände, trockne diese mit einem vorgewärmten frottéetuch, zünde die gasflamme an (kein elektroherd!), setze eine gußeisene casserolle auf das feuer, lasse in dieser den würfelig geschnittenen bauchfilz aus..."

Der Poet entflieht in Gedanken der Realität zwischen Basesse und Bassena in die Welt von Rosenrondells und Schwertlilien. Er balanciert zwischen grauem Vorstadtalltag und schönem Schein. Mutter Marie bestärkt die Fantasie des Buben. Oft und gerne erzählt sie ihm spannend schaurige Geschichten. Märchen und Sagen aus dem alten Wien.

Von der Hütteldorfer Hexenmühle, der alten Wahrsagerin vom Baumgartner Spitz und vom Wassermännlein im Wienfluss. Oder Unheimliches von Dämonen und Vampiren. Von Teufeln, Waldmenschen und Zauberern. Und von der Riesenwirtin, von ihrer „ganz außergewöhnlicher Größe und von einem seltenen

Umfang." In ihrem Gasthaus „Zur Riesin" bei der Breitenseer Kirche stimmen auch die Portionen. Als Beilage zu G´selchtem und Bruckfleisch serviert die monumentale Wirtin Knödel in der Größe eines „Kindskopfs."

Die Großmutter bringt Hans Carl die seit Generationen überlieferten Zaubersprüche aus dem Waldviertel bei. Dort seien auch seine Wurzeln, im Wald, in der Natur, meint Artmann später: „... und die Oma hat gemeint, wenn i beten wül, geh´ i net in die Kirchn, sondern in Wald zu an Bam`." Am Wochenende fahren die Artmanns aufs Land. Mit dem Zug bis Retz und dann geht´s zu Fuß zu den Großeltern. Opa Alois, der nach „Honigwaben und Schießpulver roch, wie sich´s g´hört hat", habe ihm in der Natur, im Waldviertel, „... die wichtigsten Dinge erklärt. Und er ist mit mir auf die Jagd gegangen, in viel zu großen Gummistiefeln." Bald entwickelt der Bub eine eigene Fantasiesprache, ein Gemisch aus dem melodischen Dialekt der Wiener Peripherie und den bäuerlich lyrischen Zaubersprüchen aus dem Waldviertel.

Die Schuhmacherwerkstatt des Vaters. An der Wand hängt ein Spruch: „Scheissen und Brunzen sind Kunsten". Die Lehrbuben und Gesellen sprechen fremde Sprachen. Das Schwadronieren, die G´schichterln von den Abenteuern mit tschechischen Ammen und Köchinnen, im Ringelspiel, der amerikanischen Schaukel, an den Schießbuden und unterm Stadtbahnbogen vermischen sich zu einem bunten Sprachgewirr. Tschechen, Polen, Ungarn und einige Italiener sind als Schuster und Schneider, Maurer und Tischler in Breitensee heimisch geworden. Die Slowaken erkennt man sofort als Kesselflicker, Scherenschleifer oder Händler, die mit Holzwaren von Haus zu Haus ziehen. Am Wochenende vergnügt man sich beim „Swoboda", wo bis in den frühen Morgen Blaskapellen aus Brünn und Budweis zum Tanz aufspielen.

SELTSAME SEXUALITÄT DER WORTE

Der junge Artmann entwickelt unter dem Einfluss der fremden Dialekte schon während der Volksschulzeit ein außergewöhnliches Sprachgefühl. Während der Hauptschule, im B-Zug, als 12-, 13-Jähriger, verschlingt er in der Pause getauschte *Schundheftln* mit Abenteuern des Jörn Farrow, Tom Shark und Rolf Torring. Notiert aber auch in einem Merkheft assyrische Vokabeln. Und führt als 15-Jähriger ein Tagebuch in Sanskrit – während seine Mitschüler aus der Hauptschule Lortzinggasse vom sensationellen „Slovan"-Sieg gegen die feldüberlegenen Rapidler schwärmen oder mit wassergefüllten Präservativen in der Klasse herumschießen. Hans Carl bringt sich selbst fremde Sprachen bei und macht sich – mit spielerischer Leichtigkeit – Grammatik, Vokabel und schwierigste Satzkonstruktionen untertan.

So ganz nebenbei erfindet er neue Dialekte und imaginäre Sprachkombinationen: „Worte haben eine bestimmte magnetische Masse... sie sind gleichsam sexuell, sie zeugen miteinander, sie üben Magie, die über mich hinweggeht, sie besitzen Augen, Facettenaugen wie Käfer... und schauen sich unaufhörlich und aus allen Winkeln an."

Insgesamt hat sich H. C. Artmann Zeit seines Lebens mit mehr als 25 Sprachen und Dialekten – darunter Aramäisch und Assyrisch, Malaiisch und Samoanisch, die er nie sprechen gehört hat – beschäftigt. Und mit walisisch-irisch. Ein Onkel, Hauptschuldirektor im Waldviertel, hatte ihm zum 13. Geburtstag ein Lehrbuch der walisischen Sprache geschenkt. Bereits im Alter von 15 Jahren kreiert der junge Artmann unter dem weltmännischen, vielleicht nicht wirklich fantasievollen Pseudonym „John Hamilton", Detektivgeschichten.

Das Spiel beginnt. Das lebenslange, virtuose Spiel mit der Sprache, mit dem Dialekt: H. C. Artmann – der „kurfürstliche sylbenstecher“, wie er sich selbst gerne nennt – schreibt bereits als 15-Jähriger. Abenteuerliche Geschichten eines Detektivs.

Der junge Artmann beginnt, wie besessen zu lesen. Eskimo-Märchen und keltische Sagen, althochdeutsche Literatur und arturische Epen. Nach der Hauptschule wird Hans Carl für drei Jahre Büropraktikant in einer „Chinasilber-Erzeugung“. Zeitig am Morgen geht er zu Fuß von Breitensee in die Zieglergasse am Neubau. Mittags schnell zurück nach Hause, denn die Mama wartet mit dem Essen. Und dann die vier Kilometer wieder zurück in die Firma. Weil der Inhaber Ignaz Freisinger fast nie im Büro ist, kann der kaufmännische Lehrling während des ganzen Arbeitstages lesen. Vor allem Sprachlehrbücher. „Die Post und die Buchhaltung musste ich dem Herrn Freisinger immer ins ´Café Tuchlauben` bringen. Dort hat er jeden Tag tarockiert. Die Firma war ihm ziemlich gleichgültig, er war ein sehr einsamer Mensch, seine ganze Familie lebte in Palästina“, erinnert sich Artmann.

Der Büropraktikant träumt von der Welt draußen. Von der Magie weit entfernter, exotischer Länder. Und unternimmt Reisen im Kopf, „... im ballon von niedercalifornien nach krain, mit werwolfsjägern ins koloniale indien, mit frankenstein nach sussex.“

Abends träumt der junge Artmann weiter. Über seinem Diwan hat er eine Karte mit den Reiserouten Don Quixotes aufgehängt. Im „Register der Sommermonde und Wintersonnen“ schreibt er Jahrzehnte später: „... im traum suche ich immer das weite und erwache im bett. frage: wie weit ist mein bett vom traum entfernt?“

ZWISCHEN EUPHORIE UND TRAURIGKEIT

H. C. nennt sich später selbst einen „Schwindler aus Überschwang“. Seine Identität und Herkunft wird gerne spielerisch verschleiert, sein autobiografisches Verwirrspiel ist auch Teil seines Werkes. Artmann hat viele verschiedene Existenzen und Gesichter, Bärte und Brillen – mit Fenstergläsern. Das fiktive Waldviertler Bauernnest St. Achatz am Walde – die Heimat des Lyrikers *Casimir Axhatzhäußer* – wird statt des realen 14. Wiener Hiebs angegeben. Dort, wo nur jeweils vier Klassen Volks- und Hauptschule reichen, um einer der wichtigsten Poeten des 20. Jahrhunderts zu werden. Am Liebsten präsentiert sich der Bonvivant aus Breitensee als direkter Nachfahre des Grafen Dracula, als Sindbad oder Frankenstein, oder als „h.c.artmann, auch john adderley bancroft alias lord lister alias lord david blennerhasset alias mertimer grizzleymold de vere &c. &c.“

H. C. ist ein Freund der Fröhlichkeit, ein Freund der Frauen, einer, „dem es die poetik zwar angetan hat, mehr aber noch ein fescher hintern“, wie er selbst meint. Ein Mensch, der sich und sein Leben nie zu ernst nimmt. Ein Schriftsteller, der die Sprache liebt, virtuos mit ihr umgeht und permanent damit spielt, als „kuppler und zuhälter von worten, der das bett bietet“. Ein liebenswerter Wiener Strawanzer, bei dem es schon ab und an Räusche und Raufereien gibt.

Sein Leben lang bleibt H. C. ein ungewöhnlicher Einzelgänger, der zwischen „splendid isolation“ und ausschweifendem, barockem Spiel pendelt. Er lebt in einer Mischung aus „hemmungsloser Euphorie und ganz stiller Traurigkeit“. Immer angetrieben von zügelloser Neugier und grenzenloser Fantasie lässt er die Realität gerne hinter sich. Ein rastlos Reisender, der auf einem „großen grünen Walfisch nach den Sandwichinseln“

reiten will. Im wohligen Windschatten der Poesie sieht er sich als Husar mit Schnauzbart oder vazierender Vorstadtpoet, chinesischer Hofdichter oder „empfindsamer Lauscher an Nachtigallschnäbeln“.

MELDEZETTEL DER KINDHEIT

Doch die Exotik vor der Haustür, die Poesie der Wiener Vorstadt, prägt das Werk des Pendlers zwischen Dichtung und Wahrheit. Der Poet, der in Gedanken ständig in fernen Ländern und fremden Sprachen unterwegs ist, vergisst den Meldezettel seiner Kindheit nie. Breitensee lebt fort. In den liebevollen Genreskizzen wienerischen Alltags, in unsentimentalen, präzisen Skizzen von Menschen am Rande der Gesellschaft.

Wie von der herben Klofrau Aloisia Pischinger, die am Spirituskocher an ihrem Arbeitsplatz – vor dem Eingang zum Pissoir – Rindsnirndln kocht. Oder vom Schrebergärtner, der raren Rossknödeln nachjagt, vom Herrn Doleschal von vis-à-vis, der die *dopötn Schligawitz* liebevoll Liptauer nennt, vom Doctor phil., der seiner Tochter das Tragen von anstößigen Hosen verbietet, von der Frau Amtsrat Reißfleisch, die ihr vornehmes Gassenkabinett an ausländische Studenten vermietet – aber nur an *Ameriganer* –, oder von der verzweifelten Lydia, die in der Opernpassage ihren geliebten Mohammed sucht. Oder von jenem älteren Herrn, der sich auf der Suche nach ewiger Jugend ein Moped, eine *Schlurfrakete*, zulegt.

Oder jene attraktive Frau Marous, die H. C. Artmann seit seiner Schulzeit kennt. In ihre Tee- und Likörstube kommt er später gerne und oft um einen doppelten Korn – für den rauhen Hals. Seit eh und je steht Franciska Marous „wie eine schöne, 60-jährige, kupfergesichtige Sonne vor den Wunderregalen.

Hinter ihr stehen die frisch gewaschenen Stamperln wie ausgerichtete Soldaten. Und es schillert in allen Farben eines gewaltigen Rausches ... fichtennadelgrün, waschblau-blau, griotterot, kaiserbirngelb, sliwowitzblond ... in znaimerisch großen Gurkengläsern lauert der Angesetzte, Nussstückerln und Tannensprösslinge schwimmen wie ein sommerfauler Fisch an einem heißen Augusttag, der im Aquarium der Frau Tant seine Mittagspause hält. Auf der Budel stehen griffbereit der wohlfeile Korn und eisklarer Kümmel, nicht weitab davon träumt eine Flasche Kranawetten-Schnaps, den einfachere Menschen gewöhnlich Gin titulieren ..."

Und schon knapp nach Ankunft der ersten Straßenbahn kann man hier am Busen der Budel die pittoresken Stammgäste der Franciska Marous stehen sehen: „Anrainende Pfründner, schläfrige Nachtwächter und der Herr Polier", der hier die wichtigsten Direktiven an seine Untergebenen ausgibt. Immer nach dem fünften Achterl „Negus" ruft er von der Schwelle der Frau Marous fröhlich seinen Mitarbeitern zu: „Kumts eina, meine Herrn, heit schreim mar an Regndog; es seids meine Gäst!"

Und man darf natürlich einen liebenswerten Lebenskünstler, einen alten Freund Artmanns, nicht vergessen: Peperl Novák, ein Original, das als *Herr Bobby von Breitensee* für Furore sorgt.

Es ist im Sommer 1935, Hans Carl und seine Freunde tragen bereits pflaumenblaue Homburgs und rauchen Zigaretten mit „bunten Mundstücken – da wir bereits vierzehn waren". Zu dieser Zeit ändert einer in der Freundesrunde, Peperl Novák, seinen Namen in Bobby Grey, gibt sich für sein Alter schon ziemlich weltmännisch und beginnt als Assistent bei einem Detektiv zu arbeiten. Die Breitenseer Detektei geht nach kurzer Zeit bankrott, Mister Grey muss seinen Beruf wechseln. Er nimmt Steppunterricht, findet eine entzückende Partnerin –

„und nicht lange darauf besaß Wien seinen eigenen Fred Astaire. Dieserart verlor ich meinen Freund, den späteren großen Grey, aus den Augen“, berichtet Jugendfreund Artmann. Herr Bobby gastiert in Lodz und Leitmeritz, Lausanne, Monte Carlo und Podersdorf und entschwindet wie ein *prächtiger Luftballon.*

Nach Ende des Zweiten Weltkriegs trifft Artmann Freund Bobby wieder in Breitensee. Mit einem Kinderwagen voller Eschenholz. „Was ich in´d Hand nimm, wird Gold“, erklärt er. „Da hab i ma jetzt a zehn Jahr altes Holz verschafft, leicht wie Bettfedern. I hab a ganz spezielle Erfindung. I bau mir jetzt beim Dworschak hinten in der Werkstatt ein paar Stelzen und geh damit auf Tournee. A neue Partnerin hab ich auch wieder, die alte is mir schon z´alt. Nächste Woche kannst uns im Franzosenkino in der Breitenseer Kaserne sehn.“ Und er reicht Freund Artmann seine Visitenkarte:

BOBBY GREY & LILLIAN
Step- & Tricktanz auf Stelzen

Die beiden eilen auf ihren Stelzen von Triumph zu Triumph, ihr Ansehen steigt von Tanz zu Tanz. Wieder einmal verliert H. C. seinen Jugendfreund aus den Augen. Bis eines Tages ein mächtiger Straßenkreuzer neben ihm hält: „Ich drehte mich um, weil ich dachte, vielleicht ist´s irgend so ein Filmproduzent, der mich engagieren und meinem Elend sozusagen entreißen möchte. Aber weit gefehlt! Es war Bobby! Fröhlich erklang die liebe, alte Stimme aus dem Inneren der Luxuslimousine: ´Servus, Hansi, alte Hüttn, geh nur net so arrogant vorbei. Stell´ da vor, ich bin vor drei Jahren in die Industrie eingestiegen. Krampfadern und Stepptanz sind feindliche Brüder, weißt...` Bobby reichte mir seine büttenpapierne Karte:

Joseph P. Novak
Generalvertreter Stöttinger Büromaschinen

‘Wanns du einmal eine Vervielfältigungsmaschine für deine Gedichter brauchst, dann ruf mich an. Bei mir kriegst sie um 25 Prozent billiger, weis d´ein alter Freund bist. Und ich hab halt immer noch ein Herz für d` Kunst’.“

SIRS, SCHLEICHHÄNDLER & TRAURIGE SIEGER

Zehn Jahre danach. Am 23. April 1945 erscheint die erste Ausgabe der Tageszeitung „Neues Österreich“. Chefredakteur der ersten wieder von Österreichern herausgegebenen Zeitung ist Ernst Fischer. Auf der Titelseite liest man: „Österreicher! Zum ersten Mal seit sieben Jahren dürft Ihr nun wieder in aller Öffentlichkeit mit diesem uns allen so teuren Namen angesprochen werden. Die von Millionen Menschen unseres Vaterlandes so lange und so heiß ersehnte Stunde der Befreiung von der nazistischen Zwangsherrschaft ist gekommen.“

Zwischen Ende März und dem 8. April 1945, dem Tag der bedingungslosen Kapitulation der deutschen Wehrmacht, wird Österreich durch die alliierten Streitkräfte befreit. Bei ihrem Vormarsch durch das wieder auferstandene Österreich retten die amerikanischen Truppen die Häftlinge der Konzentrationslager Ebensee, Mauthausen, Gusen und Gunskirchen. Die meisten Gefangenen sind dem Hungertod nahe – viele sterben trotz sofortiger Hilfsmaßnahmen noch in den folgenden Tagen an Erschöpfung und Unterernährung. In Massengräbern finden die amerikanischen Truppen zehntausend Leichen.

Am 9. Juli 1945 wird Österreich in vier Besatzungszonen aufgeteilt. Die „Vier im Jeep“, die Militärpolizeistreife der Alliierten, beherrschen das Straßenbild. Unter völliger Missachtung der Verkehrsvorschriften röhren sie durch die Stadt. Zwischen der hungernden, verängstigten Bevölkerung, den Spionen und Schiebern, Schmugglern und Schleichhändlern. Tag und Nacht patrouilliert das Quartett im Jeep in ganz Wien und wird zu einem pittoresken Teil des Stadtbildes. Und zu einem beliebten Ziel der Kabarettisten. Als die Besatzungsmächte nach zehn Jahren schließlich abziehen, meint Karl Farkas im „Simpl“ kurz und bündig: „Da sagt der Ami - I drah mi“.

Die Geheimdienste der Besatzer wachsen von Woche zu Woche an, immer größere Häuser werden für die Militärpolizei- und Nachrichtendienst-Einheiten besetzt. Die Russen blockieren fast den gesamten Brahmsplatz und mehrere Häuserblocks in der Argentinierstraße. Sie sollen hier an die 2.500 Agenten im Einsatz haben – viermal so viele wie die Amerikaner, die die beiden Hotels „Regina“ und „Zum braunen Hirschen“ beschlagnahmt halten. Die französische Besatzungsmacht ist im „Hotel Kummer“ auf der Mariahilferstraße stationiert und die Briten logieren im „Parkhotel Schönbrunn“ sowie in einigen Hietzinger Privatvillen. Vor diesen erkennt man vereinzelt elegante Herren mit aufgestellten Mantelkrägen. Man geht einem kleinen Nebenverdienst nach: Im Militärzug mit dem Codenamen „Medloc“ – der regelmäßig zwischen London und Wien verkehrt – bringen britsche Beamte problemlos Gin und Seidenstrümpfe, Whiskey und Zigaretten nach Wien. Sirs als Schleichhändler.

Der Schriftsteller Franz Theodor Csokor kehrt in den Reihen der Alliierten nach Wien zurück. In einem Brief an Ferdinand Bruckner, der in New York lebt, schreibt er im April 1946: „So kamen wir zur Innenstadt. Fahnen wehten uns entgegen, traurige Sieger, die in den Ruinen ringsum bestätigt sahen, wovor sie schon 1938 vergeblich gewarnt hatten... und nun sah ich etwas, das schlug mir flach aufs Herz: im düsteren Zwielicht der Stephansdom mit eingestürztem Dach, und die Häuser herum in Schutt, Haufen von Ziegeln auf der Kärntnerstraße... die Oper stand enthauptet, auch das Burgtheater, und Bombentrichter spalteten die Albrechtsrampe und hinter ihr die Albertina, und ihnen gegenüber verwesten unter dem eingedroschenen Philipshof im Luftschutzkeller Hunderte erstickte Leichen."

SEEHECHTE & STALIN-SPENDEN

Überall mangelt es am Nötigsten. Lebensmittel sind kontingentiert, 840 Kalorien pro Tag für Normalverbraucher vorgesehen. Das „Untergewicht der Wiener Bevölkerung" wird amtlich registriert: „Bei alten Leuten 30 Kilogramm, bei Schulkindern bis zu 50 Prozent des Normalgewichtes. Die Sterblichkeit ist doppelt so hoch wie in der Vorkriegszeit!"

Fiorello Guardia, der Leiter der UNO-Hilfsorganisation UNRRA, erklärt, dass Österreich zu jenen Völkern der Welt zählt, die dem Niveau des Hungertodes am nächsten seien. Die Zeitschrift „The World Today" beschreibt, wie die ersten britischen Offiziere, die in Wien eintreffen, von der dramatischen Situation erschüttert sind: „Die Menschen wirken abgezehrt und teilnahmslos. Überall Scharen hungernder, schäbig gekleideter Wiener, die in der britischen Zone stillschweigend vor den Plakaten stehen, auf denen die Erhöhung der Lebensmittelration bekannt gegeben wurde."

Den Alliierten gelingt es, durch ihre großzügigen Lebensmittelzuteilungen die Hungersnot zu lindern. Mit amerikanischen „Care-Paketen" – im Wert von mehr als einer Milliarde Schilling im Zeitraum von fünf Jahren – und Vorräten der Sowjetarmee – so genannten „Stalinspenden". Rindfleisch, mit Rosinen „verfeinert“ und die „Silver Hake“-Dosen der Yankees. Seehecht mit Köpfen, Gräten und Flossen in einer wässrigen Lake „konserviert“. Beim Öffnen der Dosen starren einem die Fischaugen entgegen. Und auch die meist wurmigen Bohnen und Erbsen der Russen sind keine Delikatesse – doch man wird satt.

Der Hunger schwindet, die Stimmung wird langsam besser, Kabarettisten vermuten, dass die eindeutig zu lange gelagerten Yankee-Fische in Amerika nur als Futter für Schlittenhunde verwendet werden. Die vertrockneten Stalin-Hülsenfrüchte werden literarisch verewigt. Von Fritz und Otto Molden, den Söhnen der Textdichterin der Bundeshymne, Paula von Peradovic. Statt der Anfangszeilen
„Land der Berge, Land am Strome,
Land der Äcker, Land der Dome,
Land der Hämmer, zukunftsreich!
Vielgeliebtes Österreich!“
der feierlich, doch nicht zu langsam zu singenden Bundeshymne heißt es bei Molden & Molden
„Land der Erbsen, Land der Bohnen,
Land der vier Besatzungszonen.
Wir verkaufen dich im Schleich,
Vielgeliebtes Österreich!“

Denn der Schleichhandel blüht im Nachkriegs-Wien. Die Preise auf dem Schwarzmarkt betragen für Mehl das 188-fache, für Zucker das 390-fache und für Schmalz das 463-fache der amtlichen Preise. Um überleben zu können, werden Zahngold, Eheringe und Pelzstolas im Dorotheum versetzt. Manchmal leistet man sich den Luxus einer amerikanischen Zigarette. Ein Packerl filterlose „Chesterfield“-Zigaretten kostet *im Schleich* soviel wie das Monatsgehalt eines Mittelschullehrers.

Im Resselpark am Karlsplatz – dem wichtigsten Umschlagplatz für den schwarzen Markt – erhält man auch Güter aus Armeebeständen. Besatzungs-Soldaten haben hier ein großes Sortiment an Waren im Angebot: Benzin und Bettdecken, Champagner, Feuersteine und Präservative, amerikanische Nylonstrümpfe und russischen Wodka. Aber nicht nur Dinge des täglichen Bedarfs werden hier um Dollars, Pfund und Schweizer Franken unter der Hand gehandelt. Das „Neue Österreich" berichtet: Hier wird alles verschachert. Kisten und Tonnen voller Lebensmittel, Gold, Valuten und vielkarätige Brillanten, Perserteppiche, Bilder und Antiquitäten – aber auch ganze Villen und Fabriken."

Die nächste Stufe des Schwarzhandels reicht schon in die international organisierte Kriminalität. In Schwarzmarkt-Restaurants, Tanzcafés und Keller-Jazz-Klubs treffen sich bei Musik nach Einbruch der Dunkelheit g´standene Wiener *Pülcher* mit professionellen, ausländischen Schiebern. Im Hinterzimmer. Dort – wo dann Nacht für Nacht *Galeristen* bei verbotenen Glücksspielen versuchen, ihrer Existenz eine neue Grundlage zu geben. In diesen geheimen Zentralen des Hasards und Schleichhandels bieten internationale Schmugglerbanden – bei Boogie-Woogie-Begleitung – fast alles an: gefälschte Dokumente und Penicillin, Kokain und Morphium, amerikanische Straßenkreuzer und russische Waffen.

AMI-HUREN & TRÜMMERFRAUEN

Und während hinten Geschäfte gemacht werden, blüht in den Tanzcafés vorne die Prostitution. *Ami-Huren* werden die Wiener *Bräute* der US-Soldaten genannt, die vor allem an den Tagen der Soldauszahlung die amerikanischen Kasernen und

Klubs belagern. Bei Jazz- und Jitterburg-Rhythmen, dem „Flat Foot Floogie", sanften Dean Martin- und Frank Sinatra-Songs wie „I´ve Got My Love To Keep Me Warm" oder „I´ll Be Home For Christmas" und am frühen Morgen auch richtigen „L´amour-Hatschern" kommt man sich dann sehr rasch sehr nahe. Vereinzelt sind romantische Gefühle und echte Liebe dabei, die für manches fesche Wiener Mädel aus Margareten oder Meidling sogar in einer späteren Hochzeit gipfelt. In Dallas oder Denver.

Die Realität im chaotischen Wien der Nachkriegszeit ist nüchterner: 186.000 Wohnungen sind durch Bomben zerstört. Drei Millionen Kubikmeter Schutt und 5000 Bombentrichter blokkieren die Straßen. Brücken und Bahnüberführungen hat die deutschen Wehrmacht auf ihrem Rückzug zerstört. Die Versorgung der Bevölkerung mit Gas, Strom und Wasser sowie der Wiederaufbau gehen nur schleppend voran. Ausgezehrte, blasse *Trümmerfrauen*, die Leiterwagerln hinter sich herziehen, prägen das Stadtbild.

Wer kochen will, muss aufmerksam die Zeitung studieren. Ein Aufruf an die Bevölkerung, der volle Konzentration erfordert: „Ab heute werden vormittags die Kabelgruppe B, Gleich- und Drehstrom, sowie die bisher von Abschaltungen ausgenommene Hälfte der Kabelgruppe C abgeschaltet. Nachmittags kommt die Gleich- und Drehstromkabelgruppe A und die andere Hälfte der Kabelgruppe C zur Abschaltung. Schichtwechsel: 13 Uhr."

Zwischendurch gibt es aber auch erfreuliche amtliche Verlautbarungen: „Die Stromsparmaßnahmen bleiben aufrecht – aber anlässlich des Leopoldifestes gelangen in Wien und Niederösterreich in der laufenden Versorgungsperiode auf der Lebensmittelkarte drei Viertel Wein oder eine Bouteille an alle Verbraucher über 18 Jahren zur Ausgabe."

Manche Menschen vegetieren unter unmenschlichen Umständen dahin. Ohne Wohnung. Sie schlafen auf fremden Gängen und Gartenbänken, in Hausfluren und unter Brücken. Meist ohne Mantel trommeln sie mit den Beinen auf den Boden – statt Socken haben sie oft nur Fetzen um die Füße gewickelt – um sich zu erwärmen. Und manche richten sich in den zerbombten, menschenleeren Ruinen auf einem Karton oder Stück zerschlissenen Teppich ein Schlaflager für die nächste Nacht ein.

„Hunger, Ruinen und Asche" – wohin man schaut. Noch am 16. März 1945 hat der damalige Wiener Bürgermeister, SS-Brigadeführer Blaschke, verkündet, „Je größer die Zerstörung unserer Städte, desto unbesiegbarer werden wir... Hunger, Ruinen und Asche sind die Garanten unserer Größe!"

Die Bevölkerung versucht zu vergessen. Die ersten Friedenstage, die ersten Wochen und Monate nach Krieg und Terror der Nazidiktatur sind langsam von Optimismus getragen. Obwohl jeder neue Tag einen neuen Kampf ums Überleben bringt, hilft das Zurückerlangen der Freiheit, „Hunger, Ruinen und Asche" zu verdrängen.

Im November 1945 finden die ersten Nationalratswahlen seit fünfzehn Jahren statt. Nur dreieinhalb Millionen Wahlberechtigte – weil Zehntausende Männer noch in Kriegsgefangenschaft sind und Hunderttausende ehemalige Nationalsozialisten nicht wählen dürfen – entscheiden sich deutlich für eine freie parlamentarische Demokratie nach westlichem Modell. Denn die Kommunisten erleiden eine deutliche, völlig unvorhersehbare Niederlage: Nur etwas mehr als 170.000 Menschen, 5,4% der Wahlberechtigten, wählen die Kommunistische Partei Österreichs.

Damit ist die Angst der Politiker und eines Großteils der Bevölkerung gebannt, die Ungewissheit, ob das Land nach dem Muster der übrigen von den Sowjettruppen besetzten Gebiete Europas auch eine kommunistisch beeinflusste Volksdemokratie werden könne. Die ersten Wahlen der Zweiten Republik bringen eine – auch für die sowjetischen Besatzer – klar erkennbare Weichenstellung für ein demokratisches, westliches Wertesystem.

Am Heiligen Abend des Jahres 1945 lässt Bundeskanzler Leopold Figl – seine Partei, die Österreichische Volkspartei, erreicht bei den Wahlen wenige Wochen davor fast 50 Prozent der Stimmen – in seiner berühmt gewordenen Radiorede keine Zweifel an der tristen Aussicht für die Zukunft: „Ich kann euch zu Weihnachten nichts geben. Ich kann euch für den Christbaum, wenn ihr überhaupt einen habt, keine Kerzen geben. Kein Stück Brot, keine Kohlen zum Heizen, kein Glas zum Einschneiden. Wir haben nichts. Ich kann euch nur bitten: Glaubt an dieses Österreich!"

Überall herrscht Aufbruchstimmung. Obwohl die Hoffnung, die Freude über den Frieden nicht vorbehaltslos sein kann: Fast alle Familien beklagen Gefallene oder Vermisste. Doch der Weg in die Zukunft – durch Schutt und Asche in „das neue, das junge Österreich" (Leopold Figl) – wird langsam frei geräumt.

Auch von den *Trümmerfrauen*. Jener Generation von einsamen Frauen, deren Männer im Krieg gestorben oder noch in Gefangenschaft sind. Sie beginnen sofort nach Kriegsende damit, Geröll aus den Wohnungen, Schutt von den Straßen zu schaffen und die glaslosen Fenster mit Pappe zu vernageln. Und sie versorgen ihre unternährten Kinder, kämpfen gegen Kälte und Krankheiten – aber auch Vergewaltigungen an. Wodka macht aus harmlos wirkenden russischen Bauernburschen wüste Rabauken. Allein in den Spitalsbüchern von Wien und Niederösterreich sind 80.000 Frauen angeführt, denen Gewalt angetan wurde.

Die 13-jährige Marie W. gibt im Tagebuch ihrer Erschütterung Ausdruck: „Ein Russe zerrte mich zu einem der liegenden Straßenbahnwagen und vergewaltigte mich. Ich zitterte am ganzen Körper, weil ich glaubte, er würde mich noch erschießen. Aber es kam anders. Er nahm meine goldene Uhr und die Ringe und verschwand..." In der Weinbaugemeinde Pfaffstätten soll fast die gesamte weibliche Bevölkerung vergewaltigt worden sein. Die 18-jährige Annemarie O. berichtet: „Ich war noch Jungfrau. Zehn Russen sind über mich gegangen. Nachher war ich das Tagesgespräch im Ort – das war fast noch schlimmer."

Manchmal schreiten Offiziere rechtzeitig ein und erschießen die Gewalttäter aus den eigenen Reihen an Ort und Stelle. Geschlechtskrankheiten verbreiten sich rasant, mehr als ein Drittel der Vergewaltigten ist infiziert – das gesetzliche Abtreibungsverbot wird für die Opfer der Gewalt stillschweigend aufgehoben.

Man versucht, zu verdrängen, zu vergessen. Die langsame Wiederkehr des normalen Alltags tröstet über manches hinweg. Bald verkehrt die Stadtbahn wieder. Vorerst von Meidling bis Währing. Im zwölfseitigen, ersten Telefonbuch nach Kriegsende findet man schon ein paar Hundert Fernsprechteilnehmer. Auch wenn man aus der Zeitung von der unglücklichen 2:0-Niederlage der verhungerten österreichischen Fußball-Nationalmannschaft gegen das Team aus Ungarn erfahren muss, ist man froh, dass das tägliche Leben wieder an Normalität gewinnt.

Schulen und Universitäten nehmen – in ungeheizten Räumen – bald wieder den Betrieb auf. Auch das kulturelle Leben kommt wieder in Gang. Während an manchen Stellen in Österreich noch erbitterte Kämpfe toben, musizieren im Wiener Konzerthaus schon die Philharmoniker unter Clemens Krauss. Die Wiener Staatsoper gibt sich mit „Wiener Blut" die Ehre, in das „Theater in der Josefstadt" ist der unverwüstliche „Hofrat Geiger" heimgekehrt.

Das Ensemble des Burgtheaters nimmt im Ausweichquartier, dem „Etablissement Ronacher", seinen Spielbetrieb mit Grillparzers „Sappho" wieder auf. Ein schlanker Herr mit seitlich hochgezwirbeltem Schnauzbart und klarer, schöner Stimme fungiert hier schon bald als Statist. Als *Edel-Statist*, der an der Seite von Mephisto Albin Skoda und Faust Ewald Balser manchmal sogar Stichworte geben darf. H. C. Artmann erinnert sich Jahrzehnte später: „Zwölf Schilling hab´ ich pro Abend Honorar bekommen. Pro Satz, den ich sprechen durfte, zwei Schilling mehr. Die Schauspieler hatten zwischen 300 und 700, Balser und Skoda als Stars und Publikumslieblinge 800 Schilling Gage pro Monat. Vorbild für uns alle war die Käthe Gold, die war so diszipliniert. Auch neben ihr, später im Akademietheater, neben dem Aslan und der Bleibtreu, hab´ ich damals statiert. Und an eine Jungschauspielerin mit einem hübschen Wiener G´sichterl kann ich mich noch gut erinnern. Sie hat im „Nathan" eine winzige Rolle gespielt. Die Elfie Ott. Die war damals herzig... und der Fred Liewehr, der war immer durstig. Überall hat ein Viertel Weiß für ihn stehen müssen..."

Die Sehnsucht nach Kunst und Kultur, das Verlangen nach Vergnügen wird im Nachkriegs-Wien immer stärker. Bibliotheken und Buchhandlungen, Kabaretts und Kunstgalerien, Film- und Schallplattenproduktionen, Jazz-

und Kleinkunstkeller werden über Nacht gegründet. Im Jahre 1947 gibt es in Wien schon mehr als 20 Theater, 16 Varietés, und fast 100 Tanz-Cafés. Die Secession wird wiedereröffnet. *Fundamentale* Verdienste um die Künstlervereinigung haben Alfred Hrdlicka und Rudolf Schönwald, die für fünf Schilling Stundenlohn die Fundamente der Secession freilegen.

Bald kann man in fast 200 Kinos neben amerikanischen, englischen und französischen auch schon ein paar österreichische Filme sehen. Bereits unmittelbar nach Kriegsende, im Dezember 1945, wird der „Wien-Film-Sievering" die Lizenz erteilt und die Herstellung heimischer Filme aufgenommen. Die Dreharbeiten gestalten sich ziemlich schwierig – quer durch alle Zonen der Alliierten: Die Produktionsleitung in der Siebensterngasse und Sievering ist amerikanisch, das Atelier in Schönbrunn englisch und das Filmarchiv liegt in der französisch besetzten Zone in Penzing.

Trotz schwierigster Produktionsbedingungen entstehen später weltweit als österreichische Filmklassiker anerkannte Filme wie „Der Prozeß" von G. W. Pabst oder „Der Engel mit der Posaune". Jener „Beitrag zur Psychologie der politischen und seelischen Trümmer-Filme". Beide Streifen werden bei der „Biennale" in Venedig ausgezeichnet. Im Film „Der Engel mit der Posaune", nach dem gleichnamigen Roman von Ernst Lothar, spielen Attila Hörbiger und Oskar Werner, Maria Schell und in der Hauptrolle Paula Wessely. Die Kritik in der „Welt am Abend" vom 18. Oktober 1948 mit dem Titel „Mutter Austria und ihre Kinder": „Ein tief pessimistischer Film vom Untergang Österreichs mit einer wahrhaft großen Schauspielerin im Mittelpunkt."

IM REICH DER RATTEN

Karl Hartl, der „Engel mit der Posaune"-Regisseur, wird aus London von Lady Montague, einer Filmpressebetreuerin, angerufen. Regisseur Carol Reed und der berühmte Schriftsteller Graham Greene, der auch Drehbücher schreibt, haben Hartls Film gesehen und seien von der dichten Darstellung des Wiener Milieus beeindruckt. Die beiden wollen schon bald selbst einen Film in der bizarren Schwarzmarktatmosphäre des Nachkriegs-Wiens drehen. Die Geschichte vom Penicillinfälscher Harry Lime – den Orson Welles spielen soll – der sich im russischen Sektor der Stadt vor der Exekutive retten kann und schließlich unter der Erde den Tod findet: im Reich der Ratten. Im Wiener Kanalnetz.

Hartl hilft bei den Vorbereitungen für den Film vor Ort. Regisseur Reed und Drehbuchautor Greene treffen in Wien ein und saugen die unvergleichliche Aura der Stadt auf. Greene befragt Hartl wie ein Reporter, recherchiert bei ihm jedes kleinste Detail: die Stimmung in der Bevölkerung, das Verhältnis der Besatzungsmächte untereinander und wie der Schleichhandel funktioniere. Der Drehbuchautor und sein Regisseur lassen sich das Riesenrad und die zerbombten Häuser der Innenstadt zeigen und landen schließlich im weit verzweigten Kanalnetz unter den Straßen. Abends entspannen sich die Herren in Nachtlokalen wie dem „Maxim" oder „Oriental". Oder fahren hinaus zu einem kleinen Heurigen mitten in den Weinbergen.

Dort – hinten in der Ecke – stoßen sie auf einen unscheinbaren Mann, der auf einer Zither zupfend Wienerlieder spielt: Anton Karas. Regisseur Reed ist sofort vom exotischen Klang des fremden Saiteninstruments fasziniert. Er bittet den Musiker für den nächsten Vormittag ins „Hotel Astoria". Vier Stunden lang lässt er Karas auf seiner Zither musizieren. Erschöpft – fast schon im

Weggehen – spielt Anton Karas noch einen *Drüberstrahrer*: dadadadada dada... Der Beginn des „Harry-Lime-Themas" erklingt zum ersten Mal.

Die Dreharbeiten beginnen. Die Atmosphäre der düsteren, trostlosen Leere des Nachkriegs-Wiens wird in der filmischen Ballade „Der Dritte Mann" eingefangen: Zwischen den zerbombten Ruinen und den gespenstisch grauen Fassaden, hinter denen jedes Leben ausgestorben scheint, sucht ein Amerikaner seinen Freund Harry Lime, der in Wien als Schleichhändler mit Zucker verdünntes Penicillin verkauft, an dem einige Kinder gestorben sind. Harry sei angeblich bei einem Verkehrsunfall ums Leben gekommen. Freund Harry ist aber nicht tot, im Sarg am Zentralfriedhof liegt ein Anderer. Lime lebt unbemerkt im Schutz der grauen, verwundeten Stadt. Man hört nur seine einsamen Schritte über das menschenleere Trottoir tappen, man sieht nur seinen Schatten, den eine Straßenlaterne auf ein Haustor wirft. In einer der letzten Szenen wird Harry in den Kanalisationsschächten des Wienflusses von der Polizei verfolgt. Die Verzweiflung in den Augen von Orson Welles als Harry Lime, der Blick eines gehetzten Tieres, das um Gnade und den erlösenden Schuss fleht... viele Wiener sind über den Film empört. Dieses triste Bild ihrer Stadt entspricht – trotz trostloser Realität – nicht dem Klischee des *goldenen Wien*.

Die Premiere des Filmes „Der Dritte Mann" mit dem eindringlichen, melancholischen Soundtrack des Zitherspielers Karas wird dennoch ein sensationeller Erfolg. Und das Werk mit der Musik des unbekannten Wiener Heurigenmusikers – der als Achtjähriger am Dachboden der Großmutter die alte, verstaubte Zither entdeckte – erhält den „Großen Preis von Cannes".

Anton Karas, der unscheinbare, kleine Mann mit der Brille, deren Gläser dick wie Aschenbecher sind, der Musiker, der eher wie ein bescheidener Buchhalter aussieht als ein umjubelter Entertainer, ist über Nacht ein *gemachter Mann*. Zunächst holt ihn Carol Reed nach London. Dort spielt er sein dadadadada dada in fashionablen Privatklubs. Ein livrierter Diener trägt ihm jetzt die Zither auf einem Samtkissen nach. Der Musiker aus Wien erlangt Kultstatus. Auch die britische Königin zeigt Interesse an dem exotischen Künstler „from Austria" und bittet ihn in den Buckingham-Palast. Auftritte auf fünf Kontinenten folgen, in Hongkong und Kapstadt, New York und Las Vegas, auf Luxus-Ozean-Cruiser – und vor dem Papst. Der ehemalige Werkzeugschlosser aus der tiefsten Brigittenau ist mit mehr als fünf Millionen verkauften „Harry-Lime"-Schallplatten zu einem weltberühmten Star der internationalen Musikszene geworden.

Durch einen Bekannten aus der Breitenseer Freunderlpartie um Peperl Novák alias *Bobby Grey*, der für den „Dritten Mann" als Chauffeur arbeitet, erhält H. C. Artmann eine große Chance: Er darf neben den Stars Trevor Howard und Orson Welles – und den heimischen Publikumslieblingen Annie Rosar und Paul Hörbiger, die das Hausmeister-Ehepaar spielen – statieren. Dass er „Darsteller des Burgtheaters" ist, hat die Briten beeindruckt. Doch die kurze Szene mit dem bemühten Kleindarsteller Artmann, der den Satz „Was halten Sie von James Joyce" zu dialektgefärbt bringt, wird rausgeschnitten.

H. C. beendet enttäuscht seine kurze Karriere als Theater- und Filmschauspieler. Er beginnt, für die Amerikaner als Dolmetscher zu arbeiten. Und kann nebenbei auf einer der wenigen Schreibmaschinen, die es damals in Wien gibt, auch Gedichte schreiben. Der junge Poet verdient im Büro der „US-Military Police 796 MP" in der Lerchenfelderstraße kurzfristig viel Geld. 120 Schilling pro Woche: „Plötzlich war Highlife angesagt. Doch danach lebte ich mehr als zehn Jahre von der Arbeitslosenunterstützung. Drei Viertel des Geldes, das ich bekommen hab´, hat immer die Mama gekriegt. Von ihr hab ich ja immer *Mäusegeld* bekommen. Und sie hat mich ja dauernd verköstigt und noch dabei draufgezahlt."

Der damals unbekannte, schüchterne Journalist Johannes Mario Simmel löst H.C. Artmann als Übersetzer ab. Simmel, der kurzfristig auch bei der von der französischen Besatzungsmacht herausgegebenen Zeitung „Welt am Abend" als Leiter der Kulturredaktion fungiert, bringt H. C. und dessen späteren, langjährigen Freund Helmut zufällig zusammen. Helmut Qualtinger.

EIN LEBEN AUF DER ÜBERHOLSPUR

Quasi, der scheue, oft verlegene, und H. C., der sich gerne verwegen gebende Mensch, verstehen sich auf Anhieb. Nur ein einziges Mal kommt es „wegen einem rothaarigen, vollbusigen Mädel aus dem „Café Stambul" am Fleischmarkt, mit dem ich gegangen war, zu einem Streit, weil sie dem feschen, schlanken Artmann dauernd schöne Augen machte", berichtet Qualtinger. Die Freundschaft der beiden soll fast vier Jahrzehnte dauern. Man plant viel. Reisen nach Afrika und an den Nordpol, gemeinsame Film- und Theaterauftritte. Wenig wird realisiert. Auch nicht die Idee, Friedrich Dürrenmatts „Tunnel" zu verfilmen. Mit Artmann als Lokomotivführer und Qualtinger als Fahrgast.

Für H.C. Artmann ist Helmut Qualtinger über viele Jahre der Vermittler zwischen zwei Künstler-Gruppen. Einerseits die arrivierten Autoren und Kabarettisten rund um Quasi wie Gerhard Bronner, Georg Kreisler und Carl Merz, die nach dem ersten großen Erfolg mit dem Programm „Brettl vor`m

Kopf" schlagartig bekannt sind. Andererseits die schriftstellerische Avantgarde um Artmann, die nur ignoriert oder mild belächelt wird.

Die Kabarettrevue „Brettl vor`m Kopf", die 1952 im „Theater in der Liliengasse" Premiere hat, erinnert Kritiker an die legendären Kleinkunstprogramme der Zwischenkriegszeit, des „Lieben Augustin" und der „Literatur am Naschmarkt". Bei beiden Programmen wirkt schon Carl Merz mit, der auch bei Qualtinger & Co der wichtigste Autor werden soll. Vom ersten Tag an ist das Brettl-Kabarett Stadtgespräch. Mehr als hundert Vorstellungen sind restlos ausverkauft. Und plötzlich verdient jeder Mitwirkende 100 Schilling pro Abend. Nur Gerhard Bronner noch mehr. Er hat besser verhandelt.

Die Kritiker sind – vor allem von Helmut Qualtinger – begeistert. Neben Hans Weigel und Friedrich Torberg kommt eines Abends auch Alfred Polgar in das winzige Theater in der Liliengasse. Und auch für ihn ist Qualtinger der Star, der Virtuose des Teams: „Ein glänzender, umwerfend komischer Kabarettist." Mit dem *g´schupften Ferdl* aus dem Programm „Brettl vor´m Kopf" – als Synonym für Rast- und Ratlosigkeit der ersten Nachkriegsgeneration – sprengt Helmut Qualtinger den Rahmen der Kabarettbühne: Sein Lied vom *g´schupften Ferdl* findet in den Musikboxen Aufnahme, in den *Wurlitzern* der ganzen Stadt: Zwischen fetzigen Boogie-Woogies und schmalzigen Seemannsliedern ertönt der Kabarettstar Qualtinger.

Artmann und Qualtinger. Zwei Künstler, die immer den Mut haben, Tabus zu brechen, und so leben, als gäbe es die bürgerliche Gesellschaft nicht. Zwei zersetzende Patrioten. Sie haben sich in Österreich, in ihrer Geburtsstadt Wien – obwohl sie ihre

Heimat lieben – immer wie Fremde unter Fremden gefühlt. Der Begriff Heimat hat für die beiden Einzelgänger eine eigene Bedeutung. Für H. C. Artmann ist Helmut Qualtinger nicht nur der Kabarettist und Schmähführer, als der er von vielen bis zu seinem Tod abgestempelt wird, sondern „... primär ein wirklicher Humanist und der Belesensten einer. Und unbestritten die beste Verkörperung des wirklichen Wienertums seit dem Tode Nestroys."

Zwei zumeist in sich Gekehrte, deren Exzesse, deren Leben auf der Überholspur nur Tarnung, nur Täuschung ist. Zwei einfühlsame und verletzbare, schüchterne und unsichere Menschen, die immer Suchende bleiben. Zwei Künstler, die opportunistische Mitläufer und rückgratlose Kleinbürger erkennen – und bloßstellen. Artmann und Qualtinger sind aber auch zwei Menschen, die die gefährlich gemütliche Mischung aus Borniertheit, Intoleranz und satter Zufriedenheit oft zum Verzweifeln bringt.

Helmut Qualtinger, ein einzigartiger Kabarettist, der aber auch als Satiriker, Schriftsteller und Schauspieler – *Menschenimitator*, wie er sich selbst gerne nennt – zum genauen Beobachter der österreichischen Seele wird. Und vor allem zum Seismografen der vielschichtigen Wiener Mentalität.

EIN ACHTERL ZUM AUFWÄRMEN

Das Verlangen nach Kultur und Unterhaltung im Wien der Nachkriegsjahre ist unendlich groß: Kunstgalerien und Buchhandlungen, Kabaretts und Vergnügungslokale schießen gleichsam aus dem Boden, Film- und Schallplattenproduktionen, Zeitschriften und Zeitungen, bald erscheinen in Wien neun Tageszeitungen, werden gegründet.

Ende der 40er-Jahre beginnt Helmut Qualtinger als Journalist. Engagiert von Johannes Mario Simmel schreibt er unter dem Pseudonym *Hans Helmut* im Kulturteil der „Welt am Abend“. Zu dem Decknamen fordert ihn der Chefredakteur, der Berliner Bremer, auf: „Man heißt nicht Qualtinger, wenn man etwas werden will.“ *Hans Helmut* wird sehr bald zu einem der gefürchtetsten Buch-, Film-, Kabarett- und Theaterkritiker der Stadt.

40 Jahre später, Mitte der 80er-Jahre, erzählt mir Johannes Mario Simmel vom Leben im Nachkriegs-Wien. Bei Topfenstrudl und Tee mit Milch – in der „Fürstensuite“ des Hotels Imperial, dort wo früher der Schah von Persien mit Farah Diba, die Präsidenten Nikita S. Chruschtschow und John F. Kennedy residierten: „Es war die wildeste Zeit meines Lebens. Wir hatten nichts zu fressen, aber durch Schleichhandel konnten wir uns irgendwie über Wasser halten. Als Lager und Umschlagplatz diente ein schäbiges Magazin in der Nähe des Donaukanals. Mein Glück war, dass ich mehrere Sprachen konnte und viele Leute kannte. Eines Tages lernte ich diesen Herrn Bremer kennen. In einem Kellertheater. Man spielte Horváths ´Kasimir und Karoline`. Nachdem die ersten Aufführungen fast leer waren, beschloss man, von der Bühne aus eine Rutschbahn ins Parkett zu installieren, auf der die äußerst attraktive, junge Louise Martini mit hochfliegendem Rock im Zuschauerraum landete. Von diesem Tag an waren alle Vorstellungen restlos ausverkauft. Und auch Bremer ging hinein. Er war früher Blattmacher der ´Berliner Illustrierten`. Irgendwie hatte es ihn nach Wien verschlagen. Ich war der einzige Mensch, den er hier kannte – so wurde ich Journalist. Und Bremer machte mich gleich zum Leiter der Kulturredaktion der ´Welt am Abend`. Von Zeitungsalltag hatte ich zwar keine Ahnung, aber ich hatte viele Freunde. Regisseur Michael Kehlmann, den Journalisten Paul Popp – der die beste Hitler-Parodie der Stadt machte – und Helmut Qualtinger. Die drei

Freunde wurden meine ersten Mitarbeiter. Ich kannte sie vom ´Studio der Hochschulen`, einer kleinen Studentenbühne. Im Kabarettprogramm ´Die Grimasse` habe ich dort Qualtinger zum ersten Mal gesehen. Er war damals ein schmächtiges Bürscherl und tanzte auf einem Klavier. Ich musste täglich um sechs Uhr früh in der Redaktion zu arbeiten beginnen und war damals ein gottbegnadeter Trinker ", erzählt mir Simmel, während er Tee mit Milch nippt, „... ein bis zwei Flaschen Schnaps pro Tag waren es sicher. Auf meinem Schreibtisch stand schon in aller Früh eine Flasche Whiskey, von der aber auch meine Mitarbeiter wussten. Jeden Tag musste ich um halb zehn rüber in die Druckerei am Fleischmarkt. Auf dem Weg von der Redaktion kam man in ein Durchhaus, in dem eine Weinstube war. Meist traf ich meinen Mitarbeiter Qualtinger hier. Bei einem Achterl zum Aufwärmen. Eines Tages brachte mir der Helmut eine bösartige, aber blendend formulierte Kritik über eine Priestley-Aufführung. Der Verriss endete mit dem Rat an die Direktion, die völlig unbegabte Hauptdarstellerin zu feuern. Sofort nach Erscheinen rief mich der Mann der Schauspielerin an – er konnte vor Erregung kaum reden – und stammelte immer wieder etwas von ´schwanger`. Es stellte sich heraus, dass die Arme knapp vor der Niederkunft war und natürlich nicht mitgespielt hatte. Ich ließ mir *Hans Helmut* kommen und beschimpfte ihn: ´Du Sau, ich hab´ jetzt einen Prozess am Hals. Warum warst du nicht drin in der Vorstellung?` Quasi darauf: ´Weil ich das Stück eh kenn...`. Einige Tage später beichtete er mir, dass er sich über die Schauspielerin so gekränkt hatte, weil er sie ´wirklich liebe`, und sie ihn verlassen habe."

Eines Tages versucht Frau Vogel, die Gattin des Vertriebsdirektors der „Welt am Abend", ihren Mann telefonisch zu erreichen. Irrtümlich wird sie mit dem Kulturkritiker *Hans Helmut* verbunden. Auf die Frage, ob sie ihren Mann sprechen könne, antwortet der Journalist:

„Leider nein, hier wird nicht gevögelt!" Qualtinger wird sofort entlassen. Simmel setzt sich vehement bei Vogel ein – mit dem Ergebnis, dass auch der Kulturchef der „Welt am Abend", Johannes Mario Simmel, fristlos entlassen wird.

ESKIMO-DICHTER & OPERNBALL-GRÄFIN

Als ob die österreichische Bundesregierung im Jahre 1950 keine wichtigeren Probleme zu lösen hätte, diskutiert man voller Verve die Einführung eines „Gesetzes zum Schutze der Jugend vor Schmutz und Schund". Am Höhepunkt der öffentlichen Debatte darüber erhält der verantwortliche Minister Felix Hurdes folgenden Brief:
„Im BUchstaben U, sehr geehrter Herr Unterrichtsminister HUrdes, erblicken wir fortschrittlichen Schriftsteller das Symbol für SchmUtz und SchUnd, beinhalten doch alle Wörter mit Unsittlicher, Unseriöser Und Unschöner BedeUtUng diesen schon in seiner Form anstößigen Vokal. Das U führt vom geistigen Unrat über die WollUst direkt zUm LUstmord. Wir fordern Sie, sehr geehrter Herr Minister HUrdes, daher auf, energische Maßnahmen gegen das Überhandnehmen dieses BUchstabens in die Wege zu leiten.
Hans Weigel"

Der Schriftsteller Weigel, vom Büro des Unterrichtsministers nach dem Brief befragt, kontert sofort: „Das kann nur das *Gfrast* Qualtinger g´wesen sein!"

In den frühen Morgenstunden des nächsten Tages schreitet man zur Tat: Von Freunden wie Johannes Mario Simmel und dem Schauspieler Kurt Sowinetz assistiert, montiert Quasi, das bekannte Enfant terrible der Wiener Kulturszene, mit Leitern und Flaschenzügen anstößige Us von Geschäftsbeschriftungen der Inneren Stadt. Zurück bleiben für die erstaunte Bevölkerung am Weg in die Fabrik und ins Büro die Firmenschilder

Modeha s Bra n
Schm ck nd renhandlung
Fachgeschäft für G mmiwaren
Bl menha s a f der Frey ng.

Die abmontierten, verschieden großen Us werden dann – gewissenhaft verpackt – von Qualtinger & Kumpanen in einem Leiterwagerl beim erstaunten Portier des Unterrichtsministeriums deponiert. Einer der vielen im Nachkriegs-Wien zum Stadtgespräch gewordenen practical jokes des Helmut Qualtinger.

Wie jener vom *Eskimo-Dichter*: Während der *Sauren-Gurken-Zeit* bedient Kollege Qualtinger die Kulturjournalisten der Stadt mit einer Sensationsmeldung. Er besorgt sich von einer Freundin, der Sekretärin des PEN-Klubs, Briefpapier der Schriftstellervereinigung und verfasst eine Presseaussendung, die er an alle Wiener Tageszeitungsredaktionen sendet:
„Auf Einladung des österreichischen PEN-Klubs trifft der 1889 in Iviktut (Grönland) geborene Eskimo-Dichter Kobuk am 3. Juli in Wien ein. Der Verfasser ist Autor mehrerer Romane, deren eigenartige Verbindung von magischem Realismus und arktischer Mystik ihn auch über die Grenzen seiner engen Heimat bekannt gemacht haben. Seine Romane ‚Brennende Arktis' und ‚Kocholz' sicherten ihm auch im deutschen Sprachgebiet einen beachtlichen Leserkreis. Seine grönländische Trilogie ‚Nordlicht über Iviktut' wird derzeit von ‚Metro-Goldwyn-Mayer' unter dem Titel ‚Song of an Iceman' verfilmt. Der Autor – bekanntlich Nobelpreisträger für Literatur – hat die Absicht, mit mehreren Wiener Theatern wegen Placierung seiner in der letzten Schaffensperiode entstandenen satirischen Komödie ‚Die Republik der Pinguine' zu verhandeln."

Die meisten Wiener Zeitungen bringen die sensationelle Kulturmeldung wortwörtlich und entsenden Reporter zur Ankunft des am Westbahnhof erwarteten Eskimo-Dichters. Aus dem Zug entsteigt ein Herr mit riesiger Pelzmütze – Helmut Qualtinger, der in St. Pölten zugestiegen ist.

Nur eine wichtige Tageszeitung hat die Ankunft Kobuks verschlampt und verschlafen. Quasi urgiert telefonisch – als PEN-Klub-Präsident Franz Theodor Csokor. Dieser ersucht um Veröffentlichung und berichtet dem Journalisten exklusiv über weitere Aufsehen erregende Details des Besuchs des Eskimo-Dichters in Wien. Am nächsten Tag, als schon alles über den neuen *practical joke* lacht, erfährt die kulturinteressierte Öffentlichkeit, dass Kobuk im PEN-Klub aus seine Werken „Heia Musch Musch", „Verlassener Kajak" und „Apis, der Schlittenhund" rezitieren werde. Außerdem, berichtet man ausführlich, habe der nordische Nobelpreisträger dem Leiter der „Wiener Eisrevue" ein Angebot für eine Tournee durch Grönland überbracht.

Selbst intime Freunde wie Johannes Mario Simmel sitzen immer wieder den Telefonscherzen Qualtingers auf. Seine Gabe, Stimme und Tonfall anderer moduliert wiederzugeben, ist groß. Eines Morgens wird Simmel um drei Uhr früh von seiner Agentin Ellie Sillmann aus dem Schlaf gerissen. Mit berlinerisch/amerikanisch/jüdischem Akzent erzählt diese, dass sie gerade mit Willi Forst in der Bar des Münchner Hotel „Vier Jahreszeiten" sitze. Forst habe Simmels ersten Novellenband gelesen und möchte unbedingt eine Kurzgeschichte daraus verfilmen. Doch Simmel weiß natürlich Bescheid: „Helmut, leck mich am Arsch!" habe ich gebrüllt und sofort aufgelegt. In der nächsten Nacht kam wieder der Anruf meiner Agentin. ´Qualtinger, ich hau´ dir eine in die Gosch´n, jetzt treibst du´s zu weit.` Am nächsten Tag hat dann Willi

Forst selbst bei mir angerufen und gemeint: ´Sagen sie mal, Mario, sind sie durch das ständige Saufen schon total verrückt geworden? Die Ellie ruft Sie seit Tagen in meinem Auftrag an, und Sie legen immer wieder auf. Wenn Sie jetzt auch zu mir sagen ‚Helmut, leck mich am Arsch!' – ist es aus...`. Zum Glück habe ich bei diesem Telefonat irgendwie gespürt, dass mein Gesprächspartner wirklich Willi Forst war. Der Verfilmung meiner Novelle ´Begegnung im Nebel` stand nach meiner Entschuldigung nichts mehr im Weg."

Quasi schreckt bei seinen telefonischen Scherzen auch vor Politikern nicht zurück. Einer der wenigen, die nicht auf die Anrufe hineinfallen, ist Leopold Figl. Qualtinger weiß, dass sich der Außenminister immer wieder mit hochrangigen russischen Soldaten im „Kursalon" trifft, um bessere Bedingungen im Besatzungs-Alltag rauszuschlagen. Eines Tages ruft ein „sowjetischer Offizier" im Außenministerium an, fordert die Telefonistin russisch-deutsch radebrechend energisch auf, ihn umgehend mit dem Minister zu verbinden. Was auch prompt passiert. Doch als der Vertreter der Roten Armee den findigen Figl zu „dringenden Verhandlungen" in den Stadtpark bestellt, antwortet der Außenminister, er werde bei der sowjetischen Dienststelle zurückrufen und legt auf. Dort weiß man nichts von dem Anruf – Helmut Qualtinger erlebt durch Leopold Figl eine seiner ganz wenigen Telefonniederlagen.

Im „Theater am Kärntnertor" wird der Kabarettist eines Abends während der Vorstellung vom Inspizienten von der Bühne geholt. „Es sei gerade angerufen worden...", stammelt dieser aufgeregt, „... die Wohnung sei durch einen Wasserrohrbruch total überschwemmt". Doch Qualtinger lässt sich nicht beirren; glaubt, dass ihm ein Freund nachzueifern versucht oder dass sich jemand bei ihm revanchieren will.

Als er spät nachts nach Hause kommt, rinnt ihm das Wasser schon durch die Eingangstür entgegen.

Qualtinger informiert telefonisch oft und gerne als Sektionschef des Unterrichtsministeriums Kammerschauspieler und Theaterdirektoren von hohen, „in den nächsten Tagen zugehenden“ staatlichen Auszeichnungen. Der ministeriale Hofrat schließt Verträge zwischen zerstrittenen Autoren und Verlagen ab und verpflichtet als amerikanischer Filmproduzent eitle Wiener Schauspieler für reizvolle, hoch dotierte Hollywoodrollen.

Bei der *Opernballgräfin* Schönfeldt, der in den letzten Tagen vor dem großen Ereignis immer hektischer werdenden Organisatorin des Nobelballs, ruft Qualtinger nachts an. Als einer durch die Klatschspalten bekannter, schwerreicher Industrieller aus Südamerika. Herzensbrecher Signor Pignatari, der sich, obwohl schon Ende sechzig, selbst liebevoll *Baby Pignatari* nennt, brauche dringend eine Loge für den restlos ausverkauften Ball. Er wolle Wien, Wein und Walzer in Begleitung einiger charmanter Damen genießen – aber auch Geschäfte mit der verstaatlichten Industrie finalisieren. *Baby* wird die erste Loge rechts neben der Regierungsmittelloge zugewiesen. Ein Sektionschef des Ministeriums für Inneres muss diese samt Entourage für den Gast aus Südamerika räumen. Der Spitzenbeamte moniert sich bei seinem Minister: „Also wirklich, Pardon Herr Minister, ein Skandal! Für ein Baby aus dem Urwald muß i´ mei´ Loge hergeben.“

Aber nicht immer geht es dem privat eher ernsten, melancholischen Qualtinger mit seinen *practical jokes* nur um die Hetz. Manchmal steckt auch Zorn, Unzufriedenheit und Verbitterung über Dummheit, Ignoranz und Korruption hinter seinen Aktionen.

DER MENSCHENIMITATOR

Noch während Helmut Qualtinger für die „Welt am Abend" als Kulturkritiker arbeitet, schreibt er neben zeitkritischen Arbeiten und romantischen Gedichten auch Theaterstücke. 1948 wird in Graz erstmals sein Drama „Jugend vor den Schranken" uraufgeführt. Graz erlebt einen Theaterskandal, das Stück wird am nächsten Tag vom Spielplan genommen. Qualtinger lässt sich jedoch nicht entmutigen. Gemeinsam mit seinem Freund Reinhard Federmann schreibt er abermals ein Stück: „Reportage" erlebt keine einzige Aufführung.

Nach diesen ersten Misserfolgen als Bühnenautor wendet sich der junge Qualtinger nun dem Beruf des Schauspielers zu. Ende der Vierziger Jahre tritt er in fast allen Kellertheatern Wiens auf.

Die schauspielerischen Anfänge des am 8. Oktober 1928 geborenen Helmuts wurden von Dipl. Ing. Friedrich Qualtinger, Mittelschulprofessor, Chemiker und autoritärer Vater, stets kritisch verfolgt. Selbst als der gefeierte Kabarettist Qualtinger erstmals als Schauspieler in Shakespeares „Heinrich VIII." im Wiener Volkstheater vor mehr als tausend Zuschauern auftritt, erklärt der Vater dem vor Anstrengung und Aufregung schweißtriefenden Sohn in der Pause trocken: „Helmut, ich weiß nicht... die Leute neben mir husten dauernd!"

Schon bei der Geburt sei er „ganz blau, voller Abwehr und Verkrampfung" gewesen, berichtet seine Mutter. Der blondgelockte, zarte Helmut, der als Volksschüler „ausschaut wie ein Engerl", lehnt sich aber schon sehr bald gegen den energischen Vater auf. Im Gymnasium gilt der auch gegen die Lehrer ständig Opponierende als „äußerst schwierig". Fünfmal wird der zum Außenseiter Gewordene gezwungen, die Schule zu wechseln. An den Wochenenden müssen mit dem Vater ausgedehnte Bergtouren unternommen werden. Geigenunterricht wird erteilt; am Abend der Stoff, der gerade in der Schule durchgenommen wird, vom Vater abgeprüft – schließlich soll der Sohn unbedingt Akademiker werden. Einige Jahre später stellt Dipl. Ing. Qualtinger allerdings resignierend fest: „Ich bin Chemiker, mein Sohn ist Komiker“.

Für den Kriegsdienst ist er noch nicht alt genug, er wird „Flakhelfer“. Der Regisseur und Volkstheater-Direktor Gustav Manker erinnert sich: „Kennengelernt habe ich ihn noch während des Krieges. In einem Tunnel des Türkenschanzparkes, der als Luftschutzkeller diente. Immer, wenn Alarm gegeben wurde, flüchteten hunderte Menschen hierher in die „Türkenschanze“. Eines Tages saß ein mageres, blondes Bürscherl neben mir. Der vor Angst zitternde junge Mann las ein Buch von Rainer Maria Rilke – es war Helmut Qualtinger. Später hat er immer bestritten, jemals Rilke gelesen zu haben.“

Der verträumte Gymnasiast zieht sich in die Welt der Literatur zurück. Die von den Nationalsozialisten bekämpften Schriftsteller wie Franz Kafka und Thomas Mann, Arthur Schnitzler und Stefan Zweig reizen den feinfühligen Qualtinger am meisten.

Die erste Inszenierung eines Theaterstücks ermöglicht ihm schließlich sein Deutschprofessor: Im Gymnasium auf der Stubenbastei, das zu dieser Zeit auch Friedrich Gulda und Otto Schenk absolvieren, findet die erfolgreiche Aufführung von Nestroys „Judith und Holofernes“ statt. Gegen Kriegsende lernt Qualtinger bei den „Flakhelfern“ im Arenbergpark Walter Kohut kennen. Gemeinsam gründen sie im Turnsaal einer Volksschule im dritten Bezirk ein Theater – die „Mozartbühne“. Sehr bald stößt auch der damalige Maler- und Anstreichergeselle Kurt Sowinetz zu der ambitionierten Truppe.

Neben Soldaten und Angehörigen der jungen Theaterbegeisterten erscheint zur Premiere auf der „Mozartbühne" auch ein Freund und Kriegskamerad von Dipl. Ing. Friedrich Qualtinger: Hauptmann Heimito von Doderer. Der in Zivil – mit weiten Pumphosen, Stock und Handschuhen – auftretende Schriftsteller ist von der Laienaufführung beeindruckt und ermutigt die „strebsamen jungen Menschen", das Theater weiterzuführen. Fünfzehn Jahre später sollte Heimito von Doderer Taufpate des Sohnes von Helmut Qualtinger werden – des Christian Heimito Qualtinger.

Ende 1946 schließt sich der vom Theater begeisterte Quasi einer Studentenbühne an. Er trifft hier auf seine spätere Kabarettpartnerin Trude Pöschl, die Schauspielerin Hilde Sochor und den Journalisten Paul Popp. Am 12. Februar 1947 – während in London erste Verhandlungen über den Staatsvertrag stattfinden – findet im „Studio der Hochschulen" in der Kolingasse die erste Vorstellung des Kabaretts „Die Grimasse" statt. Höhepunkt der Darstellung ist das auf einem Flügel tanzende *schmale Bürscherl* Qualtinger.

Bald darauf spielt Qualtinger im „Theater am Parkring", dem „Theater der 49" – das für genau 49 Zuschauer Platz bietet – und im „Konzerthauskeller". Im Theater in der Liliengasse wird das „Wiener Werkl" gegründet, Helmut Qualtinger fungiert als Werkelmann. Text und Musik für diese Werkelmannlieder schreibt der aus der Emigration zurückgekehrte Gerhard Bronner. In einer Sauna im Prater haben die beiden einander kennen gelernt.

Zu Weihnachten 1950 findet im „Kleinen Theater" die Premiere der Kabarettrevue „Blitzlichter" statt. Neben Michael Kehlmann und Helmut Qualtinger zeichnet auch Carl Merz als Autor verantwortlich. „Qualtinger war in seinen politischen Extempores so ungebärdig, dass ich ihn hinauswarf – seitdem arbeiten wir zusammen", schreibt Doyen Merz, der in der Zwischenkriegszeit einige Kinos besitzt und mit deren Verdienst eine eigene Bühne gründet, über den Beginn der erfolgreichen Zusammenarbeit mit Qualtinger.

Ein Jahr später hat das Team Kehlmann-Merz-Qualtinger, zu dem inzwischen auch Bronner – für die Musik zuständig – gestoßen ist, mehr Erfolg: Im Konzerthauskeller wird mit großem Erfolg Schnitzlers „Reigen 51" aufgeführt. Gerhard Bronner erinnert sich: „Inspiriert von Kehlmann haben wir den „Reigen" in die damalige Zeit transponiert. Dann wurden die einzelnen Szenen unter Kehlmann, Merz und Qualtinger aufgeteilt. Am literarisch wertvollsten waren die, die *Quasi* geschrieben hat. Qualtinger ist später mit ganz anderen Dingen berühmt geworden, als es eigentlich seine Stärke gewesen wäre. Er war mit weitem Abstand der begabteste Schriftsteller von uns allen. Er konnte damals Dialoge schreiben, wie ich sie seit den besten Horváth-Stücken nicht gehört habe. Wenn er sonst keine Begabung gehabt hätte, wäre er wahrscheinlich einer der Größten der österreichischen Literatur dieses Jahrhunderts geworden. Leider – muss ich fast sagen – hatte er nebenbei die Begabung einer ungeheuren Vis Comica."

Nach dem kabarettistisch durchsetzten, erfolgreichen „Reigen 51", beschließt das Team Bronner-Kehlmann-Merz-Qualtinger weiterhin zusammenzuarbeiten. Im Herbst 1952 hat im Theater in der Liliengasse das „Brettl vor`m Kopf" – der erste große Kabaretterfolg nach dem Krieg – Premiere. Für Helmut Qualtinger, einen „jungen Mann von gewaltiger Fülle des Leibes wie des Talents" und raren Fall einer spezifischen und schlechthin genialen Cabaret-Begabung" – so Friedrich Torberg – beginnen hier im jeden Abend gesteckt vollen, engen Theater in der Liliengasse die zehn erfolgreichsten Kabarettistenjahre.

1956 hat im „Intimen Theater“ die „unmusikalische Kabarettrevue Blattl vor`m Mund“ Premiere. Statt Michael Kehlmann liefert Georg Kreisler „überflüssige Beiträge“. Neu dabei sind auch Louise Martini und Kurt Jaggberg.

Louise Martini erinnert sich ihrer Freundschaft mit den Kollegen. „Es war eine sehr schöne, aber auch sehr harte Lehrzeit. Die Kollegen waren alle starke Männer – da hatte es ein Mädchen gar nicht leicht, sich durchzusetzen. Mit Qualtinger befreundet zu sein, das war ebenso aufregend wie anstrengend. Der *Quasi* forderte seine Freunde bis in den frühen Morgen. Wir waren ja im Gemeindebau in der Daringergasse Nachbarn. Wie oft ist es geschehen, dass ich lange nach Mitternacht durch einen Pfiff von der Straße geweckt wurde, und das hieß: Der Helmut findet noch nicht ins Bett und möchte noch auf einen Plausch und einen Drink zu mir kommen. Aber es tut mir um keine einzige Schlafstunde leid. Ich glaube, keine junge Schauspielerin hatte damals das Glück, so viele interessante Menschen kennen zu lernen und Zaungast bei so vielen guten Gesprächen zu sein wie ich im Gefolge von Helmut Qualtinger. Er war eine dynamische Kugel, ein Gehirn, das nie zum Stillstand kam.“

Am 3. Oktober 1957 folgt eine der Sternstunden des *Menschenimitators* Qualtinger. Anlässlich der Premiere des „gehaltvollen Theaterabends mit Gesang und Tanzdarbietungen“ wird der Vorläufer des *Herrn Karl,* der *Travnicek,* geboren. Die Figur des primitiven, aber immer alles besser wissenden Ur-Wieners, dessen Weltanschauung sich in den wenigen Silben „Na, was brauch i des?“ erschöpfend dokumentiert.

Geboren ist der *Travnicek* bei seinen Urlaubsreisen an die Adria. Hier beobachtet er seine – ständig raunzenden – Landsleute, die sich fern von Wiener Schnitzeln und Erdäpfelsalat über die kaum aussprechbaren „Cevaratschitschi“, die „Hundstrümmerl mit Zwiebel“, die fehlenden Strandcafés oder andere unzumutbare Gegebenheiten des *vom Reisebüro vermittelten* Urlaubsziels beschweren. In den in Dialogform geschriebenen Gesprächen des Herrn *Travnicek* mit einem Freund – den Gerhard Bronner verkörpert – werden aber nicht nur Reiseerinnerungen ausgetauscht, sondern *Travnicek* macht sich in breitestem Wiener Dialekt auch seine Gedanken über Weihnachtseinkäufe, die Wahlen und die Ballsaison.

Nachdem Georg Kreisler Ende der Fünfziger Jahre aus dem Ensemble ausgeschieden ist, übersiedelt das erfolgreiche Team in das größere „Neue Theater am Kärntnertor“ in der Walfischgasse. Hier beenden Carl Merz und Helmut Qualtinger ihre kabarettistische Tätigkeit mit der „literarisch musikalischen Revue Hackl vor´m Kreuz“. Mit diesem *Hackl* wollen die Autoren „jenes Damoklesschwert symbolisieren, welches über unseren Köpfen hängt und bei genauer Betrachtung jedem denkenden Bürger die Freude an der Hochkonjunktur verderben kann“.

Qualtinger ist aber auch einer der Pioniere des Österreichischen Fernsehens. Von den Erfolgen des Teams Bronner-Merz-Qualtinger verlockt, beschließt man beim Fernsehen, ein monatliches Kabarett zu produzieren, den Spiegel vor´m Gesicht. Die ersten Sendungen werden aus einem Meidlinger Klassenzimmer übertragen. Die Bedingung der Autoren – die Sendung live auszustrahlen – wird von den Fernseh-Verantwortlichen sofort akzeptiert. Daher können – ohne Interventionen von Politikern – brisante Nummern wie „Der Papa wird´s schon richten“ unzensuriert gesendet werden.

Im April 1961, einen Tag nach der letzten Sendung des Fernsehkabaretts, findet auch Qualtingers letzter Auftritt als

Kabarettist statt. Sieben Monate läuft das Programm bereits – ständig ausverkauft. Qualtinger, der immer wie „eine Kerze an beiden Enden brennt" (Gerhard Bronner), stellt Abend für Abend mehr als ein Dutzend verschiedene Typen dar. Der Publikumsliebling ist kabarettmüde geworden. Und nimmt Abschied.

IN VIENNA IT´S ALWAYS A HETZ ...

Spätsommer 1959. Als knapp 9-Jähriger ziehe ich mit meinen Eltern im „Gemeindebau Daringergasse" ein. Zwischen Sieveringerstraße und Grinzinger Allee. Unsere Anlage ist kein normaler Gemeindebau, sondern einer, in dem man zumeist nur eine Wohnung zugewiesen bekommt, wenn man prominent ist, Beziehungen hat oder den Stadtrat für Bau- und Wohnungsangelegenheiten, Franz Glaser, persönlich kennt. Mein Vater ist nicht prominent und hat keine Beziehungen. Er fotografiert den Herrn Stadtrat allerdings jahrelang bei Schul-, Kindergarten- und Gemeindebaueröffnungen und lässt durch meine Mutter – im reichlich dekolletierten Dirndl – die Fotos immer wieder persönlich ins Rathaus bringen.

Im Sommer 1959 erhält mein Vater ein wichtiges Schreiben. Einen höchst erfreulichen, eingeschriebenen Brief – die Zuteilung einer Gemeindewohnung in der „Wohnbauanlage Daringergasse 12-20 in Wien 19, Stiege 8, Tür Nummer 2".

Auf der 5-er Stiege der Anlage wohnt der inzwischen stadtbekannte Kabarettist Helmut Qualtinger. Genau gegenüber des Schulsteigs, meinem Weg in die Volksschule in der Sieveringer Windhabergasse. Aber vor allem dem Schauplatz meiner ersten erotischen Gefühle. Sie heißt Uli, hat lange blonde Haare und beim Lachen Grübchen in den Wangen – und ist wunderschön.

Unter einer Birke der erste, sanfte Kuss. Und hier am Schulsteig rauche ich mir – aufgeregt wie beim ersten Busserl – das erste *Zigaretterl* an. Eine Nil mit Filter. In der blauen, billigen Zehner-Schachtel.

Als *Quasi*, wie er schon damals von der ganzen Stadt vertraulich vereinnahmend genannt wird, mit seiner Frau Leomare und dem Sohn Christian Heimito einzieht, herrscht in der Anlage Aufregung: Noch nie zuvor hat man so viele Kisten auf einmal gesehen. Voller Bücher und Jazzplatten und einer reichhaltigen Schnaps-Sammlung aus aller Welt.

Helmut Qualtinger steht damals knapp vor seinem größten Triumph: Der junge Schauspieler Nico Haenel arbeitet zu Beginn der Sechziger Jahre als Aushilfe im Magazin des Delikatessengeschäfts „TOP“ in der Führichgasse. Hier, im Keller des Betriebes, lernt Haenel ein Faktotum kennen, das zum Vorbild des *Herrn Karl* werden sollte. Der etwa fünfzigjährige, korpulente Mann sitzt ständig irgendwo herum, gefällt sich in „philosophischen“, kaum hörbaren Selbstgesprächen. Die Mittagspausen verbringt Nico Haenel bei dem im Nebenhaus lebenden Carl Merz und erzählt von diesem Ur-Wiener. Die bornierten Äußerungen beeindrucken den Autor Merz von Beginn an, er erzählt seinem Freund Qualtinger von dem plaudernden, gefährlichen Spießer – gemeinsam wird die Idee des Herrn Karl geboren... Der Magazineur eines Lebensmittelgeschäftes wird zum Synonym menschlicher Schwäche. Ein Kleinbürger ohne Rückgrat, der sich überall feig anpasst.

Die vom gewissenhaften Carl Merz aufgeschriebenen Originalzitate bilden die Basis des Monologs. Die Rohfassung des *Herrn Karl* spricht Quasi auf ein Tonband, das als Textlernhilfe dient. Eines Abends spielt er es einem befreundeten Plattenproduzenten vor. Hans Weigel, der bei dieser illustren Gesellschaft dabei ist: „Damals wurden viele Schallplatten produziert, aber kaum ausschließlich gesprochene Aufnahmen. Wir wollten unserem Freund einreden, den *Herrn Karl* als Schallplatte zu produzieren, und haben ihm das Band vorgespielt. Leider ist er dabei eingeschlafen. Als er wieder aufgewacht ist, hat er sich nicht getraut, etwas zu sagen, außer: ‚Das mach ich!'"

Die Platte wird zu einem unerwarteten Erfolg. Erich Neuberg überredet Merz und Qualtinger, eine Fernsehsendung über die Figur mit der opportunistischen Greißlermentalität zu schreiben. Zwischen aufgetürmten Konservendosen und Lebensmittelkisten lässt der *Herr Karl* die letzten dreißig Jahre seines Lebens Revue passieren. Unmittelbar nach der Ausstrahlung setzt ein Sturm der Entrüstung ein. Das präzise Porträt dieses opportunistischen Wieners lässt die erhitzten Gemüter wochenlang nicht zur Ruhe kommen. Hans Weigel schreibt: „Die Herren Qualtinger und Merz wollten einem bestimmten Typus auf die Zehen treten, und ein ganzes Volk schreit ‚Au'."

Obwohl sich sofort nach der Sendung hunderte erboste Zuseher über die „Beleidigung der österreichischen Bevölkerung" beschweren, jubeln die Kritiker. Für Paul Blaha bedeutet das Porträt dieses österreichischen Kleinbürgers „das Spiegelbild einer Volksseele, Gleichnis und Demaskierung einer Mentalität... es geht ins Mark, es legt sich auf die Seele, es unterhält, aber das Lachen erstirbt in der Kehle."

Im Entstehungsjahr des *Herrn Karl* werden seine Schöpfer vom Verband der Auslandsjournalisten in Österreich mit großer Mehrheit vor Außenminister Bruno Kreisky und Operndirektor Herbert von Karajan zu den *interessantesten Österreichern des Jahres 1961* gewählt.

Von Publikum und Kritik gefeiert, gastiert Qualtinger mit dem *Herrn Karl* in Paris und Zürich, erobert die Theaterstadt Berlin und findet sogar in Amerika großen Widerhall. Der „New Yorker" widmet Qualtinger eine 42 Seiten lange Titelgeschichte: „He has been angry about nepotism and Freunderlwirtschaft: about pompous politicians... powerful bureaucrats, the press and the police... in Vienna it´s always a Hetz!" Für die amerikanische Presse ist der Autor und Darsteller des „Herrn Karl": „Qualtinger der Großartige", der „Feind der Gemütlichkeit". Ein anderes Magazin stellt fest, dass dem „Gast aus Wien von den strengen New Yorker Theaterkritikern Zensuren erteilt wurden, um die ihn jeder Hollywoodstar beneiden muss."

Der durch den *Herrn Karl* im Ausland berühmt gewordene *österreichische Orson Welles* versucht mehr als zwanzig Jahre lang von seiner Heimatstadt beruflich und privat loszukommen: „In Wien wird der Herr Karl immer aktuell sein. Es ändern sich nur Kostüme, Masken und Generationen, aber nicht die Mentalität. Manchmal weiß ich nicht, ob ich ein Wiener bin – oder ein Mensch."

Immer wieder bricht Helmut Qualtinger aus der für ihn zu eng gewordenen Stadt aus, glaubt manchmal hier „ersticken zu müssen", spielt in Deutschland und der Schweiz Theater, dreht international beachtete Filme in Frankreich, England und Italien, hält Vorträge und Lesungen in Amerika und beschließt, nach Hamburg zu ziehen. Trotzdem landet er immer wieder in Wien. Vielleicht, weil er sich – Alfred Polgar zitierend – „überall ein bißchen unwohl fühlt".

Der Schauspieler Qualtinger leidet sein Leben lang unter dem Kabarettisten-Image. Vielleicht spielt er deshalb während seiner letzten Jahre nur noch Klassiker wie „Richard II." und lehnt

Angebote für Volksstücke wie „Der Bockerer“ oder „Der Himbeerpflücker“ ab. Die Wiener Premiere seines letzten Films „Der Name der Rose“, in dem er neben Weltstars wie Sean Connery und Oscar-Preisträger F. M. Abraham den am brennenden Scheiterhaufen endenden Pater Remigius spielt, erlebt er nicht mehr.

Zehn, fünfzehn Jahre nach unserer gemeinsamen Zeit im Gemeindebau habe ich das Glück, mit Helmut Qualtinger befreundet zu sein. In den letzten Wochen seines Lebens, im Spätsommer des Jahres 1986, darf ich ihn als einer der wenigen immer wieder im Spital, im alten Trakt des Allgemeinen Krankenhauses, besuchen. Einige Tage vor seinem Tod treffe ich ihn zum letzten Mal. Es geht ihm gut, er ist blendender Laune, erzählt Witze. „Komm mit, ich zeig´ dir die schönste und liebste Schwester vom ganzen AKH...“ Am Ende des langen Ganges treffen wir sie. Ein beruhigendes Lächeln, strahlende Augen, blonde, zu einem Zopf geflochtene Haare. Sie erwartet Helmut schon für das tägliche Treppensteig-Training. Die beiden lachen sich an, als wären sie ein verschämtes, heimliches Liebespaar. Nach exakt hundert Stufen rauf und runter umfasst die Krankenschwester behutsam das zarte Handgelenk ihres Patienten, um den Puls zu messen. „Sehr brav, heute geht es uns ausgezeichnet...“
Kurz danach, am frühen Morgen des 29. September, stirbt Helmut Qualtinger an den Folgen einer inneren Blutung und einer Gelbsucht.

GRAMMELSCHMALZ & FROSCHSCHENKEL

Der „Gemeindebau Daringergasse“ ist durch die vielen prominenten Bewohner bekannt. Unsere Wohnung liegt im Parterre. Mit Blick auf das Glasgewächshaus einer Gärtnerei. Durch unser

Küchenfenster sieht man Tausende Tulpen. Rote, Gelbe, Weiße. Eine Reihe mit rotgelb Gesprenkelten. Genau gegenüber unserer Wohnung, auf Tür Nr.1, zieht die begabte Soubrette und Tänzerin Dagmar Koller mit charmanter Mama Mariella ein. Die junge Künstlerin wird immer wieder von Kollegen in wunderbaren Autos vor unserer 8-er Stiege abgeholt. Jedes Mal ein Erlebnis für uns Buben. Vor allem wenn das *O Sole Mio*-Folgetonhorn des tollsten Autos schon von weit weg, von der Kreuzung Sieveringerstraße/Billrothstraße ertönt. Dann heißt es rasch vom Olympia-Platzl, wo wir in einem Maschendrahtkäfig Fußball spielen, in die Anlage zurückzuradeln.

Es lohnt sich. Vor unserer Stiege steht er schon. Der goldene Mercedes 600. Sobald der Mann am Volant, ein kleiner, eleganter Herr mit resolutem Schritt, ausgestiegen ist und sich vor dem Koller-Küchenfenster im Erdgeschoss – eine kleine hübsche Melodie trällernd – winkend postiert, können wir Buben die Nasenspitzen an die Autoscheibe drücken. Wie in der Vorweihnachtszeit in der Mariahilferstraße bei den Modelleisenbahn-Auslagen. Und bestaunen wieder einmal, was wir nicht fassen können: In das Armaturenbrett der Luxuskarosse ist eine echte Espressomaschine eingebaut. Eine vergoldete *Gaggia.* Genau so eine, die ich von unserem ersten Adriaurlaub vor zwei Jahren in Caorle, in der „Pensione Miramare", kenne.

Schon stöckelt Dagi am Arm des Herrn im Kamelhaarmantel zur Limousine. Beide fesch. Beide fröhlich gestimmt. Beide mit erwartungsvollem Gesichtsausdruck. Der weltweit noch immer gefeierte Tenor Giuseppe *Pippo* di Stefano öffnet der emporstrebenden Kollegin den Wagenschlag, die beiden versinken in der roten Lederpolsterung. Der Mercedes 600 rollt langsam Richtung Grinzinger Allee. Vermutlich auf dem Weg zu einer gemeinsamen Probe in der Volksoper.

Einen Stock über uns auf der Stiege 8 wohnt der Wienerlieder-Komponist Fellner. „In der Kellergass´n...“, „Das Nußdorfer Sternderl“ oder die hübsche Volksweise „S´ Finanzamt brennt...“ werden über meinem Kinderzimmer komponiert. Von Sepp Fellner, dessen Leben ein tragisches Ende nehmen sollte. Als er seine Tochter, die im Ausland studiert, am Westbahnhof verabschieden will, rollt der Zug schon langsam hinaus. Der übergewichtige Papa läuft nach und bricht vor den Augen der aus dem Fenster winkenden Tochter zusammen. Sepp Fellner erliegt sofort einem Herzinfarkt.

Beim Leichenschmaus hörte man von seinen Freunden – Sänger und Komponistenkollegen, resche Madln und stolze Heurigenbesitzer – in jener merkwürdigen Wiener Gefühlsmischung aus Fröhlichkeit und Trauer, Liebe und Todessehnsucht auch immer wieder eine Weise, die all das ausdrückt: Im Lied „Kinder, weg´n mir brauchts ka Trauerg´wand“:
„Wenn ich die fröhlichen Nächte addier`,
die ich verdraht hab´ beim Wein und beim Bier;
Kinder, da kommt eine Summe heraus,
die ist so hoch wie ein dreistöckiges Haus...
Kinder, weg´n mir brauchts ka Trauerg´wand
Und kan Flor auf´n Huat,
ich war beim Drahn immer fesch beinand,
d´rum schlaf ich sicher recht guat.
Draht´s ruhig weiter und macht´s euch nix draus,
rennt´s mir net alle am Friedhof hinaus,
nur am Geburtstag da tät es mich freu´n:
Gießt´s mir die Bleamerln mit heurigen Wein!“

Zwei Stiegen weiter Richtung Grinzing wohnt Leopold Rudolf, der meist am Nachmittag „Professor Bernhardi“ und den Hofreiter aus „Das weite Land“ memorierend vor unserem Küchenfenster auf- und abgeht. Auf der 7-er Stiege, gleich unten im Parterre, Louise Martini und der Jazzer Bill Grah. Im ersten Hochhaus, der 13-er Stiege, Peter Weck. Er fährt das schönste Autos der Anlage: Einen Jaguar MK II 3,8 Liter. Borg & Warner-Automatik. 220 PS. Racing green. Beige Ledersitze. Das Cockpit holzfurniert. Walnussholz. Wenn Peter Weck in seinem MK II vorfährt, wird unser Gemeindebau zum Buckingham Palace.

Im zweiten Hochhaus wohnt Hanno Pöschl, damals noch Zuckerbäckerlehrling beim „Haag“ in der Herrengasse. Seine Schwester Monika steht – für uns Buben erheiternd – fast immer, wenn ich zu Besuch komme, vor dem Spiegel. Und überprüft ihr schauspielerisches Talent. In der Küche der Pöschls unfassbare Schätze. Oben auf dem Küchenkastl Türme des Luxus. Berge von exquisiten Konserven: „Chatka“ – ausgelöstes Krebsenfleisch, Froschschenkel in Dillsud, Keta-Kaviar und Wachteleier.

Auch Pioniere des ORF leben bei uns im schönsten Gemeindebau der Stadt, zwischen den Heurigen von Grinzing und Sievering: die beiden Fernsehsprecherinnen der ersten Stunde, Franziska Kalmar und Hermi Niedt, „die schönste Stimme Österreichs“, Ernst Meister und der junge, furchtlose „Zeit im Bild“-Reporter Teddy Podgorski. Das ewig streitende Schauspieler-Ehepaar Ida Krottendorf und Klaus-Jürgen Wussow. Aber auch bekannte Mediziner wie die beiden *Selbstmordspezialisten* Sluga und Strotzka. Ja, und viele Journalisten, die wie mein Vater auch den Herrn Wohnbau-Stadtrat kennen.

An den späten Nachmittagen, wenn ich mit dem Rad Richtung Fußballplatz unterwegs bin, fahre ich beim „Ibl“, am Eck der Traklgasse, vorbei. Einer bescheidenen Buschenschank, vor der Oma Ibl die Früchte des Gartens zum Verkauf anbietet. Im Sommer Kirschen, Marillen und Weingarten-Pfirsiche, im

Herbst Nüsse und Zwetschken. Unter einem ausladenden Kastanienbaum vier, fünf Tische im Halbschatten. An dem einen Tisch, hinten bei der Veranda, sitzen meist die gleichen Gäste. Als Neun-, Zehnjähriger glaube ich zu ahnen, dass diese drei Herren etwas Besonderes sind. Bei *Gemischtem Satz* vom Nussberg, Liptauer- und Grammelschmalzbroten sind die Stammgäste immer in tiefe, verschwörerisch wirkende Gespräche verwickelt. Mein Vater klärt mich später auf, dass es sich um den Fernsehregisseur Erich Neuberg, den Schauspieler Kurt Sowinetz und Helmut Qualtinger handelt.

Anfang der Sechziger Jahre sperrt der „Ibl" schließlich zu, weil die junge Ibl als Stewardess zur AUA geht. Das ist damals noch was. In der Kohlenhandlung „Zu den 3 Kugeln", beim Bäcker „Wannenmacher" und in der ganzen Anlage spricht man davon.

PIPPERLN, PAPPERLN, PUPPERLN

Der „Martinkowitsch" in der Sieveringerstraße – eine Mischung aus Heurigem und Wirtshaus –, in wenigen Minuten von der Daringergasse aus erreichbar, bietet Wirtschaftswunder Wiener Art an: Blunzn-Radln und faschierte Laberln, Grammeln, g´selchtes Züngerl und gebackene Hühnerleber. Wein aus dem schmiedeeisernen Weinheber, selbst angesetzter Nussschnaps zur Verdauung und als Drüberstrahrer ein Glas Himbeerbowle. Die Schrammeln gehen von Tisch zu Tisch. Es erklingen hübsche Wiener Weisen wie „Das Glück is a Vogerl", oder „Warum gibt´s im Himmel kan heurigen Wein". Nach dem dritten, vierten Vierterl singen dann schon die Mutigen mit. Ein dicker, schwitzender Mann in kurzer Lederhose mit der langen blauen Schürze bietet an den von Windlichtern zart erhellten Holztischen seine süßen Spezialitäten an: *Weinbeißer*, *Krachmandeln* und mit Bitterschokolade überzogene Früchte.

Wien und der Wein. Er ist Animateur – „Das is a Wein, mit dem bin ich per du, ich schenk ihn ein und er lacht mir zu“, Verbündeter – „I spar mei Geld für ihn allein, für mein treuen Freund, den Wein“, oder auch Trostspender – „Glücklich ist, wer vergißt, was nicht mehr zu ändern ist“.

Wien, der Wein und der Heurige. *Pipperln, papperln, Pupperln.* Für Hermann Broch ein Ort, an dem ein „fröhliches Apokalypserl“ stattfindet. Da, wo einem „A Räuscherl liaber is´ als wia a Krankheit oder a Fieber“. An sonnendurchzogenen Nussberghängen oder unter schweren, nächtlichen Kastanienkronen – das Glitzern der Sterne hoch über dem goldenen Wien. Umweht von süßlichem Fliederduft gönnt man sich ein kleines *Schwipserl* oder wenn´s sein muss ein richtiges Räuscherl. Die reschen Serviererinnen bringen in beschlagenen Gläsern immer wieder Nachschub. Da lässt man für ein paar Stunden den „Herrgott einen guten Mann sein“. Und manch einer säuselt am Heimweg noch
„I hab die schönen Madln net erfunden,
der gute Wein is auch net mei Patent,
i bin net schuld an den gewissen Stunden,
wo man vor Glück fast aus der Haut fahren könnt.“

Meine Eltern lieben die Buschenschank „Winter“ am Kaasgraben. Ein Mal pro Woche wird von meiner Mutter alles in der Aludose mit den Frischhaltelückerln an den Ecken verstaut: hart gekochte Eier, Gurkerln, je ein Bund Radieschen und junge Zwiebel, eine kleine Stange Wiesbauer-Dauerwurst, Edamer und Emmentaler, schon in Würfel geschnitten. Und dann geht's – leider zu Fuß – hinauf zum „Winter“. Mit dem „schönsten Blick über Wien“ – wie mein Vater monoton im Viertelstundentakt feststellt. Auch für mich ist hier ein kleines Paradies. Es gibt *Privoznik*-Kracherl und *Pischinger*-Tortenecken.

Die goldene Backhendlzeit. Sonntag mittags fahren die, die sich´s schon leisten können, raus in den Wienerwald, das *die Seele weitende Paradies.* Nach Alland oder Thallern. In eine der glückselig machenden *Backhendlstationen.* Am Kiesparkplatz neben der Terrasse mit den *Sinalco*-Sonnenschirmen die sonntags immer aufpolierten Wirtschaftswunderwagen: DKW, Opel Rekord, Mercedes 190. Vielleicht sogar ein eleganter Ford Taunus 12 M – mit Weißwandreifen und der kleinen bunten Weltkugel über dem Kühler. Die bescheideneren Exemplare werden vom Parkplatzsheriff nach hinten, gleich neben die Toiletteanlagen, gewiesen. Lloyd 600, Goggomobil, Steyr-Puch 500. Daneben vielleicht heute wieder die gelbe 3-Rad-Isetta und einige Mopeds, die *Schlurfraketen*: KTM-Mecky, Sissy oder Puch S 4. Den Autos entsteigt eine illustre Gesellschaft – in Vorfreude auf das *Henderl*: Damen im Sonntags-Kostüm, deren Männer im Krieg geblieben sind, abgeklärte Ehepaare mit lästigem Nachwuchs, frisch Verliebte mit großen Ambitionen, zufrieden wirkende Herren mittleren Alters. Auch mit Ambitionen. In blonder, nicht mehr ganz junger Begleitung.

Die goldene Backhendlzeit. Wir sind zufrieden. Wir lachen wieder. „Es geht uns gut" – urteilt die „Große Österreich-Illustrierte". Im Herbst des Jahres 1957 liest man: „Die Tische biegen sich und die Geschäftsleute haben alle Hände voll zu tun." Im Vergleich zum Vorjahr werden um 55.000 Kilo Geflügel mehr gegessen – dabei erwartet man für die kommenden Weihnachtswochen noch eine Steigerung von mehr als 20 Prozent. Die schlanke Linie ist aus der Mode gekommen. „Essen und Trinken hält Leib und Seel´ z´samm ..."

Rudolf Schock meint, man solle das „Leben durch das Champagnerglas betrachten" und nach der fröhlichen Melodie von Erwin Halletz singt man „Ein kleines Zimmer für uns drei, für dich, für mich und das Glück..."

BLAUGELBE TRÄUME

Spätsommer 1963. Früher Abend. Nervöser Nieselregen. Mein Freund Jo von der 31-er Stiege in unserem Gemeindebau nimmt mich zu meinem ersten Fußballmatch mit. Hohe Warte. Hier – wo man meist ungestört vor leeren Rängen spielt – heute überraschend viele Zuschauer. Semifinale im Mitropa-Cup. „Vienna" gegen „Lokomotive Leipzig". Bei Flutlicht.

„Knacker-Mannerschnitten-Sportgummi" tönt es in die Döblinger Naturarena: Das dicke, wandelnde Buffet im weißen Arbeitsmantel über der kurzen Lederhose und dem Leiberl mit der „Frucade"-Werbung hat ein kräftiges Organ. Auf der überdachten Tribüne haben bereits die letzten, unverzagten „Vienna"-Anhänger Platz genommen. Damit es das Popscherl nicht zu kalt hat sind viele der Herren in karierte Wolldecken gehüllt, die man am Weg zurück vom Adriaurlaub in Caorle oder Jesolo günstig am Markt von Tarvisio ersteht.

In der Mittelloge heute Abend wieder die Herren Wichtig: der Präsident, der seine Lieblingskrawatte mit blauen und gelben Fußbällen umgebunden hat, Funktionäre mit bedeutendem Blick und *rausgeputzten Gattinnen*, der unvermeidliche Bezirksvorsteher und die *Vertreter der Medien und des Rundfunks*, die vom Platzsprecher besonders herzlich begrüßt und vom Publikum besonders laut ausgepfiffen werden.

An den Stehplatzplanken rund um das obere Sportbuffet, das ständigen „Schwechater"-Nachschub garantiert, lehnen die treuesten – von Erfolgen ihrer Mannschaft seit Jahren nicht verwöhnten – Anhänger der Blau/Gelben. Jeder Einzelne ist sein eigener Teamchef: „Der Lahner g´hört längst weg vom rechten Spitz, der Koller Karl wird heut´ wieder amal da Anzige sein, der bis zum Schluß rennt, weu der sei´ Lebtag nie was trunken hat... der Webora sollt´ scho´ in der ersten Hälfte spüln... der Schießwald soll si´ endlich zu Simmering schleich´n...“

Von Bier zu Bier werden die Diskussionen heftiger. Einig ist man sich – einmal mehr – nur in der klaren Beurteilung der katastrophalen Schiedsrichterleistung: „Des schwoarze Oarschloch, der bochene Bua, der soll si´ mit seine zwa warmen Wachler über die Heisa haun... des war g´rad a glotta Öfa... der Piefke hat dem Röckl die Schleich wegzog´n... a glotta Öfa, du schwoarzes Oarschloch...“

Der Herr im taubengrauen Trenchcoat – vermutlich pensionierter Schuldirektor, vielleicht auch Magistratsdirektor i.R., jedenfalls *was Besseres* – runzelt die Stirn und bewegt sich einige Schritte weg vom vulgären, besoffenen G´sindel. Obwohl er den aufgebrachten Fans Recht geben könnte: Dieses Foul des gegnerischen Liberos müsste man mit einem Elfmeter-Strafstoß ahnden... Aber so ist es halt seit vielen Jahren: Die „Vienna“ wird von den Schiedsrichtern krass benachteiligt – „owetragn wer ma von der bestochanan Bagage.“

In der Pause die Durchsage des launigen Platzsprechers: „4.500 Besucher“. Ein zufriedenes Raunen geht durch die Arena, in der sich sonst nur ein paar Hundert Unentwegte einfinden. Danach die Werbung. Der Sprecher bemüht sich um eine sonore Stimme: „Gärtnerei Böse – die größte Auswahl Döblings an Topf-, Schnitt- und Zierpflanzen, Gärtnerei Böse – ihr Spezialist für Grabpflege und Hochzeitsarrangements, Gärtnerei Böse, sagen sie´s doch durch die Blume... / Besuchen sie nach dem Match das Heurigenstüberl Mandahus – gepflegte Weine, reichhaltiges Buffet, zivile Preise / und danach geht´s in die Trummelhof-Bar nach Grinzing, Musik, Tanz, gute Laune.“

Die *Blau/Gelben* gewinnen 3:1. Ungewohnter Jubel auf der Hohen Warte. Im Sportbuffet oben wird jetzt zügig von G´spritztem und Bier zu Vermouth und Weinbrand übergegangen. Buben brüllen, die Spieler umrunden – die Arme triumphierend in die Luft geworfen – die Arena, der jugoslawische Platzwart beginnt bereits für das Training morgen früh den vom Regen devastierten Platz auszubessern. Der Slivo muß noch etwas warten. Auf der Tribüne bespricht man, welcher Heurige heute ausg´steckt hat, der Herr Präsident lädt den Herrn Bezirksvorsteher zum „Setzger am Kaasgraben" auf ein Grillhenderl ein.

Seltener Siegestaumel im „Hohe Warte"-Stadion. Unglaubliche Paraden des Tormanns Kurt Schmied – *Schmied Kurt* –, Übersicht und Laufleistung des Kapitäns Karl Koller, aber vor allem die Sturmspitze Buzek/Senekowitsch haben das Spiel für uns entschieden.

Zwei Jahre davor bin ich überzeugt, selbst Fußballer zu werden. Tore aus extrem schrägem Winkel, die mir manchmal am Olympia-Platzl gelingen, machen mir Mut. In meinem Lieblingsbuch „Die Spatzenelf" begeistern mich *Köpfler* und *Kickerschlachten*, die Geschichten vom Torschützenkönig Turl und dem Muttersöhnchen Stöpserl. Faszination Fußball. An einem schwülen Augusttag wage ich es. Endlich. Mein Ziel: die Hohe Warte. Hier will ich Tore schießen. Hier will ich groß werden. Hier will ich Triumphe feiern.

Am Eingang ins Paradies, zum „First Vienna Football-Club, gegründet 1894" lehnt der hagere, düster dreinschauende Platzmeister. Kariertes Kapperl, Sandalen, mindestens Größe 48, Zahnstocher im Mundwinkel, *Tschik* in der Hand. Meinen kaum hörbaren Satz „Ich will Vienna-Kicker werden" beantwortet er mit einer müden, langsamen Kopfdrehung: „Gehst do eine, do, mussta Dress anziehn. Andre Buama sana scho auf Wiesn hinten..." So einfach wird man also Fußballer. Mein Herz klopft wie bei der ersten *Schmuserei* mit der Uli am „Schulsteig".

„Vienna-Knaben" steht an der Tür zur dunklen, hölzernen Umkleidekabine. B.a.l.d. b.i.n. i.c.h. e.i.n.e.r. d.a.v.o.n. Eine einzige blaugelbe Dress hängt noch an dem rostigen Haken in der Ecke neben der Duschkabine. Ich streife sie über. Und bin glücklich wie nie zuvor. Die Begrüßung der Buben draußen am Trainingsplatz ist nicht überschwänglich – aber zumindest nicht feindlich. Ab sofort bin ich jeden Tag dabei, beim Training der „Vienna-Knaben". Bis eines montags beim Umziehen in der Kabine seltsame Unruhe spürbar ist. „Der Pecanka is´ wieder vom Urlaub z´ruck" zischelt der rothaarige Vickerl neben mir.

Pecanka, der Jugendtrainer: „So, meine Herr´n, jetzt wer´n wieder and´re Seit´n auf´zogn, i´ hoff´ ihr habt´s brav trainiert", begrüßt er seine Kindertruppe. „Wer bist´n du da hinten?" fragt er in meine Richtung: „No kumm ruhig viere da, du bist ja a Neicha. Also, zeig, was´d kannst! Gaberl halt amal a bissl." Das Gaberln – den Ball auf dem Rist balancieren – ist nicht meine Stärke. „Ganz ruhig, sei net so a Nerverl, probier´s no amal, mir ham olle Zeit der Wölt", muntert mich der Trainer auf. Doch nachdem der Ball mehrmals nach nur ein, zwei Berührungen (Vickerl schafft mehr als hundert) von meinem Fuß seitlich abrollt, hat die Geduld des Herrn Pecanka ein Ende. „Wast was, sei g´scheit, hoit do die Partie net auf – geh´ ham, trainier daham a paar Johr weida, und wannst ´as kannst, kumst wieda."

Das Ende einer Fußballerkarriere. Der Weg zurück in die Kabine – der vielleicht traurigste Moment meines Lebens. „Hearst" ruft mir der Herr Pecanka noch nach „... vergiss net, die Dress ausziagn."

WENN TEENAGER TRÄUMEN ...

Mein um einige Jahre älterer Freund Jo. Ministrant und Jazzfan. Korrekt gekleidet, aber beschwingt. Kaum ein Heurigenlokal in Grinzing, Heiligenstadt oder Sievering, in dem der stets gut gelaunte *Drahrer* nicht von den Schrammeln und den Serviererinnen freudig begrüßt wird. Der fesche Jo trägt die eleganten „Harris Tweed"- und „40/60 %-Cashmere/Pure Wool"-Sakkos seines Onkels auf, das letzte Glied in der Kleider-Kette bin ich: Meine Mutter, bekanntlich Absolventin der „Modeschule Michelbeuern", näht über die schon leicht abgeschlissenen Stellen am Ellenbogen Lederflecken – und schon ist ihr *Michi* bestens gekleidet.

Im selben Jahr, in dem Jo in Mathematik durchfällt, überzeugt er meinen Vater, mir Nachhilfeunterricht zu geben. In Mathematik. Jo erhält dafür pro Stunde 20 Schilling. Die Hälfte gibt er mir und sofort radeln wir gut gelaunt zum Olympia-Platzl. Der klassische *Servierer* auf ein Tor ist angesagt. Jo zieht sich zu jeder vollen Stunde kurz zurück. Aus seinem Kofferradio hört er die Rundfunknachrichten. Ein paar Jahre später soll er sie selbst gestalten.

Mein tüchtiger Freund Jo. Wenn sein Taschengeld zu Ende ist, beliefert er mich mit Fotos, die er aus unserer Lieblingszeitschrift „Bravo" ausgeschnitten und auf Pappendeckel kaschiert hat: Peter Kraus vor seinem roten „Flügeltür"-Mercedes (zwei Schilling), Conny Froboess im geblümten Petticoat (drei Schilling) oder Elvis Presley auf seiner „Harley" (vier Schilling fünfzig). Und – endlich – Conny & Peter lebensgroß: Jo hat die einzelnen Teile seit Monaten für mich gesammelt. Unter dem Foto der Liedtext „Wenn Teenager träumen" (fünfzehn Schilling).

AUSSER RAND UND BAND

Zu Beginn der 60-er Jahre bereiten die Teenager den Erwachsenen große Sorgen. Denn sie sind außer Rand und Band. Noch ärger die Halbstarken – benannt nach dem Film aus dem Jahre 1956 mit Karin Baal und Horst Buchholz. Unterwegs auf ihren knatternden Mopeds in Jeans, Lederjacken und brillantinegeformten Haaren mit Entenschwanz – die Schreckgespenster des Bürgertums. Hinten auf den *Schlurfraketen* die wasserstoffblondgefärbten Mädchen in ihren schwingenden Röcken und breiten Gürteln. Eine freche Gegenbewegung zur neuen Biedermeierzeit der Eltern entsteht.

Der Psychiater Hans Hoff führt diese Entwicklung auf „die Frühreife des Körpers, die Nahrung, die Einflüsse der Zivilisation und auf die seelische Nichtbetreuung durch die berufstätigen Eltern“ zurück. Außerdem ortet der Professor Reizüberflutung in „mehr als zweideutigen Heften und im Moloch Film, der Themen von der Leinwand flimmern lässt, wie sie erregender und gewagter nicht mehr gedacht werden können“. All diese Umstände lassen den „Trieb übermächtig werden“, der naturgemäß „über den an sich schwachen Willen des Kindes siegt.“

Und auch der Siegeszug der „Negermusik“ ist nicht mehr aufzuhalten. Eine Musikströmung, die als Synonym für „Sex und Gewalt“ steht. Immer mehr Boogie-Woogie-Tanzwettbewerbe finden statt, die „Wiener Illustrierte“ berichtet: „Was drei Kapellen abwechselnd trommelten, wurde auf dem Parkett mit tierischem Ernst in groteske Bewegungen umgesetzt.“ Vor der Premiere des ersten in Wien gezeigten Rock `n Roll-Filmes mit Bill Haley & the Comets ersucht die Filmverleih-Firma: „Wenn die Atmosphäre auch heiß wird, bitte dennoch Röcke und

Blusen anzubehalten, die Kinobestuhlung hat den Ehrgeiz, diesen Film zu überleben..."

Jazzfreunde begeistert der Auftritt von Louis Armstrong im Konzerthaus. Eine Zeitung berichtet: „Satchmo agierte mit schlenkernden Armen, stampfenden Beinen, rollenden Augen, pulsierender Kehle und wackelndem Afrika-Haar-Kopf auf dem Podium." In der Stadthalle gibt wenig später Duke Ellington ein Konzert – „der elegante Neger" – wie ihn die „Wiener Illustrierte" bezeichnet.

HEINZI, HALUSCHKA & DER HALSTUCH-MÖRDER

Vom „eleganten Neger" zum launigen Seelentröster. Heinz Conrads. Die Radiolegende. Resch und fesch. *Herzerl* und *Goscherl* immer am rechten Fleck. Charmant und verlogen, jovial und zynisch. *Spaßettln* am laufenden Band. Für die Kranken, für die Einsamen, für seine *Madln und Buam...* Nach den „Was gibt es Neues"-Plaudereien aus dem Funkhaus am Sonntagmorgen endlich auch im Fernsehen.

Zur verschworenen *Heinzi*-Partie gehören die Herren Carl de Groof und Gustav *Gustl* Zelibor. Launig klimpernde, schon reifere Klavierbegleiter der ersten Stunde. Heinz Conrads mit hochgeratenem Bürsten-Haarschnitt lehnt im Smoking entweder lässig am Flügel oder sitzt in seinem Fernseh-Fauteuil. Gerne überreicht er einem Ehrengast – oft einer blonden Soubrette mit großem Busen und manchmal nur bescheidener Stimme – am Ende der Darbietung einen hübschen Blumenstrauß. Rot-weiß-rote Nelken oder ein Tulpen-Märzenbecher-Arrangement. Bei der Blumen-Übergabe wird die Sängerin von *Heinzi* unter ihrem Arm zu sich gezogen – nicht ohne ganz beiläufig an der Brust der Künstlerin zu streifen.

Heinz Conrads und sein inszeniertes Herz-Schmerz-Theater. Einer der Fernsehhöhepunkte auf der 7er-Stiege. Unsere Hausmeisterin von nebenan hat sich sehnlichst einen Fernseher gewünscht. Und von ihrem Mann bekommen – vielleicht weil er immer schlechtes Gewissen hat. Er trinkt ganz gern... Der erste Fernsehempfänger unserer Anlage steht wie eine Trophäe mitten im bescheidenen Wohnzimmer von Frau Groß. Erst 329.911 Fernsehgeräte (Stand 1. Mai 1962) gibt es – einer davon schon bei uns im Gemeindebau. Das „Hornyphon"-Modell „Belvedere" ist fast immer auf Sendung, auch wenn man untertags beim Bügeln, Fensterputzen oder Staubsaugen nur das Testbild sieht.

Samstag Nachmittag darf ich auf die Nebenstiege rübergehen fernsehen. Und bis halb zehn, zehn abends bleiben. Frau Groß im geblümten Hauskleid, weißen Schlapfen und hautfarbenen Kniestrümpfen. Vor ihrem Küchenfenster die schönsten Pelargonien-Kisterln des ganzen Gemeindebaus. Einmal waren sie sogar von einer Düngerfirma da, um die prachtvollen Blumenarrangements für einen Kalender zu fotografieren.

Die Hausmeisterin der Stiegen 7 bis 11 hat aus ihrer kleinen Zimmer/Küche/Kabinett-Dienstwohnung ein Schmuckkästchen gezaubert. In der Küche, in der man *vom Boden essen kann*, eine praktische Stellage, in der sich neben Geschirr und Gläsern moderne Hilfen für die Hausfrau befinden: Stabmixer, elektrische Saftpresse, vollautomatischer Toaster. Im Wohnzimmer ein weißer Schleiflack-Wandverbau mit Büchern von Konsalik und anderen Klassikern, seitlich abgestützt von den beiden Keramik-Rauchverzehrern: lachende Chinesen. In allen Räumen schonen die bunten Fleckerlteppiche den gewienerten Holzboden.

Frau Groß ist eine wunderbare Gastgeberin: Im Halbkreis rund um die Television stehen für die Samstag-Fernsehrunde zehn bis fünfzehn Sitzgelegenheiten bereit: Küchenschemel, Klappsessel und – jeden Samstag aus dem Keller raufgeholt – die beiden Campingstühle. Auf dem lindgrün lackierten Tisch aus der Küche Erfrischungen für einen schönen, langen Fernsehabend: „Obi“ und „Frucade“ für uns Kinder, Ribiselwein für die Großen. Soletti und Rohscheiben, Käsewürferln auf bunten Spießen. Oben am Fernseher – der gute Laune und Entspannung zu uns in die Daringergasse bringt – stehen zwei unverzichtbare Utensilien: die Fernsehleuchte, eine goldene „Venezia“-Gondel mit bunten Lamperln und die Libellenantenne.

Bundeskanzler Julius Raab – der in der Traklgasse gegenüber dem mittleren Hochhaus unserer Anlage wohnt – ist überzeugt, dass sich das Fernsehen in Österreich nie durchsetzen wird, weil „wir viel zu hohe Berge haben, da kommen die Fernsehstrahlen net d´rüber“. Spätabends sieht man den Fernsehskeptiker manchmal müde, eine Virginier im Mundwinkel, aus dem schwarzen Dienstwagen steigen.

Doch unsere Samstag-Fernsehrunde ist von dem „Baberlzeug“ (die Einschätzung des Kanzlers) begeistert. In der Anfangszeit des ORF wird aber auch einiges geboten.

Einer der absoluten Lieblinge ist der holländische Showmaster Lou van Burg, der im Klamaukklassiker „Jede Sekunde ein Schilling“ Schlagoberstorten in verdutzten Gesichtern landen und Pulverfässer explodieren lässt. Wenn er auftritt, ist bei Frau Groß auf der 7er-Stiege kein Sitzplatz mehr frei. Das Programm wird von den adretten Pionierinnen der Ansagekunst, Franziska Kalmar und Hermi Niedt, eingeleitet. Danach bitten die Fernsehköche zu Tisch. Heinz Camondo, in seinem unvergleichlich kanariengelben Kochg´wandl, der stets streng blickende Sir der Küchenchefs, Ernst Faseth, der wohlgenährte Helmuth Misak und der große alte Mann der Kocherziehung – Franz Ruhm. Die Herren am Herd bieten traditionelle Hausmannskost. Speisen, die Hausfrauen auch nachkochen können – und den Männern schmecken: Schnitzerln, Schweinsbraten und Szegedinergulyás, Powidltatschkerln, Schlosserbuben und Topfenhaluschka.

Das unvergleichliche Triumvirat der Sportreporter: Mister Telesport Dr. Kurt Jeschko, Ing. Edi Finger, der erst später durch den „I wer narrisch"-Schrei populär wird; und der Einzige ohne Akademikertitel – der vielleicht (streichen wir das vielleicht gleich wieder) beste Moderator – „Sportstammtisch"-Gastgeber Heribert Meisel.

Die Könige der Unterhaltung: Otto Schenk als Werbe-Würstelmann, die Showmaster der ersten Stunde, Peter Frankenfeld und Joachim Kulenkampff mit goldenen Treppen, charmanten Assistentinnen und dem unvermeidlichen Fernseh-Ballett. Karl Farkas und Ernst Waldbrunn in Doppelconferencen mit tiefgründigen Witzen und uralten Schmähs. Für unsere Landbevölkerung Gretl, Sissy, Sepp und Paul Löwinger. Samstag abends. Im Fernsehen. Anfang der 60er-Jahre. Unterhaltung für jeden Geschmack.

Ab Herbst 1961 informieren uns *Wetterfrösche* wie Prof. Leopold Kletter von der „Zentralanstalt für Meteorologie und Geodynamik" zwei Mal pro Woche über die „europäische Großwetterlage". Mit modernen magnetischen Pfeilen ziehen sie über die Studiolandkarte und dokumentieren Adria-Tiefs und Föhnstürme. Doch ihre Prognosen stimmen nicht immer – bleiben meist Glücksgriffe.

Wie beim „Quiz 21“ mit Carl Graf Schönfeldt alias *Rudolf Hornegg*. Und seiner legendären *Mischkulanz*, dem Mischen der Fragekärtchen. Der faire Quizmaster tröstet jeden Verlierer: „Ich weiß, Sie haben es gewusst, aber im Augenblick ist es Ihnen halt leider nicht eingefallen.“

Jänner 1962. Mein erster Fernseh-Krimi. „Das Halstuch“ von Francis Durbridge. Die Straßen sind leer gefegt. In rauchigen Extrastüberln und Hinterzimmern der Wirtshäuser drängen sich Menschen um den Fernseher. Rendezvous, Heurigen- und Kartenpartien werden verschoben. Arbeiter schwänzen die Nachtschicht, Kinos und Theater sind leer. It´s Durbridge-Time. Das Geheimnis, wer der Halstuch-Mörder sei, bewegt die Zuseher seit Tagen. Am Vorabend der letzten Krimifolge ist die Spannung grenzenlos. Doch der Wiener Fernsehkritiker S. Remo erweist sich als Spaßverderber: Er verrät den Mörder. Keine Kunst, denn in Deutschland ist der Täter bereits einen Tag vorher bekannt. Der Kabarettist und Schauspieler Wolfgang Neuss ist aus der vom Sender zu Verschwiegenheit verpflichteten Phalanx der stillen Mitwisser ausgebrochen und hat in einer Berliner Zeitung ein Inserat aufgegeben: „Ratschlag für morgen: Nicht zu Hause bleiben, denn was soll`s: Der Halstuch-Mörder ist Dieter Borsche... Also Mittwochabend ins Kino! Ein Kinofan (Genosse Münchhausen).“

Doch wir auf der 7er-Stiege haben die Zeitung des Spaßverderbers S. Remo nicht gelesen. Für uns bleibt es bis zum Schluss spannend. Als der Mörder bekannt wird, ist der „Halstuch“-Rummel nicht zu Ende. Der Krimi liefert den Zeitungen noch tagelang Schlagzeilen – denn innerhalb von 48 Stunden werden in Deutschland zwei Menschen mit einem Halstuch ermordet.

Der Wettbewerb „Grand Prix Eurovision de la Chanson“ – erstmals ertönt dabei die Eurovisions-Fanfare – endet zumeist mit einem vorletzten oder letzten Platz für Österreich. Immer ist die Jury ungerecht zu *uns*. 1963 das Mysterium: die Israelin Carmela Corren, die für Österreich singt, erreicht mit dem Lied „Vielleicht geschieht ein Wunder“ den ehrenvollen sechsten Platz.

Die „Diskussion der Chefredakteure“ mit Hugo Portisch, dem wortgewaltigen und gestenreichen Star der Runde, dem brillanten Besserwisser Otto Schulmeister und Franz Kreuzer, dem ständig gegen diese Windmühlen tapfer ankämpfenden Vertreter der „Arbeiter Zeitung“. Als Stichwort-Geber ist auch immer der Chefredakteur des „Kleinen Volksblatts“ dabei. Leidenschaftlich und scharfzüngig werden hier politische Zusammenhänge analysiert. Wie in den „Stadtgesprächen“ mit Helmut Zilk. Der ehemalige Pädagoge und Diskussionsleiter Zilk kennt das Erfolgsrezept seiner „Demokratie-Show“: „... wenn gemeint wird, dass wir uns die Demokratie erst erringen müssen, so muss ich sagen, der Herr hat eigentlich nicht bemerkt, wie sehr er in der Demokratie lebt, wenn er auf die Distanz von eineinhalb Metern seinem Minister alles ins Gesicht schleudern kann, was er will“.

Ja, und vergessen wir nicht Starinterviewer und Interviewstar Heinz Fischer-Karwin. Auf die meisten Zuseher wirkt er arrogant und eitel – man hat oft das Gefühl, HFK würde sich am liebsten selbst die Fragen stellen, um brillant und schlagfertig antworten zu können. Feinde machen sich gerne lustig über ihn: Wenn Fischer-Karwin unter Menschen ist, trinkt er Whiskey und raucht Pfeife. Zu Hause trinkt er Milch und isst Punschkrapferln.

Erinnerungen an den Beginn des österreichischen Fernsehens. Ein kleines Universum von adretten Ansagerinnen und hochbusigen Soubretten, launigen Küchenchefs und Showmastern, Wetter- und Quizonkeln. Mit einer wunderbaren Gastgeberin. Unserer Hausmeisterin von der 7er-Stiege.

Erinnerungen. An meine Eltern, die geliebte Oma Deborah, Onkel Mottl und die Karpfen, Pepi und ihre Canasta-Partien. An Tante Mizzi aus der Puppenklinik und die schwermütige Frau U. An das „Gänsehäufel" und unseren Gemeindebau.

Ich und mein Wien. Warum habe ich in diesem Buch nicht nur von Schicksalen Wiener Künstler, sondern auch von meiner Kindheit erzählt? Warum habe ich sehr persönliche Erlebnisse geschildert? Warum habe ich versucht, meiner Liebe zu Wien auf die Spur zu kommen?

Weil es mir geholfen hat, zu begreifen, dass ich nur in dieser Stadt leben kann. Weil ich von ihr abhängig bin. Hier will ich alt werden. Im *goldenen Wien.*

WEAN, DU BIST A TASCHENFEITL ...
Epilog von Helmut Zilk

Wenn sich Michael Horowitz in seiner „ambivalenten Liebeserklärung“ dieser Stadt annähert und dabei auf sehr einfühlsame Weise gleichermaßen Liebe und Schmerz über die Stadt verstreut, denke ich instinktiv an Helmut Qualtinger. „Wean, du bist a Taschenfeitl – unter an Himmel voll Schädelweh“, beschrieb er einst diese Stadt, die brummt und der es oft viel zu eng wird in ihrem wunderschönen, aber letztlich doch im Verhältnis kleinen Korsett namens Österreich, sodass sie von einem Himmel voll Kopfweh überspannt ist.

„Das goldene Wien“, das uns Michael Horowitz so persönlich und in wunderbaren Wortbildern näher bringt und dabei nicht nur das einzigartige Flair dieser Stadt, sondern auch den Umgang der Menschen miteinander und die Nähe von Liebe und Leid aufzeigt, ist für mich aber auch das Eingeständnis seiner unentrinnbaren Liebe zu diesem „Dschungel aus charmantem Überlebenswillen und schlampigem Umgang mit Gefühlen“, wie er schreibt. Einer Liebe zu seiner – und meiner – Heimatstadt, einer vielgeprüften Schönen, deren Lebenskraft pulst, und strömt wie das Wasser des Flusses, der sie durchmisst. Einer Liebe, die ich ohne Umschweife mit ihm teile.

Ebenso wie das Bekenntnis zu einer angeborenen Widersprüchlichkeit: der Stadt und seiner Bewohner. Denn auch wenn Wien wahrscheinlich die Welthauptstadt der Selbstzerfleischung ist, versteht sich der Wiener als das *Forte* des Selbstbewusstseins. Als Nabel Österreichs, Europas, wenn nicht der Welt.

Doch wer wollte es uns Wienern verübeln, wenn wir komplizierte Seelen mit unergründlicher Mechanik besitzen? Die Wiener Seele ist ein Surrogat der Geschichte dieser Stadt. Ihre Seelenäußerungen sind das Destillat ihrer raffinierten Zutatenmischung – und dieses Destillat auf einen Zug auszutrinken, das ist noch keinem gelungen. Also erschließt sich uns Wien bestenfalls in kleinen Schlucken. Und wer dieses Buch gelesen hat, der hat sich immerhin einen guten Tropfen gegönnt. Denn Michael Horowitz gibt uns nicht nur anhand seiner eigenen Erlebnisse einen sehr persönlichen – fast möchte ich sagen intimen – Einblick in sein Leben in dieser Stadt. Er beschreibt uns dieses Wien auch anhand von Menschen, die hier gelebt, geliebt und gelitten haben. Der kleine Mann von der Straße oder Künstler wie Franz Schubert, Johann Nestroy, Karl Kraus, Arthur Schnitzler, Heimito von Doderer, H. C. Artmann oder Helmut Qualtinger.

Michael Horowitz ist in seine eigene Vergangenheit und jene vieler großer Wiener Persönlichkeiten zurückgegangen, um das Gegenwärtige besser verstehen zu können – und wie ich glaube, auch jungen Menschen ein vielschichtiges Bild von dieser widersprüchlichen Stadt zu zeichnen. Vielleicht hilft dieses Buch aber auch jenen Menschen, die glauben Wien gut zu kennen, die Stadt in einem neuen Licht zu sehen und eventuell auch Ecken und Kanten zu entdecken, die zu einem neuen Rendezvous mit ihr führen.

Ich muss jedenfalls gestehen, meine Liebe zu dieser Stadt ist stets an den ihr aufgesetzten Widerhaken und Stacheln gewachsen. In all den Jahren, in denen ich hier lebe und arbeite, habe ich mein Herz mehr und mehr und schließlich unwiederbringlich an diese Stadt vergeben. Und ich habe erkannt: Wer sich lang genug um die Zuneigung dieser Stadt bemüht, dem gibt sie einen Teil dieser Zuneigung schließlich zurück.

Wichtig ist, meiner Meinung nach, der ständige Versuch einer neuen Annäherung an diese Stadt. „Das goldene Wien" von Michael Horowitz hilft einen anderen Zugang zu ihr zu finden. Denn nur wenige Städte atmen jene verdichtete Atmosphäre, zusammengesetzt aus all ihrer Geschichte, ihren Geschichten und Schicksalen, die jede Auseinandersetzung zum ewig sich erneuernden, prickelnden Kennenlernen werden lässt.

Wenige Städte fußen auf derart festen Fundamenten, wenige stehen dem Neuen so gelassen und abwartend gegenüber, ohne jedoch die Möglichkeit einer Zukunft gänzlich zu verleugnen; dies jedoch meist mit dem Hinweis, es sei „eh alles schon da gewesen". Wenige Städte sind – was ihr eigene Neuerfindung, ihre Reproduktion im Lauf der Jahrhunderte anlangt – wiederum so autark, so selbstbewusst in der Verteidigung ihrer Wurzeln, ihres Hauptstammes, ihrer innersten Baumuster: Wien, das weiß nicht nur der Wiener, das verspürt auch der Wien-Neuling, ist, eine solche Stadt.

Was also macht Wien aus? Wie lässt es sich fassen? In eine Suppenschüssel, in das, was zwischen Gabel und Messer passt? In einen beglückenden Opernabend an der Staatsoper? In einen sommerlichen Sonntag Vormittag in der noch schlaftrunkenen Wiener Innenstadt, bevor die Mittagssonne Pflaster und Mensch erhitzt? In eine Heurigenpartie mit Schwips und ungewissem Ausgang? In Zahlen, Schicksale, Menschenbilder, Geschichtsdaten, Geschichten? Vielleicht in Bilder, deren reine und klare Tonart Raum genug für die vielen Melodiebögen lässt, die Wien ständig ein- und ausatmet?

Wien hat seine Lebens- und Überlebensfähigkeit zur Genüge unter Beweis gestellt. Dazu gesellten sich in den prosperierenden Jahrzehnten der jüngsten Vergangenheit eine gehörige

Portion Lebenskunst, ein starkes Stück Lebenslust, erstaunlich viel Aufgeschlossenheit, jede Menge Selbstvertrauen, ganz besonders viel Neugierde. Im Verbund mit dem Perpetuum mobile seiner unvergleichlichen Geschichte wäre dieses Wien somit bereits unverwundbar in jeglicher Hinsicht. Beschützt von den im Weltäther frei schwebenden guten Wünschen seiner verblichenen Größen, kaum bedrängt von den Verwünschungen seiner wenigen Enttäuschten. Zurechtgerückt durch die Kritik seiner wahrlich Getreuen, der Großmütigen, der erfolgreich Gescheiterten, der geheimen Weltmeister, der Schlawiner und der Ehrlichen. Beschützt vor dem Kleinmut der Beckmesser, gestützt durch die Karyatiden seines Rufs, die wirklichen und ewigen Kapazitäten. Gepolstert durch die Liebe all jener, deren Beziehung mit dieser Stadt bereits so weit fortgeschritten ist, dass sie die Illusion – oder gar das sichere Gefühl – des Zurückgeliebtwerdens als Privileg in Anspruch nehmen dürfen.

Horowitz ist einer jener, der diese Stadt mit seiner Liebe weich bettet, auch dann, wenn er – so wie jene vielen, deren Beitrag zu Wien nicht in Stein gemeißelt, nie besungen und nicht auf Papier gedruckt wurde – manchmal unter „seinem Wien" leidet und meint „Wien ist eine Stadt, in der man nur mit Talent zum Glücklichsein leben kann."

Ich darf an dieser Stelle allerdings – in aller Demut – um Dispens bitten. Was Wien ausmacht, hieße wohl zuallererst zu beantworten, was mein Wien ausmacht. An meinem Wien mitzuarbeiten war mir an prominenter Stelle über viele Jahre gegönnt. Größere Befangenheit ist daher kaum vorstellbar. Von mir daher nur soviel, dies aber mit Gewissheit: Diese Stadt verdient, trotz all ihrer Widersprüchlichkeiten – geliebt zu werden.

QUELLENVERZEICHNIS

BÜCHER

Hellmuth Andics: Die Juden in Wien. Kremayr & Scheriau. 1988
Hellmuth Andics: Ende und Anfang. Zsolnay-Verlag Wien. 1975
H. C. Artmann: med ana schwoazzn dintn. Otto Müller Verlag Salzburg. 1958.
H. C. Artmann: Der Wiener Keller. Wieser Verlag. Klagenfurt. 1994
H. C. Artmann: Das Suchen nach dem gestrigen Tag oder Schnee auf einem heißen Brotwecken. Olten. 1964.
H. C. Artmann: Gesammelte Prose in 3 Bänden. Herausgegeben von Klaus Reichert. Residenz Verlag Salzburg/Wien. 1979
H. C. Artmann: gedichte von der wollust des dichtens in worte gefaßt. Residenz Verlag Salzburg/Wien. 1989
Kurt Kahl: Johann Nestroy oder Der wienerische Shakespeare. Verlag Fritz Molden. 1970
Catherine Sauvat: Stefan Zweig et Vienne. Editions du Chene – Hachette Livres. 2000
Donald A. Prater : Stefan Zweig. Das Leben eines Ungeduldigen. Carl Hanser Verlag. 1981
Barbara Denscher: Kunst & Kultur in Österreich. Das 20. Jahrhundert. Christian Brandstätter Verlag. 2000
Michael Horowitz: Helmut Qualtinger. Verlag Jugend und Volk. 1988.
Michael Horowitz: Begegnung mit Heimito von Doderer. Amalthea Verlag. Wien. 1983
Michael Horowitz: Karl Kraus. Verlag Orac. Wien. 1986.
Michael Horowitz: Lebenslust. Essen & Trinken in Wien. J&V-Verlag. Edition Wien. 1994
Emil Pirchan: Unsterbliches Wien. Verlag Gustav Kiepenheuer.
Michael Kriegeskorte: Automobilwerbung in Deutschland 1948-1968. Buchverlag DuMont
Walther Schneider: Friedell-Brevier. Verlag Erwin Müller. 1947
Murray G. Hall: Der Fall Bettauer. Löcker-Verlag. 1978
Peter Gay: Freud, A Life of our Time, London/New York. 1988
Ernst Freud/LucieFreud/Ilse Grubrich-Simitis: Sigmund Freud, Sein Leben in Bildern und Texten. Frankfurt/Main. 1976
Ernest Jones: Sigmund Freud Leben und Werk. München. 1984
Arthur Schnitzler: Jugend in Wien. Eine Autobiographie. Wien/München/Zürich. 1981
Arthur Schnitzler: Medizinische Schriften. Wien/Darmstadt. 1988
Stefan Zweig: Die Heilung durch den Geist. Frankfurt/Main. 1983
Christian Brandstätter: Café Hawelka. Ein Wiener Mythos. Edition

Christian Brandstätter. Wien. 1982
Jörg Mauthe/Paul Flora: Wien für Anfänger. Diogenes Verlag. 1959
Barthel F. Sinhuber: Alles Walzer. Europa Verlag. 1997
Susanne Reppé: Der Karl-Marx-Hof. Picus Verlag. 1993
Helga Maria Wolf: Damals am Alsergrund ... J&V Edition Wien. 1991
G. S. Troller: Das fidele Grab an der Donau. Artemis & Winkler, 2004
Helga Malmberg: Widerhall des Herzens. Langen-Müller München
E.G.Wickenburg: Barock und Kaiserschmarrn. Langen–Müller München
Ernst Grissemann Hans Veigl: Testbild,Twen und Nierentisch. Böhlau Verlag
Dietmar Grieser: Wien Wahlheimat der Genies. Amalthea
Gottfried Heindl: Eine Insel der Seligen. Paul Neff Verlag
Ruth Beckermann: Die Mazzesinsel. Löcker Verlag. Wien-München 1984
Hilde Spiel: Die Dämonie der Gemütlichkeit. List Verlag
Bertha Zuckerkandl: Österreich intim. Propyläen Verlag
Reingard Witzmann: Mein Wienbuch. Jugend und Volk Wien
Klaus Dieter Mulley: Die „wilden“ fünfziger Jahre. NP Verlag NÖ.Pressehaus
Joseph Wechsberg: Wien. Droemer Knaur
Hedi Schulz: Hans Moser. Molden Verlag
Peter Härtling: Schubert. Wiener Verlag
Marcel Schneider: Schubert. Rowohlt Verlag
Otto Basil: Nestroy. Rowohlt Verlag
Georg Stefan Troller: Das fidele Grab an der Donau. Artemis & Winkler
Hans Veigl: Die 50er und 60er Jahre. Ueberreuter Verlag
David Pryce-Jones: Die grossen Städte - Wien. Time-Life
Merian: Wien Heft 5 – Wien. Hoffmann und Campe Verlag
Klaus-Jürgen Sembach: Die Fünfziger Jahre. Callwey
Konrad Bayer: hans carl artmann und die wiener dichtergruppe. Wien. 1964
Elisabeth Büttner und Christian Dewald: Anschluss an Morgen. Geschichte des österreichischen Films von 1945 bis zur Gegenwart. Residenz-Verlag. Salzburg/Wien. 1997.
Felix Czeike: Historisches Lexikon Wien. Kremayr & Scheriau. Wien. 1991.
Maria Fialik: “Strohkoffer“ Gespräche. Zsolnay-Verlag. Wien. 1998.
Lois Jalkotzy: Verdorbene Jugend – Wien. Jungbrunnen-Verlag. 1953.
Walter Kleindel: Österreich-Daten zur Geschichte und Kultur. Ueberreuter-Verlag. Wien. 1978
Josef Kocensky: Dokumentation zur österreichischen Zeitgeschichte. Jugend und Volk-Verlag. Wien. 1984
Wolfgang Kudrnofsky: Vom Dritten Reich zum Dritten Mann. Molden.
Gerhard Rühm (Hrsg): Die Wiener Gruppe. Rowolth-Verlag. Reinbek. 1967

A. Schmeller: Der Artclub. Jugend und Volk-Verlag. Wien. 1981.
Kurt Stimmer: Die Arbeiter von Wien – Ein sozialdemokratischer Stadtführer. Jugend und Volk. Wien. 1988
Peter Weibel (Hrsg): die wiener gruppe. the vienna group. a moment of modernity 1954-1960/the visual works and the actions. Springer-Verlag. Wien. 1997
Wolfgang Lorenz: Egon Friedell. Momente im Leben eines Ungewöhnlichen. Edition Raetia. Bozen. 1994
Peter Haage: Der Partylöwe, der nur Bücher fraß. Egon Friedell und sein Kreis. Heyne-Verlag. 1971
Franz H. Mautner: Nestroy. Lothar Stiehm Verlag. Heidelberg. 1974
Karl Ziak: Wiedergeburt einer Weltstadt. Wien. 1945-1965. Jugend und Volk.
Jean Gyory (Hrsg): Phantastisches Österreich. Zsolnay-Verlag. Wien. 1976
Karl Kraus: Sittlichkeit und Kriminalität. Wien/Leipzig. 1908
Karl Kraus: Pro domo et mundo. Leipzig. 1919
Karl Kraus: Weltgericht I-II. Leipzig. 1919
Karl Kraus: Sprüche und Widersprüche. Wien. 1909
Karl Kraus: Die letzten Tage der Menschheit – 1. Ausgabe in vier Sonderheften der „Fackel". Wien. 1918-1919
Karl Kraus: Nestroy und die Nachwelt. Wien. 1912
Karl Kraus: Epigramme. Wien. 1927
Karl Kraus: Literatur und Lüge. Wien. 1929
Werner Kraft: Karl Kraus. Salzburg. 1956
Walter Benjamin: Karl Kraus. Frankfurt. 1955
Leopold Liegler: Karl Kraus und sein Werk. Wien. 1920
Berthold Viertel: Karl Kraus - ein Charakter und die Zeit. Dresden. 1921
Berthold Viertel: Karl Kraus zum 50. Geburtstag. Wien. 1924
Hans Weigel: Karl Kraus oder die Macht der Ohnmacht. Wien. 1968
Allan Janik & Stephen Toulmin: Wittgenstein´s Vienna. New York. 1973
Hermann Kesten: Meine Freunde die Poeten. New York. 1964
Oskar Kokoschka: Mein Leben. München. 1971
Maria Mesner (Hrsg): Entnazifizierung zwischen politischem Anspruch, Parteienkonkurrenz und Kaltem Krieg. Am Beispiel der SPÖ. Oldenbourg-Verlag. 2005

ZEITUNGEN & MAGAZINE

Karl Kraus: Die Fackel. Wien Nr. 1 (1899)
Karl Kraus: Die Fackel. Wien Nr. 917-922 (1936)
Neues Österreich. 11.3.1945
Neues Österreich. 23.4.1945
Neues Österreich. 9.8.1945
The World Today. 23/1945
Welt am Abend. 18.10.1948
Neues Österreich. 21.10.1948
Neues Österreich. 27.4.1958
Wiener Monatshefte. 7/1958
Die Presse. 22.1.1955
Times Literary Supplement. 3/1964
KURIER. 19.6.1957
KURIER. 23.6.1958
KURIER. 9.12.1959
DIE ZEIT 11.7.1969
Die Furche. 1.4.1972
Die Pestsäule. 9/1972
Protokolle. 2/1975
ZEITmagazin. 21.9.1979
Die Presse. 13.6.1981
Traum und Wirklichkeit-Ausstellungskatalog. 1985
Salzburger Nachrichten. 31.5.1986
Die Buehne. 6/1991
Neue Zürcher Zeitung. 11.4.1980
Neue Zürcher Zeitung. 11.4.1997
DER SPIEGEL. 16/2005
profil. 27/2005

Dieses Buch ist eine Koproduktion der Verlage
MHM - Michael Horowitz Media OEG (Vertrieb für Österreich)
sowie LANGENMÜLLER (Vertrieb für Deutschland und die Schweiz)

IMPRESSUM

Herausgeber und Verleger:
MHM - Michael Horowitz Media OEG
1190 Wien · Gregor Mendel-Straße 43
Telefon & Fax: +43(0)1/370 21 00
mhmedia@chello.at

Verlagsleitung: Angelika Horowitz

Artdirector: Andrea Schraml

Lektorat: Cathrin Stadler

Repro- und Lithografie: Pixelstorm Kostal & Schindler OEG
Druck: MKT PRINT d.d. · Dunajska cesta 123 · Ljubljana

Auslieferung für Deutschland und die Schweiz:
LangenMüller in der F.A. Herbig Verlagsbuchhandlung GmbH, München

Gefördert von:
Wiener Städtische Versicherung
Kulturabteilung der Stadt Wien

MHM ISBN Österreich/Südtirol 3-9501660-4-1
LangenMüller ISBN Deutschland/Schweiz 3-7844-3030-9

MHM · LANGENMÜLLER